日明恩
Tachimori Megumi

ヒマか？
Get a Life!

双葉社

目　次

ヒマかっ！　Get a Life!

写真　©milatas/a.collectionRF
/amana images
装幀　國枝達也

第一話　なんか、ゴメン

1

「ふわぁぁ」

ベッドの上の奥《おく》さんが大あくびをした。

奥さんと言っても〝人妻〟じゃない。よく日焼けした細マッチョで金髪をニュアンスパーマにしている二十四歳の男性だ。

「しかし、なんだなぁ」

奥さんがなにか言いかけたそのとき、ドアをノックする音に続いて「すみません」と、遠慮がちな声が聞こえた。

ドアに一番近いのと、室内にいる三人の中で最年少かつ後輩という理由から僕が立ち上がって開ける。

「どうですか?」

細めに開いたドアの隙間から中を覗き込む家主の奥さん――こちらは人妻――藤谷朱美《ふじたにあけみ》さんが

訊ねてきた。

「まだ、なんもないっす」

僕が口を開く前に奥さんが答える。

「そうですか。——あの、これよろしかったら」

そう言ってドアをさらに少しだけ開けた。隙間から差し出されたのは、お茶のペットボトルと缶コーヒーが三本ずつと個包装の焼き菓子やせんべいの入った菓子皿が載るお盆だった。遠慮するべきかなと迷っていると、奥さんが「ゴチになりまーす」と即答した。

頭を下げてお盆を受け取ると、そっとドアが閉じられた。これでまた、洋服ダンスとダブルベッドだけでいっぱいいっぱいの八畳の洋間には、奥さんと頭島《かしらじま》さんと僕の三人だけとなった。床には座るスペースがないので、僕たち三人はベッドの上に座っている。とうぜんお盆を置く場所もベッドの上しかない。洋服ダンスに正対する頭島さんの背後にお盆を置く。

「現場と一緒だよ」

奥さんに言われて、ちょっと頭を下げて「ですね」とだけ返した。

奥さんと頭島さんと僕の三人は須田《すだ》SAFETY STEPという足場工事会社に勤めている。正しくは、二人は正社員で、僕は三ヶ月の試用期間中だけれど。

現場ではときに施主が飲み物やお菓子などを差し入れてくれることがある。そういうときはありがたくご厚意に甘え、その恩義に報いるべく、より早く確実に安全な足場を組み、撤去の際は最後の清掃をより念入りに行うというのが社則にある。でも今日は社としての仕事で来たのではない。

「なんか待っていると時間って長く感じるもんだな」

お盆の上の焼き菓子を物色しながら奥さんが言った。

名言っぽい気がする。それこそ人を待っているとか、恋愛中で相手からのラインの返事待ちとかならそうだろう。確かに今、僕たちも待っていた。ただし観音開きの洋服ダンスの扉が開くのを。

普通はそんなことは起こらないはずだが、藤谷家の洋服ダンスの扉は誰の手も借りずにひとりでに開く。それも昼夜問わず不定期に。

最初に思いつくのは洋服ダンス自体の問題だ。立て付けが悪くて扉がきちんと閉まらないとかだろう。でも、違う。

今年の三月末、夫妻は長男の小学校入学を機にこの中古物件の一戸建を購入した。賃貸２Ｋのアパート暮らしから４ＬＤＫの一軒家での新生活を始めるにあたり、家財道具も一新することにした。洋服ダンスもその一つだ。家のちょっとレトロな雰囲気に合う、手頃な値段のものを物色したところ、掘り出し物の中古品をみつけた。破損箇所の有無をくまなく確認し、扉を何度も開け閉めして大丈夫だと納得してから購入した。だから洋服ダンスが理由ではない。

次に考えられるのは家自体の傾きだ。夫妻は家の中のあちこちでビー玉やゴルフボールを置いて試した。けれどどの場所でもまったく動かなかった。この洋間もだ。つまり家は傾いてはいない。

物理的な原因ではないとなると、この手のおかしなことが起きる理由として頭を過《よぎ》るのは心霊現象だ。

藤谷夫妻は二人とも、その手のことはまったく信じていなかった。けれども最初は閉め忘れたのだろうと思っていた扉が、夫妻が部屋にいるときにひとりでに開くのを目撃するようになった。開くと言っても大きな音は立てない。カチャッと小さな音がするだけで、開くのも三十センチくらいだ。

ただ音の大小に拘わらず、就寝中の物音は安眠妨害に繋がる。まして目の前の洋服ダンスの扉が勝手に開くとなったら、おちおち寝ていられなくなっても仕方ない。気味の悪さに夫妻は寝室ではなく、別室に布団を敷いて寝るようになった。洋服ダンスの買い換えも検討しているけれど、予算的に冬のボーナスまで我慢しなければならない。

そうしてかれこれ四ヶ月が過ぎた八月九日、室内のリフォームを依頼した武本《たけもと》工務店の職人さんがアフターサービスで再訪問したときにその話をした。その職人さんは、「ウチで使っている足場会社の社員で、そういうのをなんとか出来そうな奴がいるらしいんですよ。本当に解決出来るかは分からないけれど、頼めば無料でやってくれるだろうから、試してみても損はないかも」と、夫妻に提案した。その結果、「そういうのを解決出来そうな奴」として、僕ら三人は今ここにいる。

僕たちはプロのゴーストバスターズではない。どころか、霊が見えたり話せたりといった、いわゆる霊感があるわけでもない——これは完全にそうとも言い切れなかったりもするけれど。

ではなぜ、こんなことになったのかと言うと、話はひと月前に遡《さかのぼ》る。

2

七月三十日、家出十一日目の朝七時前のことだ。

七月二十日の一学期の終業式の朝、式には出ずに青春18きっぷで在来線を乗り継いで、広島県廿日市市《はつかいち》から二十四時間以上かけて東京に辿り着いた。東京にした理由は、まったく知り合いのいない場所で、しかも日本一の大都市ならば、簡単にはみつからないだろうと思ったからだ。

所持金は二十六万五千五百三十円。これが僕の全財産だった。十七歳にしてはけっこうな額だと思う。けれど、十月十九日の十八歳になる誕生日までの九十二日間を凌《しの》がなければならないとなると余裕はない。ホテルに連泊なんて、カプセルホテルでも一泊三千円が相場だから絶対に無理だ。夏だし野宿をしても風邪を引くことはないだろうけれど、全財産を所持しているので安全面を優先したい。

足が付くからスマートフォンは捨てると決めていた。なので生活に必要なことは学校の図書館のパソコンで入念にリサーチした。もちろん宿泊先もだ。目をつけたのは漫画喫茶だった。けれど大きな問題があった。東京都の条例で漫画喫茶は十八歳以上しか宿泊できないことになっていた。がっかりしたが、捨てる神あれば拾う神あり。コンビニエンスストアでコピー機を使おうとしたときに、専門学校生の学生証が置き忘れられていたのだ。その学生証にICチップはなく、学校名や氏名や学生番号が記載された台紙に顔写真をラミネート加工しただけのものだった。これならばと思った僕は、こそっと両面をカラーコピーした。手先は器用な方だったので自分の写真を使って、オリジナルと遜色のない十八歳の学生証を作った。

もちろん犯罪だ。発覚したら有印私文書偽造罪で三ヶ月以上五年以下の懲役だと調べて知った。捕まれば家に連絡される。だとしても、懲役になれば母親からは離れられる。世に戻る頃には確実に十八歳になっているはずだ。ならばそれもまたいいかもしれない。

とにかくこれで身分証明書問題はクリアしたとして、漫画喫茶についてさらに調べた。同じチェーン店でも新宿や渋谷などの大きなターミナル駅の店舗よりも、足立区《あだち》や練馬区《ねりま》などの住宅街の店舗の方が価格設定が低いし、ガードも緩そうだ。

捜索される身で考えると、一箇所に留まるのは危険だ。都内でも移動には交通費が掛かる。まして毎日ともなれば馬鹿にはならないだろう。選んだのは徒歩圏内に同じチェーンの店が二店舗、違うチェーンの店が一店舗ある練馬区だった。

一店舗のみのところは午後七時以降に入店すれば九時間パックで千九百九十円。二店舗あるチェーン店は時間指定なしの九時間で二千百円という格安だった。しかもどちらもリクライニングシートやフルフラットシートが利用出来るだけでなく、フリードリンク、フリーソフトクリーム、さらにはモーニング食べ放題のうえに、シャワーが無料という充実したサービスがついていた。

誕生日に区役所で分籍届を出して、その先の生活の相談をしたとしても、すぐに住まいや仕事が得られるとは思えない。だから出来るだけ多くお金を残しておかなくてはならない。そうなると一日に使えるのは三千円が限度だ。

サービスのモーニングをお腹いっぱい食べて、昼食と夕食を格安で済ませれば倹約できる。しかもシャワーも無料となったら、当面のねぐらとしてはこれ以上の場所はない。

身長は百七十センチあるけれど、僕はやせっぽちで、地味な顔だ。実年齢の十七歳相応に見えると思うが、華やかな東京の人たちの中では幼く見えるかもしれない。

住宅地の多い練馬区で、深夜や早朝に所在なげにうろうろしていたら悪目立ちしてしまう可能性もある。安全に、しかもお金をかけずに一日を過ごすには、しっかりした計画が必要だった。

漫画喫茶に夜十時にチェックインして朝の六時前にチェックアウトする。最初の数日は夜の十一時頃にチェックインしていたが、時間が遅いとフルフラットシートが満席になってしまうし、夏休みでも深夜近くともなれば、路上で警官とか生活指導員とか、誰かしらに声をかけられる可能性も高くなりそうだ。なので十時前にチェックインするようになった。

漫画喫茶を出たら、日中は図書館と大型ショッピングモールを適度に移動して過ごす。図書館は平日は朝九時から夜八時までで、土日は夜七時まで。休館日は月曜日。ショッピングモールは朝十時から夜九時まで開いていて、ほぼ年中無休。

冷房の効いた建物の中に無料でいられるだけで天国だ。さらに本は読み放題だから、かなり有効に時間が過ごせる。もともと読書はする方だったけれど、話題作でも興味が湧かずに手を出さなかった本も読むようになった。お蔭で新書やエッセイが面白いと知ることが出来た。

ショッピングモールには大型スーパーが入っていて、閉店間際になると総菜や弁当を半額で買うことも出来た。倹約生活には絶大なる味方だ。

図書館とショッピングモールを巡り、漫画喫茶で寝泊まりする。これでけっこう安全で快適な一日を過ごせていた。けれどエアーポケットみたいな時間がある。それが漫画喫茶をチェックアウトしてから図書館が開く九時までの時間だ。この時間帯にお金をかけずに時間を潰すとなったら、街中をうろつくか公園にいるしかない。

そんなこんなで十日を過ごし、七月三十日の朝六時に漫画喫茶をチェックアウトして、図書館の開く九時までの時間潰しに街中を歩いていた。前日までは公園に直行していた。でも朝六時から八時まで公園内は早朝ウォーキングをする人が多く、さらにはご老人の社交場になっていた。フレンドリーなのか、それとも新参者への警戒心からなのかは分からないが、すれ違う人のほとんどが挨拶してくれる。中には話しかけてこようとするご老人もいた。だから彼らが帰宅する八時過ぎに公園に行くことにした。そうなると二時間近くを、なんとなく移動してやり過ごすしかない。

七時過ぎに駐車場つきのコンビニの前に差しかかったとき、店の自動ドアが開いた。何となく目をやると、中から作業着姿の三人の若い男が話しながら出て来た。手にペットボトルを持っている。作業着と言っても、僕が地元で目にしたねずみ色とか紺色のこれぞ作業着みたいな代物ではなく、デニム地っぽいお洒落《しゃれ》な物だ。さすがは東京と感心する。

「ちょっと早いから、そこいらで時間を潰していくか」

先頭のたぶん僕よりちょっと背の低い三十歳にはなっていなそうな男が言った。黒髪をツーブロックに刈り上げて、前髪は全部上げて額をすべて出している。目鼻立ちのはっきりした彫りの深い顔で、お洒落な作業着も相まってダンスボーカルグループのメンバーだと言われても違和感がないくらいだ。

同じ作業員でも東京は違うものだななんて考えていたら、視線を感じた。先頭の男が僕を見ていた。目が合うと、男が視線を外した。進行方向に僕が立ち止まっていたから見ただけだったようだ。

七月末の太陽は朝七時半だというのに容赦なく照りつけて、むき出しの腕や首筋はすでに熱を持ちだしていた。何も買わないのは申し訳ないけれど、店内を一周して涼を取らせて貰うことにする。店に向かって歩き出すと、自然に三人組に近づく格好になった。

「マジでヤバいかも。いやホント、マジで」

二番目を歩く僕よりも少し背の高い伸びた金髪にニュアンスパーマをかけた男が顔を顰《しか》めてぼやく。一番目の男より若そうだ。

「だから、とっとと謝れって」

先頭の男が少しだけ振り向いて言った。

「謝りましたよ。けど、ガチ怒《オコ》で。たかがアイスであんなキレるなんて」

「何度目？」

「三度目っす」

「三度目だからだろ。自分の言うことをちゃんと聞いていない。軽んじている。だから同じミスをするんだってキレているんだよ」

「いやそんな、軽んじてるとかじゃなくて」

「現場で同じミス、三度もするか？」

それまですぐに言い返していた金髪が、今度は詰まったらしくすぐには答えなかった。

「けどヨウヘイさん、現場は仕事で仲間の命が懸かっているし」

「でもアヤちゃんのアイスはそうじゃない。食べても怒られないだろうって思っている。だから三度も同じ事をした。やっぱり軽く見てるんじゃないか？」

奥さんか彼女かは分からないけれど、金髪はアヤさんという女性のアイスを無断で食べた。それも三回。それでキレられた。

なんか平和だな、と思う。それとヨウヘイさんはなかなか良いことを言うな、とも。そのヨウヘイさんとすれ違いかけたとき、とつぜん「家出だろ」と言われた。

ギクリとして立ち止まる。

「腹減ってないか？」

ヨウヘイさんが重ねて訊ねてきた。

朝食なら漫画喫茶のフリーサービスで食べてきた。ここ数日のタイムスケジュールだと、今頃が一番お腹がいっぱいだ。いや、そんなことはどうでもいい。とにかく、この場から逃げ出そう。

敷地の外へと目を向けると、いつの間に移動したのか三人目の少し伸びた髪を無造作にかき上げたように見える黒髪の男が出口を塞ぐように立っていた。僕より頭一つ背が高く、細身だけれどがっちりした体格をしている。歳は金髪と同じくらいだろうか。その男と目が合った。切れ長の目は鋭く、無言の圧を感じた。

目の前にヨウヘイさん、その横には金髪。背後には黒髪。三方を囲まれて逃げようがない。

――どうしよう、どうすればいい？

頭をフル回転させる。外に逃げられないのなら店の中だ。いざとなったら店員に助けを求めればいい。

「大丈夫です」

なんとかそれだけを喉から絞り出した。これで失礼にはならないだろう。

店へ向かって足を踏み出すと、ヨウヘイさんがついて来た。どういうこと？　と怯《おび》えながら店内に入る。少し遅れて店内に入ったヨウヘイさんが「ほら」と、僕に買い物籠を差し出した。意味が分からなくて顔を見る。

「弁当でも飲み物でも、なんでも好きな物入れな。買ってやるから」

ヨウヘイさんは僕の肘《ひじ》をつかんで弁当の陳列棚へと歩き出す。押されるようにして僕も進む。

「やっぱり肉だな」

そう言って焼肉弁当を籠の中に入れ、さらに「これ、美味《うま》いんだよ。俺のお薦め」とオムライスも籠に入れた。何が起こっているのか僕にはまったく分からない。でもとにかく断らなくてはならない。

「朝ご飯、食べてます。お腹いっぱいです」

なんとか伝えた。「だったら、昼か夜に食べな」とヨウヘイさんが即答した。

「あー、でも今買ったら温められないか。それにこの陽気で半日とか持ち歩いたら危ないしな。パンとかの方がいいか」

弁当を棚に戻すと、パンの陳列棚へと歩き出す。もちろん僕の肘はつかんだままだ。

「好きなの入れな」と言われたけれど、すんなり従えるはずもない。そもそもなぜこんなことをされるのかが分からない。

「お前、一昨日《おとつい》の朝も同じくらいの時間にこの辺りをうろついてたよな」

ただ立ったままの僕をよそに、ヨウヘイさんはパンをいくつか適当に籠に入れながら言った。

「今日の現場の下見に来てたんだ。そんで一時間くらいして全部終わって帰ろうとしたときにもまた見かけた。何か用事でこの辺りを歩いてたってだけかもしれないけれど、ただ、荷物が」

視線を向けられた。リュックサックの肩紐を両手でぎゅっと握りしめる。

「中身がパンパンのリュックサック一つで、しかも歩いている最中、ずっと肩紐を手でつかんでいた。今みたいに」

指摘されて、あわてて肩紐から手を離した。思わず紐に目をやると、力を込めて握っていた箇所が細くなっている。形がつくほど強く握りしめ続けていたのだ。

「今朝も同じで、違うのはTシャツの色くらいだ。それで家出だって気づいた」

ヨウヘイさんはにかっと笑うと、またパンを籠に入れた。チーズやソーセージの載ったしょっぱい系と、クリームやチョコが入った甘い系のパンを三つずつ入れて、「あとは菓子とかカップ麺だな」と言って、店内を移動し始める。

「あの、僕」

この状況をなんとかしたい。けれど肘をつかまれ、背後には金髪、出入口の近くには黒髪がいる。こうなったら大声を出して店員に救いを求めるしかない。でも、そうなったら駆けつけた警官にとうぜん僕の名前や住所を聞かれる。それは避けたい。

「俺も昔、家出したんだ。それにウチにはそういうのが多いから」

「俺も」

背後から金髪がひょいと顔を出した。日に焼けて毛先が白っぽく見える金髪のせいで、ヨウヘイさんよりも見た目はかなりヤンキー寄りだけれど、垂れ目でファニーな顔立ちをしている。

「ウチの社員は俺も含めて全部で七人。家出をしたことがないのは一人だけだ」

――それは「そういうのが多い」ではなく、「ほとんどそう」では？

ヨウヘイさんが僕が家出をしていると見抜いた理由は分かった。けれど食べ物や飲み物を買ってくれる理由は未だに謎だ。

「チョコは溶けるか。――おっ、これなんていいんじゃないか。チョコとチーズ、どっちがいい？」

カロリーメイトの箱を指さしてヨウヘイさんが訊ねる。黙っていると「両方だな」と、一つずつ籠の中に入れた。さらに飴《あめ》やガムやクッキーやおせんべいを次々に籠に入れていく。山積みにされた商品が籠からこぼれ落ちそうになっている。

「どうして」

もっと早く発するべき言葉をようやく口にした。ヨウヘイさんが僕を見る。

「家出中の俺に、こうしてくれた人がいたんだ。その人から受けた親切のお蔭で道を踏み外さずに済んだ。今では、ちっぽけだけれど足場工事会社の社長をしている」

どう見ても二十代のヨウヘイさんが社長。シンプルにすごい。

「だから俺も同じことをするって決めたんだ。――ま、自己満足ってヤツだ。だから気にするな。大した額じゃないんだし」

照れくさいのか早口になっていた。

「いよっ、社長！　格好いい～！」

僕の背後から金髪がヨウヘイさんを冷やかした。

「るっせぇよ」

鬱陶《うっとう》しそうにそう言うと、「あとは飲み物だな」とヨウヘイさんが冷蔵庫に移動し始める。

「これってペイフォワードってヤツじゃん。マジ、格好イイ。なぁなぁ、ペイフォワードって、知ってる？」

説明する気満々な様子で金髪が僕に訊ねる。それくらいは知っている。

「誰かから受けた親切を、別の誰かにするってことですよね？」と答えた。教えるチャンスを逸したことに失望する様子もなく、「そう、それ」と、嬉しそうに金髪が言った。

状況が呑み込めた。ヨウヘイさんはかつて誰かから親切にされた。だから自分も誰かにしている。今回その誰かが僕だ。

ありがたくその恩恵に与《あずか》ってもいいのだろうか？　でもそうしたら、僕も誰かに同じようにするべきだ。――そんなことが出来る未来が僕にもいつか来るのだろうか？

「そんで、親切にしてくれた相手に恩を返すのがペイバック」

金髪の声に物思いから引き戻される。

ペイバック、直訳すると払い戻すだ。企業のポイントバックキャンペーンとかでよく使われているけれど、そんな意味もあったのかと驚く。

「けど報復とか、しっぺ返しって意味もあるんだぜ」

意外に金髪が物知りで驚いた。とても失礼なのは分かっているけれど、人って見かけによらないものだなと思う。

「最近観たドラマか映画で知ったんだろう？」

「映画っす」

ヨウヘイさんの質問に金髪が即答した。

「サブスク様々だな」

「いや、ホントっす。去年、ネットフリックスとディズニープラスに入って、片っ端から洋画や米ドラを観てるんすけど、最近、なんかちょっと英語が分かってきた気がするんすよ。そうだ、『スモーキングガン』って知ってます？」

「いや」と言いながら、ヨウヘイさんがレジへと向かう。

「お前は？」と、僕も聞かれた。漫画のタイトルになっていたから知っていた。でも金髪の説明が聞きたくて、首を横に振った。

「直訳すると煙が出ている銃。けど銃口から煙が出ているってことは撃ったばかりってことだから、動かぬ証拠って意味なんですよ」

レジで店員が精算するのを待っている間に、金髪が嬉しそうに説明する。

「へぇー」と、感心した声をヨウヘイさんがあげた。

「四千二百五十三円になります」

金額に驚く。かなりの額になっていた。やはり奢《おご》って貰う訳にはいかない。

遠慮の言葉を口にする前に、「今更止めたら店員さんに迷惑だから止めとけ」とヨウヘイさんが言った。

「あとレジ袋も。大きいヤツ五枚。あればあったで、何かと便利だろう？　支払いはカードで」

ヨウヘイさんが財布から金色のクレジットカードを出した。店員に「どうぞ」と言われて読み取り機に挿し込む。会計を終えて商品の詰まった大きなレジ袋を二つ、僕に差し出した。躊躇《ためら》っていると、「ほら」と押しつけられる。

「遠慮しないで貰っとけよ」

金髪にも促されて、「ありがとうございます」とお礼を言って受け取った。二つの袋ともずしりと重い。

「そんじゃ、そろそろ行くか」

ヨウヘイさんを先頭に金髪、黒髪の順で店を出て行く。僕もあとに続く。これだけして貰ったのだから、お見送りをしなくては。

連なって駐車場を抜けて歩道に出る。改めてお礼を言おうとしたそのとき、ヨウヘイさんが振り向いた。

「日当一万でバイトしないか?」

差し出した右手の人差し指と中指の間にいつの間にか一万円札が挟まっていた。きょとんとする僕にさらに続ける。

「俺たちは足場工事をしている。今日の現場はここから五分くらいの住宅だ。して欲しいのは、作業中、通行人に『ご迷惑をお掛けします』とか『お足元にお気を付け下さい』と声をかけたり、あとは掃除の手伝いとかだ。朝八時から十二時の四時間で途中休憩が十五分。午後は一時から途中休憩二回で五時まで。実働七時間十五分だから時給にしたら千三百円ちょっとってところだ。昼飯は奢る。どうする?」

すでに食べ物や飲み物を奢って貰っているだけに断りづらい。それに、これまでのやりとりでヨウヘイさんと金髪は悪い人ではなさそうだと感じていた。まだ一言も話していないけれど、二人の仲間なのだし、黒髪もおそらくそうなのだろう。それにお金はいくらあってもいい。

「お願いします」

頭を下げてそう言うと、ヨウヘイさんは「先に渡しておく」と、買い物袋の中に無造作に一万円札を入れた。


ボリュームたっぷりの焼肉定食を半分くらい食べた頃、ヨウヘイさん改め須田社長が「家には帰れるのか？」と、僕に訊ねた。

口に食べ物が詰まっていたので、ひとまず首を横に振った。それだけでは失礼だから、急いで飲み込もうとする僕に、「この先はどうするんだ？」と、須田社長が更に訊ねた。なんとか飲み下して口を開く。

「漫画喫茶に泊まって、十月十九日の誕生日になったら役所に分籍届を」

「何それ？」

咀嚼《そしゃく》しながら金髪改め奥隼斗《はやと》さんが訊ねた。

「戸籍から外れるってことです」

「離婚の親子バージョン？」

僕の返事に、もぐもぐと口を動かしながら奥さんが重ねて質問する。

「厳密には違いますけれど、同じ戸籍ではなくなります」と答えた僕は、小鉢のきんぴらごぼうに箸《はし》を伸ばした。

ごぼうの土臭さが苦手で以前は好きではなかった。でも、疲れのせいか、甘塩っぱい濃いめの味付けがすごく美味しく感じる。

奥さんはごくんと音を立てて口の中の物を飲み込むと、「——ガチじゃん」と言った。黙々と定食を平らげていた須田社長は、「そうか」とだけ呟《つぶや》くと、また食べることに専念する。奥さんと黒髪改め頭島丈《たける》さんと僕の三人もそうする。

最初に食べ終えた奥さんが切り出した。

「十月十九日まで漫喫に寝泊まりすんの？　金も身体もキツいだろ」

確かにキツい。でも漫画喫茶よりも安く泊まれる場所を僕は知らない。

「アヤと同棲するまで住んでたアパートが空《あ》き部屋になってんだよ。とりあえず今日はそこに泊まれよ。一泊分浮くぜ？　それに、気に入ったら貸してやるよ」

まだ完全に引き払っていないアパートに一晩泊まらせてくれるまではさておき、そのあとの内容が理解出来ない。部屋の又貸しをしようとしているのだろうか？

急に話が怪しくなってきた。今まで色々とよくして貰ったけれど、すべては何かしらの得をするためだったのかもしれない。

——逃げなくちゃ。

膝をぎゅっと握りしめた。むき出しの二の腕にも力が伝わる。

「隼斗のお祖母《ばあ》さんは賃貸物件をいくつも持っていた資産家だったんだ。亡くなったときにコイツはそのアパート一棟、丸ごと相続したんだよ。だから誰にいくらで貸すとか自分のさじ加減で決められるんだ」

僕の変化に気づいたらしく、須田社長が補足説明をしてくれた。

「オーナーでぇ〜す」

ふざけた口調で奥さんが胸を張る。

「毎月けっこうな不動産所得がある奴に、何で俺が飯を奢っているんだか。隼斗、夕飯はお前が奢ってやれ」

ぶっきらぼうに須田社長に言われた奥さんは、頭に手を当ててへっと笑うと、「そんじゃ、夜は俺持ちな。丈も奢ってやるよ」と、言った。

「ありがとうございます」

頭島さんが頭を下げた。二十三歳の頭島さんはほとんど話さない。でも礼儀はすごくいい。それと察する能力が高く、須田社長や奥さんから何か言われる前に行動に移していることが多い。仕事なのだからとうぜんなのかもしれないけれど、どこか尋常ではないものを感じる。

午前中、僕がへたばる直前に休めと声をかけてくれたのも、無言で飲み物を手渡してくれたのも頭島さんだった。通行人への注意喚起は僕の仕事だったのに、杖を突いたお婆さんやベビーカーを押すお母さんが通りかかると、足場から下りてきて荷物を運ぶ手伝いもしていた。

寡黙だけれど出来る人でしかも優しい。背が高いし、顔もちょっと冷たい感じのする切れ長の目で格好いい。黙っていてもモテる人というのは頭島さんのような人を言うのだろうなと僕は思う。

「夕飯は社に戻ってのミーティングのあとになる。食べ終えたら光希《ひろき》の好きなところに送ってやる」

言い終えた奥さんがコップの麦茶を飲み干した。

夕食をご馳走して貰えるのはありがたい。でも二つ返事は出来ない。

そこまで甘えていいとはさすがに思えないし、やっぱりまだ完全に信用しきれてはいない。日当で貰った一万円があるし、買って貰った食べ物や飲み物もあるから、これで十分だ。でも面と向かってすぐさま断るのも気が引けた。答えを渋っていると、「無理に誘ってはねぇよ。仕事終わりにどうしたいか教えてくれ」と、空気を読んで奥さんが言ってくれた。仕事が終わったらそこで辞去しようと心の中で思いながら、僕は頭を下げた。


けれど結局、奥さんの愛車のイカついフェイスのアルファードに乗り込んで埼玉県新座《にいざ》市にある須田SAFETY STEPに行き、そのままミーティングに参加したあと、奥さんの行きつけの居酒屋に移動した。そして今、頭島さんと一緒に夕食をご馳走になっている。

家出して練馬区に着いてからは、徒歩移動を除いては図書館やショッピングモールのフリースペースの椅子に静かに座っていただけの生活だった。立ちっぱなし動きっぱなしの一日を終えたときには、僕は完全にへたばってしまっていた。疲れすぎてまったく頭が働かなくなった結果の今の状態だ。

すべてのお皿を空《から》にして僕が箸を置くのを待ち構えていたように、「それでどうする？」と、奥さんが訊ねた。

奥さん所有のアパートの空き部屋に泊まるか？　というありがたい提案への答えを促されている。

今日一日、須田社長と奥さんと頭島さんにお世話になった。三人の人となりはもう分かったし、信頼してもいいと思い始めていた。何より僕はくたびれきっていた。雑務しかしていない僕よりもパイプを担いで運んで足場を組むという重労働をした奥さんと頭島さんは、はるかに疲れているはずだ。練馬区まで送って欲しいと言うのはさすがに気が引ける。

それに漫画喫茶では、フルフラットシートで横になって眠れると言っても、薄っぺらい壁越しに隣の個室の他人の気配を常に感じながらだから熟睡できない。そんな一夜を過ごすよりも、アパートの室内で安心して過ごす方が絶対にいい。心を決めて、「いいですか?」とお願いする。

「おうよ」

その一言で奥さんは了承してくれた。

「着いたぞ」

奥さんの声で目が覚めた。車内の時計を見ると、午後八時半を少し回っていた。居酒屋を出たあとに、コンビニエンスストアに寄った。それから十分程度しか経っていない。その短い間でも、満腹なのもあって僕はうとうとしてしまったらしい。

「すみません」と言ったけれど、寝起きで声が出ていない。

「疲れてんだし、いいってことよ」

軽く流して奥さんが説明する。

「見た目はボロいけど中はそうでもないから。——ただちょっと難があってな。まぁ、それは部屋に入ってから話すわ」

アパートの見た目は奥さんが言うほどボロくはなかった。外付けの階段に錆《さび》は浮いていないし、雨よけのプラスチックの波板も欠けていない。これなら室内もそんなに悪くはなさそうだ。一ヶ月前に彼女と同棲するために引っ越すまで奥さんが住んでいたぐらいだから、難があるといっても、そんなに大事ではないだろう。

一階の一番手前の部屋の扉を奥さんが鍵で開ける。薄暗い室内に入って壁のスイッチを押して灯《つ》りを点けた。1Kで六畳の部屋は畳敷きではなくフローリングだった。部屋の端に畳んだ布団が置かれている。想像していたよりも室内ははるかに綺麗だ。

「よっこらせ」と言いながら、奥さんが買ってきた飲み物や食べ物の詰まったビニールの買い物袋を床に置いた。

「俺が使っていたのでよければ、部屋にある物は何でも使ってくれ」

室内を見回す。冷蔵庫や電子レンジや洗濯機などの白物家電だけでなく、タオルやキッチンペーパーなどの生活に必要な物がそのままになっている。

「風呂とトイレはここな」とドアを指さす。ドアは一つだけだからユニット式だろう。

「そんで、エアコンのリモコン」

手渡されたリモコンはまだ新しそうだ。

「二年前に相続したときに空き部屋から徐々にリフォームして、エアコンも新しいのにしたんだ。俺がアヤと今住んでるとこのよりも効きがよくてしかも省エネで電気代も安い。技術の進歩？企業努力っての？　とにかく、どんどん良い物が出てくるもんだよな」

ヤンキーな見た目とは裏腹に、奥さんはちょいちょい含蓄《がんちく》のあるようなことを言う。つくづく見た目で人を判断してはならない。と思ったそのとき、室内の電気が消えた。

　壁のスイッチに頭島さんが触れるか何かして、誤って消してしまったのだろうと一瞬思った。でもスイッチの前には誰もいなかったはずだ。頭島さんは風呂とトイレのドアの前に立っていた。接触不良だろうか？　でも二年以内にリフォームしたと聞いたばかりだ。

　――もしかして。

　目を閉じて気持ちを集中させる。何も感じない。

　もう、以前のようではなくなっていたけれど、それでもたまにうっすらと何かを感じることもある。けれど今は何も感じない。

　壁に近寄って奥さんがスイッチを押した。室内が明るくなったのと同時に僕は目を開ける。

「さっき言った難ってのがこれなんだよ。この部屋、たまに勝手に電気が消えるんだわ」

「勝手にですか？」

「そ」

　奥さんが一言で答えた。

「たまになんだけれど、部屋にいるととつぜん電気が消えるんだよ。それでこの部屋だけ住人が居着かなくてさ。せっかくリフォームしたのに空けとくのももったいないんで俺が使ってたんだ。――飲み物が温《ぬる》くなっちまう。この話は座ってからにしようぜ」

　奥さんはフローリングの上に胡座《あぐら》をかくと、袋の中の物を出して床に広げた。それを中心に車座で僕と頭島さんも床に座る。

　僕は未成年だし、奥さんはこのあとも自宅に帰るために運転する。頭島さんだけはアルコールを飲める状況だったけれど、さすがは気遣いの人で口にしなかった。男三人、そのうち二人は成人だが、奥さんがダイエットコーラ、頭島さんが緑茶、僕はシンプルに水で乾杯してから口をつける。

「くぅ〜っ、沁みるなぁ〜！」

まるでビールのＣＭのような台詞《せりふ》を奥さんが口にした。頭島さんは無言でスナック菓子の袋を食べやすいように開けている。すべてご馳走して貰って、部屋にも泊まらせて貰うのに何もしていないのはマズいと思い、あわてて僕も乾き物の袋を開けようとする。そのとき、また部屋が暗くなった。

「チッ！　またかよ」

舌打ちして奥さんが言う。

僕が立つ前に頭島さんがスイッチを押していた。だが頭島さんが床に座ると同時にまた電気が消えた。立ちあがろうとしたけれど、中腰になる前にまた頭島さんがスイッチを押していた。

「——悪《わり》ぃな。しかし今日はほんっと、よく消えるな」

苦虫を嚙《か》みつぶしたような顔でそう奥さんが言った直後に、また暗くなった。今度も頭島さんが電気を点けた。

「スイッチは換えた。ライトも他の部屋に付け替えて試したら問題なかった。配電も湯沢《ゆざわ》さん——同じ現場によく入る電気工事会社のお兄さんだ。仕事は早いし丁寧だし、付き合いがあるからってちょっと安くしてくれるので、なんかあったら頼むといい」

僕の表情から察して説明を付け足したあとに、「で、湯沢さんが全く問題ないって」と、奥さんが締め括った。

部屋の電気が消える物理的な原因はない。でも消える。こうなると、やっぱり……。

ポテトチップスの袋を開ける振りをして、俯《うつむ》いて二人に気づかれないように胸の中の息をすべて静かに吐き出した。目を閉じて気持ちを集中させる。やはり、何の気配も感じられない。

「貸してみな」

僕の手からポテトチップスの袋を取ると、奥さんは袋の裏の長い結着部分を引っ張って開いた。

「大人数で食べるときはパーティー開き。覚えときな、これ基——」

にやっと笑った奥さんが言い終える前にまた部屋が暗くなった。

「あ〜、もう！」

苛立った声を奥さんが上げたそのとき、暗闇の中の空気が動いた。

どんっと床を打つ重い音が聞こえた。驚いて動けずにいると、部屋が明るくなった。スイッチを押したのは奥さんだった。スイッチに指を触れたまま、床の一点を見下ろしている。視線の先を僕も見る。そこには謎のポーズをとる頭島さんがいた。

頭島さんは足を開いて両膝を床につき、上半身を床と平行になる直前まで倒した体勢だった。その姿は何かに馬乗りになっているようにも見える。でも床の上には何もない。

そこで僕はあることに気づいた。頭島さんは両腕を突っ張っているが、床にはついていなかった。床から七〜八センチくらい上のところで浮いている。大きく開いた両手は、何かを押さえているようにも見える。でも、やはりそこには何もない。力が込められているのは、半袖Tシャツからむき出しの腕に盛り上がった筋肉で分かる。

身体を支えているのは床についている両膝とつま先のみ。それで前傾姿勢をとるのは相当キツいはずだ。なぜこんなことをしているのか、まったく見当がつかない。

「足押さえろっ！」

低い怒号に身体がびくっとした。

「押さえろって言ってんだろうがっ！」

頭島さんが僕を睨みつけてそう叫んだ。それまでのぶっきらぼうだけれど、決して悪い人ではないし、怖くはないという印象がその形相《ぎょうそう》で吹っ飛んだ。

「早くしろっ！」

怒鳴り声に我に返った。よく分からないまま四つん這いで近づいて、頭島さんの両足首をつかんだ。

「違《ちげ》ぇよっ！　俺のじゃねぇっ！」

怒鳴られた拍子にびくついて手を離す。

頭島さんのでないのなら誰の？　奥さんのとは思えない。もちろん僕のでもないだろう。どうしていいのか分からなくて、僕は動けなくなった。

「よっしゃぁっ！」

そう叫んで奥さんが頭島さんの背後の床に飛びかかった。

「ここか？　こっちか？」

頭島さんの言う〝足〟を捜して、それらしきものがありそうな場所を、奥さんがつかもうとしている。けれど何にも触れることなく空を切った手は、バンバンと音を立てて床を打ちつけてるだけだ。まるでカルタ取りをしているみたいだ。

「ざっけんな、コラッ！」

頭島さんが右膝の位置を変えた。曲げた右足は完全に宙に浮いていた。床についているのは左膝のみだ。その一点だけで全身を支えられるとはさすがに思えない。だとしたら、やはり頭島さんは何かの上に乗っている。

「この野郎っ！」

頭島さんが、それまで力を込めて床に伸ばしていた右腕を何かから引き剝《は》がすように振り上げた。握った拳を振り下ろす。

何もないのだからとうぜん空振りするはずだ。けれど、ある一点で止まった。自ら止めたようには見えなかった。何かにぶつかって衝撃を受け止められたような感じだ。

頭島さんはまた腕を引いて、何もない場所にパンチを繰り出した。また同じところで拳が止まる。

「勝手に電気を消すんじゃねぇ！」

さらに三発、四発と殴り続ける。

あいかわらず床の上には誰もいない。けれど頭島さんの動きに、そこに横たわる人が見えるようだった。――と思っていたら、とつぜん見えた。

頭島さんにマウントを取られ、動きを封じられた男の顔は鼻血と涙でぐしゃぐしゃになっていた。二十代半ばくらいだろうか。右腕は床に押さえつけられていたが、左手は顔を懸命にかばおうとしていた。僕に気づいた男と目が合う。

「助けて」

泣き濡れて必死な形相の男に助けを求められた。

「止めて、やりすぎだよ」

思わず叫んでいた。

頭島さんが振り上げた右腕を止める。ゆっくりと僕を振り返って、「見えるのか？」と訊ねた。

その質問に引っかかった。頭島さんには見えている。だからこその今の状態ではないのか。

「もしかして、見えていないんですか？」

「ああ、なんも見えねぇ」

平然と頭島さんが答えた。

「電気を点ける度に消している奴がいる。何だか分からねぇけど、そいつはそこにいるんだ。だから消えた直後にいそうな場所めがけて飛びかかった。そしたらなんか捕まえた」

説明は腑に落ちた。だからといって、何もない場所に普通は飛びかかったりしないと思う。少なくとも僕ならしない。それに、なんか捕まえたって……。姿の見えない、得体の知れない何かに触れたら、驚いて手を放さないか？　けれども今、頭島さんは捕まえた男の上に馬乗りになっている。

「なんか人っぽいんで、ボッコボコにしてる」

とうぜんとばかりに言いきった。

頭島さんのシンプルさに感心すらする。けれど、捕まえたのが人っぽい、ならば殴るという理論はどうなのだろう？

部屋の電気を消しただけなのだし、まずは穏やかに話から始めるべきでは？　でも不法侵入者だ。だったら殴ってもいいのかも。いや、やはりまずは話し合うべきだ——。

そんな脳内ディベートをしている場合ではない。このあと、どうすればいいのだろう。

これまでに僕は、幽霊が見えるという人に何度か会ってきた。でもその全員が、僕には見えているその場にいる幽霊が見えていなかった。

中には、憎しみに満ちた顔の女性が肩に手を置いて自分の耳元で何かを囁《ささや》いているのにはまったく気づいていないのに、僕の背後にお坊さんだか武士だかの守護霊が見えると言った奴もいた。

僕の周りにはいつも幽霊がいた。歴史を遡れば、日本中のどこでも過去に誰かしらが亡くなっている。トータルの死者数で考えたら、幽霊なんてどこにだっているはずだ。それに僕は広島県に住んでいた。土地柄、死者の数は少なくない。それでも常に幽霊が見えるなんてことはなかった。幽霊が見えるとしても、人によって見え方が違うだけなのかもしれないが、僕と同じように見える人に出会ったことはない。

とはいえ、頭島さんには幽霊は見えない。でも殴れる。こんな話は怪談でも僕は聞いたことがない。

僕には見えるし話すことも出来る。けれど触れはしなかった。——訂正する。見えたし話すことも出来た、だ。あの日以降、どちらも出来なくなったのだ。それでも、たまに何かがいると感じることはあった。でもそこどまりで、以前のように見えたり話したりは出来なくなっていた。

なのに今、僕の目には頭島さんに組み敷かれた男がはっきりと見えていた。

「止めたってことは、見えてんだな？　どんな奴だ？」

答えに詰まった。話したら、幽霊が見えると認めることになる。

「ごめんなさい、許して下さい。お願いです、助けて」

鼻血と涙でぐちゃぐちゃの顔で謝罪と助けを求める男の姿は、今もはっきりと僕には見えている。

嘘でした。まったく見えていませんと言ったら、頭島さんは再び殴るだろう。すでにぼろぼろの男が殴られ続けるのを見て見ぬふりをするなんて僕には出来そうもない。何より、さすがに可哀相だ。

「見えます」とだけ答えた。

「マジで見えてんの？」

驚いた顔で頭島さんが聞き返す。

そのとき組み敷かれていた男の姿が消えた。支えを失った頭島さんは、ゴンッと音を立てて床に転がった。

「痛ってぇ！　――あれ？」

両手と両膝を突いて辺りを見回している。

「もう、いないです」

「いないって、どこにもか？」

見回したけれど、室内に男の姿はない。

「畜生っ、逃がしたか。どんな奴だ？」

睨《ね》めつける頭島さんの眼光は鋭い。その迫力に怯《ひる》みながら「頭島さんよりも少し年上くらいの男です」と、なんとか答えた。

「いいか、二度とすんじゃねぇぞ。またしたら、今度こそボッコボコにすっからな！」

苦々しい顔で部屋を見回しながら、頭島さんがそう吐き捨てた。

今度こそと言ったけれど、今の段階ですでにぼっこぼこだったと僕は思う。

「くっそ、腹立つな」

床にぶつけた膝を手でさすりながら立ち上がる頭島さんに、「すっげぇー！」と奥さんが感嘆の声を上げた。

「幽霊ボコれるって、マジですげぇな！　いや、本当にすげぇ！」

興奮して褒め讃え続ける奥さんに、頭島さんが「いや、やってみたら出来たってだけです」と、真面目な顔で応えた。

「足押さえろって言われてそうしたんだけれど、何も触れなくてさ。けど、丈は何かの上に乗ってたし、殴ってただろ？　寸止めじゃないのは見りゃ分かる。あれはばっちり顔面にヒットしてるだろう」

見た目と愛車から、奥さんはヤンキーに見える。でもこれまでの言動で、あくまでファッションだと僕は判断していた。けれどどうやら見た目と中身も一致しているらしい。

「光希もすげぇな。見えんのかよ。なんだよ、それなら早く言えよ」

見えると認めたら面倒なことになるのは経験済みだ。なんとかしないとマズい。

頭島さんはたった今、やってみたら出来たと言っていた。ならば僕もそうしよう。

「いえ、とつぜん今、見えました」

しれっと嘘を吐《つ》く。

「そうなんだ。そっかー、いやー、びっくりしたわー。とにかく二人ともすげぇよ。マジですげぇ！」

あっさりと信じてくれた奥さんが、感嘆の声を上げ続ける。

気になって頭島さんをちらりと見る。腕組みして僕を見つめる顔には見て分かるような表情は浮かんでいない。でも何も言ってこないのなら、こちらも大丈夫そうだ。などと思っていると、

「で、こんな部屋なんだけど、どうする？」と、奥さんが訊いてきた。

幽霊がいると分かったうえで泊まるのか？　ということだろう。そもそも僕は幽霊に慣れている。まして電気を消すだけならなんてこともない。それにあれだけ殴られたのだから、すぐに戻ってはこないだろう。

「さすがに今夜は戻ってこないと思います。泊めて下さい」

そう頭を下げて言うと、「オッケー」と、二つ返事で奥さんが承諾してくれた。

そのあと一時間ほどダラダラしてから二人は帰った。二人がいる間に電気が消えることはなかったし、男の姿も二度と見えなかった。

それ以来、部屋の電気は勝手に消えなくなった。頭島さんの暴挙に恐れをなして出て行ったらしく、あれから、僕は男を一度も見ていない。

実は今、僕はあの部屋に住んでいる。

お言葉に甘えて一泊だけと思っていた。けれど翌朝、迎えに来た奥さんの愛車に乗り込み、ま

た終日バイトをした。前日の雑用に加えて、パイプ運びも加わった。これがとんでもなくキツかった。

途中、何度もギブアップしかけた。けれど僕が口に出そうとすると、頭島さんをはじめ、誰かしらが休みを取るように言ってくれたり、飲み物を渡してくれたりした。それでなんとか次の休憩まで仕事を続けてを繰り返して、気がつけば終業時間になっていた。

現場の清掃を終えたら、また奥さんの車で会社まで戻ってミーティングに出て、夕食は社員の誰かしらにご馳走になり、アパートまで送って貰って一日を終える。そして翌朝はまた奥さんが迎えに来てくれた。

それが繰り返された四日目の昼食時に、須田社長から「このままアルバイトを続けて、十八歳になったら就職しないか？」と誘われた。

そのとき、足場工事の職に就くにはいくつか条件があると、社長が説明してくれた。

まず満十八歳以上であること。労働基準規則により十八歳未満の者は足場組み立てなどの作業に従事させてはならないとされているからだ。

次に、足場組立等特別教育を修了しなくてはならない。建設業界では足場からの転落による労働災害が多く発生していて死亡事故も少なくない。その状況を踏まえて、厚生労働省は労働安全衛生規則を改正し、平成二十七年の七月一日から施行した。それにより、「地上又は堅固な床上における補助作業の業務を除く足場の組立てや解体、又は変更の作業に係る業務に従事する者に対し、事業者は特別教育の実施を義務付け」られた。指定された講習を指定された時間分受けないと、現場での足場の組み立てと解体、変更の作業をすることは出来ないのだ。

須田ＳＡＦＥＴＹ ＳＴＥＰでは就職後三ヶ月の試用期間があり、その間の日当は一万円だという。ただし僕の場合は、七月三十日からのアルバイトを試用期間に換算する。就職したら月収は三十万円でスタートして、受注件数が多ければその分上がる。初年度の年収はボーナス込みで最低でも三百九十万円にはなる。プラス入社祝いとして二十万円を出す。福利厚生は制服と道具の支給に住宅手当と技能手当。免許や資格取得時には費用の半額の補助。有給休暇は入社半年後から使えるようになる――。

淀みなく説明して、最後に「あと月に一度のお疲れ様会と、年に一度社員旅行もある。どっちも費用は会社持ちで参加は自由」と結んで、須田社長は口を閉じた。

即答は出来なかった。四日半働いて決して楽な仕事ではないと分かっていたからだ。

須田社長が再び話し出した。

「一生の仕事にするかはお前の自由だ。でも最低でも半年、なんなら一年頑張れば、そこそこの金になる。その先の人生の資金にすればいい」

一年勤めて、生活も切り詰めれば二百万円くらいは貯められると思う。それだけあれば、少しは余裕が出来る。

ただ、この先の人生の展望なんて僕にはまったくなかった。唯一決まっているのは十月十九日の誕生日に役所で分籍の申請をする、それだけだ。

でも就職すれば経済的に安定するから、完全に自活できる。何より、一人ではなくなる――。

須田社長に出会ったのは家出して十一日目だ。その前の十日間、人と話したのは買い物や漫画喫茶での店員とのやりとりのみだった。家出前も僕は人と話す方ではなかった。母親のことは中学三年の二月から無視していたし、学校生活では友達を作らず、必要最低限の会話のみでやり過ごしていた。だから誰とも話さなくても平気だと思っていた。

でもアルバイトを始めて、休憩や昼食時に社長や奥さんや頭島さんと話すようになった。社長の双子の息子の話やペットの犬の話、奥さんお得意の映画やドラマの英語蘊蓄《うんちく》や彼女のアヤさんとのやりとりから芸能ニュースに至るまで、どれもたわいない内容だった。でも、楽しくて何度も僕は声を上げて笑った。そんな風に笑ったのはいつ以来だろう――。

今では寡黙な頭島さんとの会話も増えた。あまり話さない理由は、人見知りや人が苦手とかではなかった。須田社長に出会うまで、頭島さんは尊敬語や丁寧語や謙譲語が身につくような人生を歩んでこなかったという。それがどんな日々だったのかは、あのアパートの一夜で、なんとなく僕も察することは出来た。

須田社長は自身の理念で社員教育をしている。その一つが「足場工事は現場仕事だからこそ礼儀作法を徹底しなければならない」だ。社員に対して、職人としてだけではなく、人間としても礼節を重んじ、社会の一員として倫理観や協調性を持つ人材になるように指導を怠らない。

頭島さんは、社の一員になって以来、どこで誰に向かってどのように話すのか気をつけている。でも、まだ間違えることがある。なので、用心して極力話さないようにしているそうだ。

僕は頭島さんにとって、社内で唯一の年下の後輩だ。だから僕には気にせずに話して下さいと言ってみた。けれど、「相手が誰だろうときちんとしたいから」と遠慮されてしまった。なんか、ちょっと残念だ。でもそんな頭島さんとも、少しずつだけれど話すようになってきた。

人とのコミュニケーションやおしゃべりがこんなに楽しいと分かったのに、また一人に戻るのは寂しいし悲しいし、きっと辛いだろう。

足場組立等特別教育を受講していない僕は、まだ足場には上れない。出来るのは地上でのパイプ運びと、足場の上で作業する職人に継ぎ足し用のパイプや接続パーツを手渡しするのと、通行人への声掛けと、雑用だ。

特に辛いのはパイプ運びだ。短い物でも一本三・六キログラム、長いものだと十三・一キログラムある。数本ずつ運んでいたら時間が掛かるので、短いものなら一度に十五本くらい運ぶが、非力な僕はその半分くらいしか運べない。その分、往復回数が増えるから、かえって疲れている気がする。

長いパイプを横にして肩に載せてバランスを取るか、縦のまま丸ごと抱えるか、運び方は現場の状況によって変わる。どちらにしても楽ではない。

入社したては、ほとんどの人が一度に短いパイプを十五本も運べないそうだ。でも三ヶ月を過ぎる頃には運べるようになるし、今では社員全員が二十本以上は一度に運べるという。半年が過ぎた頃には、僕も出来るようになっているのだろうか？

でも何より、この職場を気に入っているのは、須田社長を始め七名の社員全員が良い人だったからだ。誰一人、僕に家出の詳細を訊ねてこない。自ら明かしたこと以外のプライベートには立ち入らない。しかし何かあったなと気づいたら、さりげなく声を掛ける。人間関係に距離感と気遣いがあって、居心地がいい。

アルバイト二日目に、奥さんが前の晩に起こった頭島さんと僕の幽霊退治の話をしたときもそうだった。

あの手の話にはあらかた証拠がない。だから一般的に信じるか信じないかは聞く人次第だ。けれど今回は物証があった。頭島さんの右拳の痣《あざ》だ。

前日まで痣がなかったのは、終業ミーティングに出た全社員が知っていた。けれど翌日には痣があった。何かを殴ったからこその痕を見て、全員が奥さんの話を信じた。

幽霊を殴れる頭島さんと見える僕。そんな二人がいたら、普通は質問攻めにあう。更には、様々な相談を持ちかけられる。けれどそんなことをする社員は一人もいなかった。

給料と職場の人間関係の二つともがいいとなったら、多少仕事がキツくても誘いを受けるべきだと僕も思った。そこに奥さんの「あの部屋でよければ月二万四千円でいいぞ。三分の一は住宅手当が出るから、実際は一万六千円だな」というダメ押しの提案が決め手となって、新たな生活がスタートした。

もっとも幽霊退治の話は社内では出なかったが、社外で広まっていった。社員各自が家族や友人、さらには現場で一緒になる工務店やガスや電気会社の人に話していたのだ。

そのようにして武本工務店の重森裕二《しげもりゆうじ》さんの耳にも入った。藤谷家のリフォームを請け負ったときに、家の中で起こっている怪奇現象の話を聞き、「困っているお客さんがいるから、一度見に来てくれないか？」と奥さんに依頼してきたのだ。

実は武本工務店の武本社長こそが須田社長のペイフォワードの恩人だった。武本工務店があったから須田ＳＡＦＥＴＹ ＳＴＥＰは創業できた。そして今も仕事を回してくれている。ならば、断るという選択肢はない。

だから今、奥さんと頭島さんと僕の三人は、藤谷家の一室でベッドの上に座り、ひたすら洋服ダンスが開くのを待っている。

3

「おっ、フィナンシェだ。もーらいっ！」

嬉しそうにそう言うと、奥さんはさっそく包装を破った。

「うんめー。これ、すんげぇうめぇ。おまえらも喰えよ。めちゃくちゃ美味いぞ、これ」

もぐもぐと口を動かしながら、奥さんが美味しいと連呼する。

喜怒哀楽がはっきりしている奥さんは、そのときの感情をストレートに表す。中でも美味しい食べ物や飲み物を口にした時はひときわ声が大きくなり、同じ感想を何度も重ねる。でも、うるさいとか、嫌だなとは思わない。人の目を意識してのお世辞ではなく本心だと伝わってくるからだろう。だから聞いていて実に気持ちいい。同席しているだけの僕がそう思うのだから、お店の人はその何倍も嬉しいだろう。実際、奥さんは行きつけの飲食店の人に好かれていて、「よかったら」と一品おまけして貰うこともよくある。

「これ、どこのだろ？　今度アヤに買って、――しまった、読めねぇ！」

包装の包みは破かれてぐちゃぐちゃに丸められていて、元通りには出来そうもない。

すっと頭島さんの手が伸びた。菓子皿のフィナンシェを取ると「スーブニール、連絡先はないです」と伝えて、そのまま奥さんに手渡した。

「サンキュー」とお礼を言って、奥さんはベッドの上にフィナンシェを置くと、スマートフォンで写真に収める。

「とりあえずメモって、帰るときにお礼ついでに奥さんにどこで買ったのか、聞こっと」

奥さんが奥さんに聞くというややこしい状況だけれど、奥さんは上機嫌で続ける。

「携帯電話がなかった頃、待ち合わせ一つするのも大変だったってよく聞くけどよ。こういう何か覚えておきたい物があったときはメモするしかなかったわけじゃん。そのために筆記用具は持ち歩かなきゃなんねぇし、マジ、メンドかったろうな。——ゴメン」

思ったことをつらつらと話していた奥さんが、最後は僕に謝罪した。

「これがないと何かと不便だよな」

手の中のスマートフォンを見下ろして言う。

家出した日にコンビニエンスストアのゴミ箱にスマートフォンを捨てた。それ以降、スマートフォンなしの生活を僕は送っている。

正直に言うと、須田社長たちに出会うまでは、さほど不便は感じていなかった。

完全に行方をくらますためには誰とも連絡は取れない。そもそも連絡を取りあうような人間関係が僕にはほとんどなかった。

けれど須田ＳＡＦＥＴＹ ＳＴＥＰの一員になってからは不便だと感じるようになっていた。コンビニエンスストアへの買い出しで、うっかり何を頼まれたか忘れたり、要望の物がなかったときに電話をすれば話はすぐに済む。奥さんがしてくれている送り迎えもそうだ。道路事情で早く着くとか遅くなるとかの連絡もスマートフォンがないから受けられない。そのせいで、奥さんに多大なる迷惑をかけ続けている。

「あと一ヶ月ちょっとか」

今日は八月三十日。十月十九日の誕生日まであとひと月と二十日ある。残りの日数よりも、もう一ヶ月も過ぎたことの方が僕には感慨深い。練馬駅に着いたときには、一ヶ月後に足場工事会社で仮採用になってアパート暮らしをしているなんて、考えもしなかった。

「二十日」

頭島さんが訂正した。

僕の誕生日を覚えていてくれたことに驚きかけたけれど、頭島さんが気が利く理由には記憶力の良さもある。

「じゃぁ、ひと月の半分より多いんだからちょっとじゃねぇな。やっぱりスマン」

重ねて謝ってくれた奥さんに「いえ」とだけ返してから「それにしても、開かないですね」と話を変える。

「もう一時間か。なんか見えた？」

奥さんに訊ねられて、僕は「全く何も」と答えた。室内どころか藤谷家に入ってから幽霊らしき姿は見ていないし、まったく何も感じない。

中学三年の一月のあの日から、僕には幽霊は見えないし、何も感じることが出来なくなった。なのに奥さんのアパートでは見えた。けれどそのあとはまた見えないし感じない。

もしかしたら、あれは頭島さんが捕まえていたからだったのかもしれない。それならば頭島さんが捕まえなければ、僕には何も見えない可能性がある。

「今日は休みとか、気分が乗らないとかなのかもな」

「幽霊がそんなわけねぇだろ」

喰い気味に奥さんが頭島さんに言い返す。

「人なんだからあってもおかしくないでしょう。それこそ、俺たちがいるから警戒しているのかもしれないし」

珍しく黙りこむ奥さんに、頭島さんはさらに続ける。

「俺、前から幽霊話を聞く度に納得できないことがあって。なんか、生きている間に出来なかったことが、死んだら出来るようになってるじゃないですか」

「空中に浮くとか？」

今度はすぐさま奥さんが応えた。

「それもありますけど、例えば呪い殺すとか」

物騒なことをさらりと頭島さんが言う。

「よく聞くタクシーの怪談は分かるんですけれど」

「夜遅くに人気《ひとけ》のないところで女性客を乗せたら墓地の近くで姿が消えて、シートがぐっしょり濡れてたってアレ？」

誰もが一度は聞いたことのある怪談話だ。

「それとか、言われて向かったらすげぇ——すごい山奥で」

砕けた言い方をしていたのに気づいた頭島さんが言い直す。

「前が崖だと気づいてあわててブレーキを踏んで、なんとか命拾いしたら、『あと少しだったのに』って、女の声が聞こえたとか」

「それ、怖《こえ》ぇよな。けど、それは分かるってなんでよ？」

身震いした奥さんが訊ねた。

「タクシー運転手は客の話を聞くのが仕事だから」

頭島さんが簡潔に答えた。けれど奥さんの顔を見て、ピンと来ていないのに気づいて、また話し出した。

「タクシー運転手は、客を乗せて行き先に向かうことで金を貰う職業です。客だと思ったから乗せた。だから幽霊だったから無賃乗車で終わったのも、危険な場所に行かされて事故に遭いかけたのも、理解出来るってことです」

頭島さんの話はすとんと腑に落ちた。

ただ幽霊を乗せたら無賃乗車になるという発想は僕にはなかった。タクシードライバーはお客さんだと思ったから乗せて、言われた場所に行った。なのにお金が貰えないとなったら、やっぱり無賃乗車だ。

「でも、タクシー運転手みたいな仕事でもないのに、幽霊に何か言われて事故に遭ったとか自殺したとかは分からないんですよ」

そう言って頭島さんは顔を顰めた。

「それは耳元でなんか言われ続けたりして注意力散漫になったとか、メンタルやられてとかなんじゃね？」

奥さんの意見は正しい。体験してきた僕が保証する。

僕には姿が見えている、声が聞こえていると気づいた幽霊は、近寄ってきて話しかけてくる。

一人ではなくて複数同時に話しかけてくることも珍しくなかった。それこそ夜寝ているときに枕元でという迷惑極まりない幽霊もいた。熟睡できない夜が続いたら具合が悪くなってしまう。なので、そういう連中を僕は無視してやり過ごしていた。

「そいつの話を聞かなきゃならない理由ってあります?」

そう、それ! と、思わず声を上げかけて、必死に平静を装う。

そうなのだ。赤の他人である幽霊の話を聞かなくてはならない理由などどこにもない。頭島さんには幽霊は見えない。でも捕まえたり殴ったりすることは出来る。能力としては僕とはまったく違うけれど、幽霊に対する考え方はとても似ている気がする。

「道で知らない奴から話しかけられたとして、道や時間を訊ねられたくらいなら答えますよ。でも、セールスとか勧誘とか、それこそぶつぶつ得体の知れないことを呟いている奴とかいるじゃないですか、そういう奴なら俺は無視します」

きっぱりと頭島さんが言い切った。

「いやでも、無視してもしつこく追いかけて来て、ずっとしゃべり続ける奴とかもいるんじゃねえの?」

奥さんの言ったことも正しい。気づかれたら最後、追い払うのにはかなり苦労した。

「なんでも人の話を聞いて、それに影響されるタイプの人ならそうかもしれませんけれど、俺は、お前の話は聞かないし従わない。誰かに何かをしたいのなら、聞いてくれる奴のところに行けって言って追い払いますね」

頭島さんの言葉に僕はただただ感心していた。

かつて幽霊が見えていた頃、話を聞いて何か出来るようならばしてあげた。そして望みが叶えられた幽霊は姿を消した。

でも僕にはどうにもできないことや、ただ同じ話をひたすら繰り返すだけの幽霊だと、追い払うしかない。方法は、泣きわめく、怒りまくる、徹底的に無視する、この三つくらいしかなかった。

幼いときには泣きわめくことしか出来なかった。でも小学三年生以降は怒りまくるにシフトした。最初のうちは、うるさい！　どっか行け！　とか、ただ怒鳴り散らしていたけれど、数をこなしているうちに要領がつかめてきた。

会話ができる幽霊は、僕が感情を爆発させるとおろおろしたり反省したりする。それでいなくなれば終わりだ。

会話ができても、僕にはどうにもできない要求を叶えてほしくて粘る幽霊もいる。そういう奴には、あなたが自分勝手だから今こんな状況なんだし、これからもずっとこのままなんだと説教をする。これでだいたい怒るか凹むかして、そのあとは姿を消す。

説教してもいなくならない場合は、はなっから会話のできない奴と一緒だから相手にするだけ時間の無駄だ。ひたすら無視し続ける。そうすると、だいたい二日目くらいで姿が見えなくなる。ただこれはいなくなったのではなくて、僕が意識しなくなったから見えなくなっただけなのかもしれない。

そう思ったのには理由がある。きちんと会話の出来る幽霊ははっきりと見えるからだ。中には生きている人と勘違いするくらいはっきりと見える幽霊もいた。逆に、会話のできない幽霊の姿は薄く透けて見える。

　多分だけれど、見え方の加減は僕の意思によったのだと思う。無視を決め込んだ幽霊は僕にとって無用の存在だ。だから見えなくなった。見えないからと言って、そこにいないとは限らないが、僕からしたら、見えなければそれで終わりだ。

「対処法としては、詐欺に引っかからないようにするのと一緒ですかね」

「はぁー」と、奥さんが感心した声を上げる。

「丈、お前すげぇな。なんか俺、すげぇ納得したわ。詐欺師だって、引っかかりそうな相手に行くもんな。なるほどな、話を聞いて相手にしたから被害に遭う。きっぱり断れば被害には遭わないって意味では詐欺と一緒だわ」

　きっぱり断りきれるかは、その人の人柄とか性格によるんじゃないかとは思う。

　でも、本質を突いている。生きていようが死んでいようが、相手の話を聞かなければ、何かに巻き込まれることはない。

「それに、ムカつくんですよ」

　頭島さんがまた顔を顰める。

「何に？」

　奥さんがすぐに訊ねた。僕も同じことを聞きたかったので嬉しい。

「アパートの野郎もでしたけれど、あの連中のすることって、電気を消すとか扉を開けるとか、しょうもないことばっかりで」

　頭島さんはオカルト現象を「しょうもないこと」で片付けた。

「まず人に迷惑をかけているだけでアウトでしょう。百歩譲って、どうしても電気を消したかったのなら、きちんと点け直すまでしないと。逆に、点けたのなら消す。扉も同じです。開けたら閉める、閉めたら開ける」

リズムよく頭島さんが続ける。どこの家でも一度くらいは親から言われていそうな説教だ。

「猫なら開けっ放しでも仕方ない。腹も立たない。だって猫なんだから。でも人はダメだ。人なんだからそれくらいはしろって思います。だからムカつくんです」

幽霊を猫以下だと言ったようにも聞こえるけれど、実は違う。頭島さんは、幽霊を生前の状態、つまり一人の人間として扱っている。だからこそ怒りを感じているのだ。

なんか、頭島さんってスゴい人だなと僕が思っていると、「だよなー、猫ちゃんなら仕方ないよな」と、大きく頷《うなず》きながら奥さんがしみじみと言った。

——そこ⁉

腹の中で盛大に突っ込む。

——しかも猫ちゃんって。

同棲を始めたときにアヤさんが連れてきたトイプードル、正式名タピオカミルクティー、略してタピを奥さんは溺愛している。てっきり犬好きだと思っていたけれど、どうやら猫も好きらしい。

「けどまぁ、丈の言う通り、今日は幽霊も休みなのかもな。じゃなきゃ、住人じゃない俺らを警戒してんのかもしれねぇし」

確かに、見たことのない男が三人もいて、そのうち二人は見た目がヤンキーとなったら警戒してもおかしくない。頭島さんの考え方に影響を受けたからこその幽霊視点の意見だ。

奥さんは、見た目や持ち物はごりごりのヤンキーだけれど、良いと思ったものはすぐに取り入れるし、四歳年下のアヤさんには頭が上がらないし、猫ちゃんと平気で口にするところとか、全部ひっくるめて愛すべき人なんだよなと、しみじみ思っていると、カチャッと小さな音が聞こえた。

洋服ダンスの扉の音だ。気づいたときには、頭島さんが両手を広げて「おらっ！」と声を上げて飛びかかっていた。扉の前にいるであろう誰かを捕まえようと、抱えるように腕を閉じる。けれど何も抱えられず、腕は自らの胴に巻き付いた。その勢いのまま顔から扉に突っ込む。ゴンッと音を立ててぶつかって、扉が閉まった。

「痛っ！」

痛みに声を上げて舌打ちした頭島さんが、ぶつけた右頬を手でさすっている。

「なんもいなかった――みたいだな？」

最後は僕に確認してきたから、「はい」と答えた。室内には僕たち三人以外の姿はない。

「こっちか！」

言うなり頭島さんが両手で洋服ダンスの観音開きの扉を勢いよく引き開けた。

洋服ダンスの中は右半分が上下二段になっていて、左半分には上下の仕切りがなく丈の長いコートが吊るせるようになっていた。コートの隙間に頭島さんが手を突っ込んだ。乱暴にコートを端に寄せると、タンスの中に体重を乗せた右パンチを繰り出した。どんっと音が鳴った。タンスの裏板に拳がぶつかったのだ。舌打ちをして頭島さんが右手を戻した。

「何してんの?」

「外じゃないのなら、中からかと」

頭島さんが振り向いて奥さんに答えた。

洋服ダンスの扉が開くのなら、外から誰かが開けているとばかり思っていた。でも中からだって開けることは出来る。

「盲点だったわー。やっぱ、お前すげぇな」

しみじみと奥さんが感嘆の声を上げた。

「でも違ったみたいです」

頭島さんは扉を閉めてベッドの上に座り直した。すぐにまた扉に向かって両腕を開いて身を乗り出し、何かを捕まえるように閉じる。再現して確認しているのだ。

「これだといなかった」

ぶつぶつと呟きながらベッドの上で立て膝になり、タンスの取っ手をじっと見る。

「となると」

膝立ちになってそれまでいた場所から大きく一歩右に動いた。身体をこちらに開いて右手を伸ばして右扉の取っ手に手をかけて開く。

「これだと片方だけか」

タンスは右の扉だけ開いていていた。

「両方同時ってことは、やっぱり両手か」

アパートのときはスイッチを使って部屋の電気を消したり点けたりした。今日は洋服ダンスの扉が開く。どちらも物理的な現象だ。だからだろうけれど、頭島さんの幽霊へのアプローチは現実的で、どの場所にいれば可能かを検証している。

「ベッドの上からだと厳しいか。でも、中にはいなかった」

ベッドから下りて、腕組みをしてタンスを見つめる。その様子が、映画やドラマで観たことのある刑事の現場検証のシーンと重なった。ただ、心霊案件だけれど。

「だとすると、そうとう逃げ足が速い」

顔を顰めて頭島さんはそう言った。

「上からとか、宙に浮いているとかもアリなんじゃゃね？　あとは、腕がすげぇ長いとか。幽霊なんだし」

奥さんの問いかけに頭島さんは即答しなかった。少しして、「――かもしれないですね」と、納得はしていない表情で同意した。

「また開くのを待つしかないですね。開いたら、場所を変えてやってみます」

他にどうしようもない。僕たちはまたタンスの扉が開くのを待つことにした。


「そろそろ失礼するか」

奥さんがそう言ったのは、午後五時までもう少しという頃だった。

藤谷さんの奥さんは一時間に一度、そのたびに新しいお菓子や飲み物を手に様子を窺いに訪れた。午後二時過ぎに一度扉が開いたものの、何も捕まえられなかったと報告したのを最後に、そのあとは「何も起きないです」を繰り返すしかなかった。

「これ以上いて、夕飯の心配をされても困るし」

藤谷さんの奥さんのマメさを考えるに、その気遣いはありそうだ。

でも、結局まだ何の役にも立てていなかった。そもそも扉が開かない限り、僕たちに出来ることはない。だから二時過ぎから今まで、ただひたすら扉が開くのを待つしかなかった。もちろん、僕も気配を察しようと気をつけていたし、目もこらしていた。けれど何も感じなかったし、見えなかった。

「やっぱ、今日はもう打ち止めってことなのかな」

大きく伸びをしながら言う奥さんに、「話を聞いて、俺たちがいる間は止めているのかもしれません」と、頭島さんが返した。

前回の失敗を踏まえての作戦会議を幽霊に聞かれないために、廊下でしようと奥さんが提案した。けれど、姿が見えないのだから他でしたところで、ついて来て聞いているかもしれないのだから意味がないのでは？　と、頭島さんが冷静に却下した。

三人で場所を分担しようという奥さんのもう一つの提案も、また同じだった。触れるのは頭島さんだけなのだから、分担する意味が無い。

「これ以上、長居をしても結果を出せるか分からねぇしな。――よしっ、謝って帰ろう」

決断した奥さんが勢いよくベッドから立ち上がった。

「忘れ物、すんなよ」と僕らに声を掛けてドアに向かう。

頭島さんもベッドから立ち上がった。だが動かず、じっと洋服ダンスを見つめている。とつぜん右手で扉を強く突いた。どんっと重い音が鳴る。開いた右手を扉に押し当てたまま、口を開く。

「誰だかしんねぇけど、つまんねぇことしてんじゃねぇ。続けるんならまた来る。次は絶対に捕まえて、ボッコボコにしてやる。覚悟しとけ」

低い声でそう吐き捨ててから、奥さんのあとを追った。

壁ドンならぬ扉ドンからの脅し文句だな、なんて思いながら、僕も続いて部屋から出る。廊下に足を踏み出したそのとき、何かを感じた。

振り向いてタンスの扉を見ると、カチャッと小さな音を立てて扉が開いた。

姿は見えない。でも扉が開いたのだから、何かいる。

——頭島さんを呼ばなくては。

ドアの外に向かって名前を呼ぼうとしたとき、ぱたぱたと小さな音が聞こえた。音は僕の横をすり抜けて、どんどん小さくなっていく。

——今のって。

僕は急いで廊下を見回した。左手の玄関の近くで、奥さんと頭島さんと藤谷さんの奥さんが話しているのを確認してから、右を見る。誰もいない。それでもやはりぱたぱたと小さな音は聞こえていた。右奥に向かっている。

「すみません、お手洗いお借りしてもいいですか？」

音のする方にお手洗いがあるのはすでに使わせて貰っていたから知っている。

「どうぞ」と了承する藤谷さんの声を聞いてから、僕は廊下を進み始めた。廊下の奥にはトイレと洗面所とお風呂がある。扉は二つあって、一つがトイレ、もう一つが洗面所と浴室でどちらも引き戸だ。トイレの戸に手を当てて「開けるよ」と小さく声を掛けてから引き開けた。中には誰もいなかった。――ここではない。続いて洗面所と浴室の引き戸に移動する。また「開けるよ」と声を掛けてから開けようとする。前に借りたときには、力を込めなくてもすっと開いた戸が、今は動かない。力を込めて開けようとすると、誰かが中から押さえているような引っかかりを感じた。とはいえ、力を込めれば簡単に開けられるくらいのだ。

「大丈夫、何もしないよ」

小声で話しかける。何も聞こえず、戸は重いままだ。

「僕はさっきの人じゃない。さっき、部屋を出るときに僕の横を通り過ぎたよね？」

姿は見えなかった。でもあのぱたぱたという音は足音だ。あれだけ小さいのなら、体重は軽いはずだ。頭島メソッドを応用して導き出した答えは子供だった。

返事はなかったけれど、話しかけ続ける。

「他に行きたいところはないの？」

やはり何も聞こえない。

「それとも、行きたいのに、どこにも行けないの？」

無音のままだ。

幽霊がその場に留まっている理由はいくつかある。他に行きたいけれど、その場から離れられない。あるいは、どこに行ったらいいのか分からない。もしくは、シンプルにそこにいたい。だいたいこの三つのどれかだった。

前の二つを訊ねても返事はなかった。ならば三番目なのかもしれない。

「どうしてもここにいたいのなら、住んでいる人に迷惑をかけちゃダメだよ。部屋に人がいるときにはタンスのドアを開けないで。いないときならいいけれど、開けたら必ず閉めるんだ」

耳を澄ます。やはり何も聞こえない。

「そうしていれば、君がいるとは気づかない。何も起こらなければ、さっきの怖いお兄さんは来ない」

申し訳ないけれど、頭島さんを怖いお兄さん呼ばわりした。でも洋服ダンスの中にいるときに乱暴に扉を開けられて、しかも殴られかけて、あげく次は捕まえて絶対にぼっこぼこにすると脅された子供からしたら、怖いお兄さん以外の何者でもないだろう。

「でも、これからも住んでいる人たちに迷惑をかけ続けるのなら、またあのお兄さんが来ることになる」

戸の重みが増した。

「それは嫌だよね？　だから僕の言った通りにするんだ。人がいるときは扉は開けない。いないときに開けたら必ず閉める。約束して」

「――うん」

少しして、消え入りそうなか細い声が聞こえた。同時に戸の重さが消える。戸を開けて中を見るべきだ。ちゃんと姿を見て、もう一度念を押した方がいい。それは分かっていた。でも、出来なかった。

戸の外から「約束だよ」ともう一度語りかける。

「うん、分かった」

聞こえた声は幼い。五歳くらいだろうか。

「じゃぁ、行くね」

そう別れの言葉を告げて玄関側に足を踏み出したそのとき、「ありがとう」と、小さな声が聞こえた。

何も応えずに僕は廊下を進んだ。とりあえず今日のところはこれでいいと思ったからだ。

どうすればいいかは教えた。分かったとも言っていた。ならば、うっかり忘れてしまわないことを祈るしかない。もしもまた呼ばれたら、そのときは頭島さんが行動に出る前に、僕が話せばいい。

玄関では奥さんと藤谷さんの奥さんがまだ話していた。

「個人経営の小さなお店なんですけれど、全部美味しくて、それにお値段も手頃なの。私はそこのアップルパイが大好きで。薄いパイ生地の上に薄切りにしたリンゴが花びらみたいに綺麗にたくさん重ねられていて、それでワンホールで千円なのよ」

「すっげぇ、そりゃぁお値打ちだ。絶対に行きます」

フィナンシェを買った店の話ですっかり盛り上がっていたらしい。

近づいて「すみません」と遅くなったことを詫びる。視線を感じた。頭島さんが僕を見ていた。もしかして洗面所の前でのやり取りに気づいていたのだろうか。声は落としていたから聞こえてはいないはずだ。

心拍数が一気に跳ね上がる。そのとき頭島さんが視線を逸らした。話しこむ二人へと向けられる。たまたま見ただけだったらしい。ほっとした。

「お役に立てなくてすみません」

奥さんの謝罪の言葉に、誰よりも先に頭島さんが頭を下げる。少し遅れて僕も同じくした。三人で何度も藤谷さんの奥さんに頭を下げてから藤谷家を辞去した。

アルファードに乗り込むなり、奥さんは武本工務店の重森さんに報告の電話を入れた。事の顚《てん》末《まつ》を伝えて、役に立てなかったことを謝罪する声を聞きながら、僕は二人に何をどう伝えるか、それとも何も言わずにいるべきかを考えていた。

報告の電話を終えた奥さんが「そんじゃ、帰るか」と、エンジンを掛けると、大きな排気音が響いた。

奥さんの愛車のイカついオラオラフェイスとかドヤ顔とか呼ばれている黒いアルファードにはこだわりが詰め込めるだけ詰め込まれている。

より大きな排気音にするために、マフラーカッター――排気ガスの出口は、左右二本出しの合計四本にしてある。そうすることで音だけでなく、迫力マシマシのイカついリアになってる。大きな排気音はその賜《たまもの》だけれど、正直、僕はうるさいと思う。でも、乗せて貰っている立場なので絶対に言わないし、そう思っていることをおくびにも出さない。

新座市まで戻る車中での会話は、すべて奥さん主導で進められた。今日の幽霊退治の失敗に始まり、美味しいフィナンシェ、藤谷家のリフォームを見て武本工務店の仕事はやはり素晴らしいなどなど、話題はころころと変わった。

頭島さんはもともと話さないし、僕もずっと考え事をしていたから、生返事しかできず、どの話題も盛り上がりはしなかった。ひとしきり話してさすがに話題が尽きたらしく、奥さんが口をつぐんだ。とたんに車内から音が消えた。

少しして、口を開いたのは頭島さんだった。

「話を戻して申し訳ないですが」と断ってから、切り出す。

「ずっと考えていたんですけれど、あのタンスの扉を両方とも同時に開けるとしたら、やっぱり正面から両手で引き開けるか、中から両手で押し開けるかしかないはずです」

丁寧に話そうするときの頭島さんは言葉を選びながらだからゆっくりと話す。それに「だな」と、運転席の奥さんが短く同意した。

「でも正面には誰もいなかった」

誰——人と限定している。でも、人ではない何か別なものの可能性もあると思う。僕は人以外では犬や猫などの幽霊を見たことがある。

「中に手を入れても、何も触れなかった」

手を入れたのではなく、パンチを食らわしたが正解だと思う。

「でも、やっぱり中にいたんじゃないかって」

心臓が大きく脈打った。実際は自分にだって聞こえはしないのに、外に聞こえたのではと思うほど大きく鳴った。

「けど、なんも触れなかったんだろ？」

奥さんがすぐに言い返した。

「下の方にいたとしたら」

頭島さんの言葉に、僕の鼓動はさらに早く激しくなっていく。

「いや、無理だろ。かなり狭かったぜ」

否定した奥さんに、「子供だったら」と、頭島さんが返した。

頭島さんが正解を導き出した。

さらに「子供が床板の上に体育座りしていたら」と、続ける。

相づち一つすら上手く打てずに、僕はただ黙って聞いていた。

「――そっか。手を入れたところより下にいたってことか。確かにガキならアリだ。なるほど、その発想はなかった。丈、お前、すげぇな！」

感嘆の声を奥さんが上げた。そのあとも、ぶつぶつと「なるほどなー」とか、「そういうことか」とか呟いている。奥さんの声を遮《さえぎ》るように「だとしたら」と頭島さんが言った。けれど、そのまま黙りこんでしまった。

「だとしたら、何？」

「だとしたら、しくじったなって」

しくじった、何を？　と思っていると、「どういうこと？」と、奥さんが訊ねてくれた。

「隼斗さんが子供で、あのタンスの中にいたとしたら？」

ちょっと黙ってから奥さんが答える。

「そりゃぁ、ビビったろうな。とつぜん扉をバーンっと開けられて、服をシャッて押し寄せられて、とどめにパンチだろ？　頭の上をあのパンチがかすめたら、俺ならチビる」

「あのあと扉が開かなかったのは、それが理由だったのかも」

頭島さんが静かに言った。

本当にそうかは聞いていない。けれど、おそらく正解だろう。

「そういうことか！　だったら俺たちがいたら二度と出て来ねぇわ」

納得して奥さんが興奮した声を上げる。その横で、頭島さんが深く溜め息を吐いた。

幽霊を捕まえられなかった理由が自分の行動にあったと気づいて落ち込んでいるらしい。

失態に落ち込むその姿を後部座席から見ていて、あの子供が捕まらなくて本当によかったと僕は思った。アパートの男も可哀相だったけれど、四〜五歳の男の子があんな目に遭っていたらと考えたら、ぞっとする。今後は僕との約束を守って、二度と僕らが呼ばれないようにして欲しい。

などと考えていると奥さんが声を上げた。

「それだけビビらせたんなら、ガキだってバカじゃなければ今後は気をつけるだろ。タンスの扉が勝手に開かなきゃいいんだから、結果オーライじゃね？　だからそんな落ち込むなよ」

「いや、そうじゃなくて」

そうですねとか、肯定を示す返事をすると思っていた。けれど違った。

「ちょっとやり過ぎたって言うのか。――なんか、ゴメンって思って」

頭島さんが落ち込んでいる理由は、子供相手に乱暴なことをして怖がらせすぎたから、だった。

あの子に聞かせてあげたいと僕は思った。

というよりも、あの場で正直にすべてを話せばよかった。僕が仲介すれば、あの子は頭島さんからきちんと話を聞くことが出来て、頭島さんは怖いお兄さんではないと分かっただろう。

頭島さんは僕が思っていたよりもはるかに人間味に溢れた人だった。

それに較べて僕はどうだろう。我が身可愛さで何も言わない。その結果、あの子供は怯えきったままだし、頭島さんは子供を怯えさせてしまったと落ち込んでいる。

今からでも話すべきだ。そう思った。けれど、でも今さらという気持ちが打ち勝った。

——次回がもしもあるのなら、今度は正直に話そう。

幽霊が人に迷惑を掛けていたとして、その全員を問答無用で頭島さんがぼっこぼこにしていいとは思えない。

次のときに僕に見えたり聞こえたりしていたら二人に正直に話す。そして幽霊の話を聞いて、二人との仲介をする。そう決心したのを言い訳にして今回は終わらせることにした。

「落ち込むことなんかなくね？」

奥さんの言葉に驚いたのか、頭島さんが身体の向きを変えて運転席を見る。

「ガキだろうとっていうより、ガキだからこそ、人の嫌がることはしちゃダメだって教えるのが筋ってもんだろ。目の前にいたら話して教えただろうけれど、見えないいんだから。そもそもガキかどうか分からなかったんだから、仕方ねぇよ」

言葉は乱暴だけれど、奥さんの言っていることも正しい。

誰であろうと、人に迷惑をかけてはならないと伝えるべきだ。それに幽霊は見えない。だから頭島さんがあのようにしたのは仕方ないことだとも言える。

「まぁ、次はそういう可能性もあるって考えてやればいいんじゃね？　何事も経験。失敗は成功の母だっけ？　でも、今回は結果オーライだから失敗じゃねぇけどな」

からからと笑って奥さんは先を続ける。

「けど、丈は優しいなー。そんな優しい丈に俺が晩飯を奢ってやろう。光希もな」

奥さんが僕にも声を掛けてくれた。

「ありがとうございます」と先に応えたのはやっぱり頭島さんだった。あわてて僕もお礼を言う。話題は夕飯をどの店で食べるかに変わった。肉か魚か。和、洋、中、エスニックのどれがいいか奥さんが店名や料理名を挙げながら迷っている。その横の頭島さんの表情は、先ほどよりは明るくなっていた。どうやらこれで、今日の幽霊退治の話は終わりのようだ。それなら夕食はいつものように楽しく食べることが出来る。ほっとしながらも、僕は考え続けていた。

幽霊退治の次の機会なんて、もちろんない方がいい。でも、次回があったそのときは、正直に話そう。僕はそう心の中でもう一度繰り返した。

第二話　しょーもなっ！

1

次の機会になんて先送りしていると、その機会はなかなか訪れないか、あるいはこちらの心の準備ができないくらい早く訪れる。

奥さんのアルファードの後部座席の窓から流れる景色を眺めながらそんなことを考えているのは、あれから二週間、早くも二回目のオカルト現象解決の依頼元に向かう道中だからだ。

洋服ダンスがひとりでに開くオカルト現象に悩まされていた藤谷家だが、僕たちが訪問してから洋服ダンスは開かなくなったそうだ。藤谷家の奥さんである朱美さんから、奥さんと奥さんを紹介した武本工務店の重森裕二さんに、お礼のラインが入った。つまり、幽霊退治は成功したことになった。そしてこの話はまた、すぐに広まった。

今回の紹介者は芝電設《しばでんせつ》株式会社の湯沢さんだ。僕らの勤める須田ＳＡＦＥＴＹ ＳＴＥＰと現場でよく一緒になる電気工事会社の職人さんだ。元ラガーマンでがっちりした体格の湯沢さんは福々しく盛り上がった頬の上の細い目のせいでいつも笑っているように見える。見た目と同じく性格も明るい。その湯沢さんから、シェアハウスへのリフォームを手がけた台東区《たいとう》にある一軒家でオカルト現象が起きて困っていると相談を受けた奥さんは、自身がオーナーのアパートのリフォームでお世話になったこともあって、二つ返事で依頼を引き受けた。

「今回、マジでヤバイかも」

ハンドルを握る奥さんがそう言うのは依頼を受けてから、もう何度目だろうか。

「今までとはレベルが段チじゃね？」

「ですね」と、頭島さんが同意した。

過去の二回はどちらもひとりでに部屋の灯りが消えたり、洋服ダンスの扉が開いたりするという、気持ちこそ悪いけれど被害で考えたら大したことはなかった。でも今回は、庭の草花が枯れる、エアコンの室外機や玄関の電子錠が壊れるなどの実害が起こっている。段違いと奥さんが言うのもうなずける。

「もしかして、今回のって一人じゃないんじゃね？」

それもありえるかもな、なんて考える。

かつて幽霊が見えていた頃、母親に怪奇現象の起こる家に何度も連れていかれた。広島県と岡山県の県境にある大農家の屋敷では、敷地内に建てた子世帯の家の壁の一ヶ所だけがなぜか黴《か》び、家の中の物も頻繁に落ちたり動かされたりしていた。僕に見えたのは、家の中の物を落としてまわる着物姿のお婆さんと、だるだるに伸びたランニングシャツとステテコ姿でバケツに汲《く》んだ水を壁に浴びせかけるおじさんの二人だった。

お婆さんとは会話が出来た。子世帯から見た曾祖父のお姉さんで、この新しい家が気に入らないのと、最近まったく墓参りに来てくれないからというのが理由だった。

もう一人のおじさんとはまったく会話が出来なかった。どれだけ僕が話し掛けても、無視して重そうなバケツをよたよたと運んできては中の水を壁に浴びせかけて去って行く。ひたすらそれを繰り返していた。

お婆さんにおじさんのことを聞いてみたけれど、そもそもお婆さんにはおじさんが見えていなかった。僕の経験では、かなりの率で幽霊はお互いが見えていない。だから重なり合っていることも珍しくなく、一つの胴体から頭が複数、腕なんて蟹《かに》みたいにたくさん出ているなんてこともざらにあった。

子供の頃は化け物にしか見えなくてただ怖がっていた。でも歳を重ねて自分なりに幽霊の事情が分かってからは、そんな状態になっていることすら気づけないなんて可哀相な存在だなと思うようになった。

お互いが見えていることもあったけれど、それは同時期とか、同じ場所で同じ原因で亡くなったり、もともと知り合いだったりしたケースが多かった。

お婆さんにはお墓参りをきちんとしている限りは悪戯《いたずら》はしないと約束して貰った。でも水かけおじさんは僕にはどうにも出来ないと正直に伝えた。

家の人たちは問題を解決できなかったことに失望していた。けれどお墓参りをし始めたら家の中の物が落ちるのは止んだことで僕の力は本物だと認めて、改めて母親の所に挨拶に来た。母親は、相手が差し出したそこそこの厚みのある白い封筒を受け取った。

抹消したい記憶が甦ってしまって、思わず身震いする。

「なぜそう思うんです？」

そう訊ねたのは助手席の頭島さんだった。

「だってよ、前のは電気のスイッチを消して、次のはタンスを開けたとか、一人一つだろ？」

「そこも納得できないんですよ」

「とは？」

奥さんが間を空けずに訊く。

「生きていたときに出来なかったことが幽霊になったら出来るというのも分かりませんが、幽霊に出来ることがやたらと限定されているのも分かりません」

「そりゃぁ、何でも出来るってわけにはいかないだろう。身体がねぇんだし」

至極真っ当な反論だ。逆に何でも出来たら迷惑極まりない。

「まぁでも、一人一つって決めつけるのは良くねぇよな」

奥さんが考えを改めた。

「ただ、一人でしてんのなら、そうとう恨んでるってことじゃね？」

だとしたら、やっかいなことになる。幽霊と会話が出来たとしても、迷惑行為を止めさせることは難しいかもしれない。

「かもしれませんね。――ところで、あれから考えてみたんですけれど」と、前置きしてから頭島さんが話し始める。

「洋服ダンスは開けっ放しでもしかたなかったんじゃないかなって」

「なんでタンスはセーフ？」

同じ所に引っかかっていたので、奥さんが訊ねてくれて嬉しい。

「幽霊が中にいたと考えると」

扉が開いたときに扉の前に何もいなかったのと、直後にタンスを開けて中に手を突っ込んでも何も触れなかった。その二つから頭島さんはタンスの中にいたのは子供の幽霊だったのでは？という答えを導き出した。僕しか知らないことだけれど、正解だ。

「開けるときは中から扉を押し開けた」

両手でドアを開けるジェスチャーをしながら頭島さんが言う。

「でも閉じるときは、中からだとつかむところのない扉を引いて閉じないといけない。俺だって難しいです」

そこにはない扉を閉めようと、頭島さんが両手を胸の前に引き寄せる。

言われてみれば、確かにそうだ。けれど、タンスの扉を開けたら閉めるように、そうしなければまた怖いお兄さんが来ると、僕はあの子に言ってしまった。

藤谷家の奥さんから、タンスの扉は開かなくなったと連絡があったが、もしかして、あの子はあの日からずっとタンスから出ずに閉じこもっているのだろうか？　真っ暗な洋服ダンスの中で膝を抱え、身体を小さくして座っている男の子の姿が頭に浮かぶ。

——可哀相なことをしてしまったのかも。

「時間を掛ければ出来るかもしれませんが」

後悔し始めていると、頭島さんが別な可能性を提示してくれた。

頭島さんの言うとおりに、あの子が自由に出入りできているのを僕は心底願う。

「だから、開けっ放しでも仕方ない」

「すげぇ！　丈、お前って本当にすげぇな。確かに中から扉を閉めるのはムズいわ。そりゃぁ、そっちはセーフだ」

興奮した声で奥さんが言うと、「でも、タンスはセーフで、電気はアウトってのはなんでよ？」と続けて訊ねた。

「電気を消すのも点けるのもスイッチを押すだけで、動作は一緒なのにしないからです」

「でもよ——よく分かんねぇけど、実体がないのに物を動かしてんなら、ある意味、超能力みたいなもんだろ？　だったら一度押すだけで疲れちまって、またすぐには出来ないとかなんじゃね？」

さすがにそれはないのでは？　と心の中で反論する。

「そんなこと……ありえますね」

僕と同じく反論をしかけた頭島さんは、考えを改めたらしくすぐに同意した。

「でも、ぱっと見、ふつうでしたよ」

思わず口を挟んでしまった。

僕が見た男の外見について奥さんから何度か聞かれていた。そのたびに、年齢は頭島さんと同じくらいで中肉中背でTシャツにジーンズ姿で髪は短髪、頭島さんに殴られて血だらけだったから顔はよく分からないと答えた。

あのときはボコられてダメージを受けていたけれど、それでもスイッチを押すだけで疲れ果てて、しばらく何も出来ないようには見えなかった。

「何がどこまで出来るか、それがその人にとってどれくらい大変なのかは個人差がある」

自分で導きだした答えを確認するように頭島さんが口にする。

だとしても、スイッチを押すくらいわけないだろうと思う。

そこで「だよなー。体格が同じくらいでも運べるパイプの量は違うし」と、奥さんが同意した。

重い金属のパイプ運びとスイッチを押すのを労力で比べたら、言うまでもなくパイプ運びの方が大変だ。でも、そこは比べるところではない。

「まして超能力ならば、どれくらい疲れるかなんて分からないし」

続いた頭島さんの言葉がダメ押しとなって、僕の反論する気持ちは完全に消滅した。

「それによ、すぐに丈が電気を点けただろ？　それで出来なかったとかもあるんじゃね？」

その発想はなかった。奥さんではないが、「すげぇ。奥さんってすげぇ！」と胸の中で叫ぶ。

「だったらまた消さなくても。けっきょくわざとです」

素っ気なく頭島さんは言うと、さらに続けた。

「ただ分からないのは、なぜ他のスイッチは押さないのか」

「そう言ゃぁ、そうだな。ホント、なんでだろ？」

奥さんが賛同する。

アパートは１Kで、室内にある部屋と風呂とトイレの電気のスイッチはすべて同じ物で、位置も二メートルちょっとくらいしか離れていない。でもあの男が消しているのは部屋の電気だけだ。

他に行くことが出来ずに同じ場所に留まる幽霊がいるのは、経験上、知っている。それこそ交通事故で亡くなってしまい、事故現場に居続ける幽霊はかつて道路でよく目にしていた。

だとすると、あの男はスイッチの近くから離れることが出来ないのだろうか。そこから二メートルちょっとしか離れていない風呂とトイレのスイッチを押すことすら出来ないくらい、その場から動けない？　そんなピンポイントなことってある？　などと考えていると、頭島さんが口を開いた。

「それに、押すという動作で考えたら、テレビとかエアコンのリモコンや、風呂のタッチパネルだって押せるんじゃないですかね？　そいつは昔の人じゃなかったんだよな？」

訊ねられて、「はい」と答えた。

服装から考えると、タッチパネルはさておき、リモコンを知らない年代には見えなかった。動作と労力で考えたら、これもまた、「確かに」だ。でもしていない。そうなると、やはり男は部屋のスイッチの近く、それも半径一メートル以内から動けないのかもしれない。

あれから部屋の電気は消えないし、男の姿も僕は見ていない。でも、見えていないだけで実はスイッチのところにずっと立っている可能性はある。だとすると、僕はスイッチを押すたびに、男の身体に手を突っ込んでいるのかもしれない。それは申し訳ないし、気持ちも良くないな、などと考えていると、奥さんが言った。

「けどよ、だったらアイツ、けっこう良い奴なんじゃね？」

「どこが！　——ですか？」

強く突っ込みかけて頭島さんがなんとか言い直した。

「だってよ、リモコンで勝手に家電をつけられたら電気代が掛かるし、音で近所迷惑になる。風呂なら水道代とガス代もだ。それにトイレや風呂の最中に電気を消されたら、ダメージでかくね？」

他にも色々と出来るのにしないのなら、確かにあの男は良い奴かもしれない。

これまでずっと、僕は二人の会話をただ黙って聞いていたが、別な可能性があることを知っている。それは電気を消すことしか出来なくなっている場合だ。これまで二人がしてきた動作とか物理的な理由ではない。電気を消すことにのみ執着して、それしか出来なくなっているというケースだ。

過去の話はしたくないので、幽霊関係の話には可能な限り僕は加わらないようにしている。でもずっと黙っているのもさすがにおかしいだろうし、二人の会話に加わりたい気持ちもある。なので、注意深く口を開いた。

「幽霊って、思い残したことがある人がなるって言うじゃないですか」

「恨み晴らさずにおくべきか、みたいなヤツとか？」

「それです」と奥さんに答えてから、「そう考えると、あの男にとって電気の点けっぱなしがそれだとか」と、続けた。

「なに、その意識高い系の幽霊！」

奥さんが声を上げて笑った。その笑い声に頭島さんの声が被さる。

「服装が普通なら、火事じゃない。だとすると、電気をつけたまま亡くなった――」

奥さんの笑い声が止まった。

それならば、部屋の電気以外は消さない理由になる。

「待てよ。だったら、事故物件じゃん。そんな話、聞いてねぇぞ」

しんみりした車内の空気を奥さんが一変させた。

「電気を点けっぱなしで出掛けて帰らぬ人になったのかもしれません」

「――そっか。それもあるよな」

頭島さんの言葉で、すぐさま奥さんがクールダウンした。

「だとしたら、なんか可哀相だな」

「気の毒だとは思います。――でも、そもそも間違ってます」

頭島さんは奥さんの同情に同意はしたものの、けっきょく否定した。

「間違いって」

「以前の住人が勝手に部屋に入って電気を消す。ただの犯罪です。どんな心残りが理由だろうと俺は認めないし、許さない」

そう言い切って、頭島さんは口をつぐんだ。

確かに、生きている人間だったら刑法で裁かれる犯罪だ。

幽霊と言えば怖い話、何かをする理由は恨み。一般的に、そう考える人が多いだろうが、頭島さんには、そういう思い込みがない。常に幽霊を生きていたときの延長線上で捉えていて、一貫してぶれない。

「――まぁ、後悔だか執着だか知らないけどよ、とにかく余計なことはすんなって話だよな。そんなことより、これから行くところだ。どうする？　現場を押さえるのはムズいだろ？」

住人の迷惑になることはするなという原点に回帰してから、奥さんが話題を変えた。

「そこなんですよね」

物思いにふけった声で、頭島さんが応えた。

今回の現場では草花が枯れ、エアコンの室外機と玄関の電子錠が壊れる。草花は誰かが見ているときに短時間で枯れたのではなく、気づいたら枯れていたのだし、室外機と電子錠はどちらも外見上の破損はなく、使おうとしたら動かないと気づいたからだ。この三つともそうなった瞬間を見た者はいない。

ただ家の中では何も起こらない。怪奇現象が起こるのは家の外の三ヶ所だけだ。現実的な検証をする頭島メソッドを用いるまでもなく、事態を引き起こしている何かは家の中ではなく外にいる。

「犯人を捕まえるにしても、これまでと違って犯行スパンが長いだろうし、それに三ヶ所となると今日一日でどうにか出来るとは思えません。上手く行かなかったらオーナーさんに申し訳ないし、何より湯沢さんの顔を潰してしまう」

頭島さんの困った声を聞きながら、声に出さずに僕も同意する。

幽霊が見えて会話することが出来ていたとき、オカルト現象を解決して欲しいという相談を母親が勝手に有料で引き受けていた。

運良く相手が会話の出来る幽霊で解決できることもあったけれど、会話ができないとどうしようもなかった。僕に見えた状況の説明はした。けれど依頼主からしたら、何一つ解決していない。そもそも僕の話が本当かすら分からないのだから、お金と時間の無駄遣いをしただけだ。そうなると失望ではすまない。腹を立てられてあしざまに罵《のの》られることも多かった。嘘つき、インチキ、ペテン師、詐欺師――。怒りで顔を歪めた大人から、それらの言葉を浴びせかけられた。幼い僕にはそれがとても辛かった。

母親にしろ奥さんにしろ、幽霊に対する能力がない人がオカルト現象の解決を安請け合いすること自体、間違っていると僕は思う。ただ母親とは違い、奥さんは無料で引き受けている。だとしても、困って相談してきた人の期待を裏切るのは申し訳ないし、どちらも間に入っている人、前回は武本工務店の重森さん、今回は芝電設株式会社の湯沢さんの面目を潰しかねない。

「オーナーの杉村《すぎむら》さんには、あくまで解決出来るかもってレベルだって、湯沢さんがちゃんと話したって言ってたから、そこは心配しないでいい。それに今日はあくまで下見だし」

明るい声で言う奥さんに、頭島さんは「納得してくれているのなら」と不承不承応えた。

「目的地周辺です」というカーナビの音声が聞こえた。

目的地のシェアハウス杉村は、荒川《あらかわ》区内のＪＲ常磐線《じょうばんせん》南千住《みなみせんじゅ》駅とつくばエクスプレス南千住駅、台東区内の日比谷線《ひびやせん》三ノ輪《みのわ》駅からそれぞれ徒歩十分のところにあるという。正直、広島県廿日市市から家出してきて一ヶ月と二週間の僕にはまったくピンと来ない。

「――あったあった。しかも空いてる。ありがてぇ」

カーナビの目的地はシェアハウス杉村ではなく、その近くにある駐車場だった。依頼先は表通りに面した軽自動車がやっと通れるくらいの細い道の旗竿地だという。とうぜん奥さんの愛車のイカついフェイスのアルファードは止められない。

駐車場ではバックで駐車した。切り返しなしの一発駐車だ。奥さんは運転が上手い。

「よし、到着」

「運転お疲れ様でした」

きっちりと頭島さんがお礼を言う。あわてて僕も「ありがとうございました」とお礼を言った。

「ほいよー」と、軽く返して車から降りる奥さんに、僕たちも続いた。

2

「オーナーの杉村さんは同じ東京都でも町田《まちだ》市に住んでいて、今日は都合がつかなくて来られないけれど、俺たちが来るのは不動産屋を通して住人に話はしてあるんだって。ただ庭に入る前に、一応インターフォンを鳴らして住人に挨拶してからにしてくれってさ。誰もいなかったら、勝手に入ってくれって」

先頭を進む奥さんがそう話す。

シェアハウス杉村は、以前は現オーナーの杉村満《みつる》さんの伯父である杉村憲弘《のりひろ》さんと妻の瑤子《ようこ》さんが住んでいた。今から十五年前に憲弘さんが亡くなり、そのあとは瑤子さんが独りで住んでいたが、介護が必要となって八年前に施設に引っ越した。それから三年後、瑤子さんは八十九歳で世を去った。夫婦の間に子供はいなかったため、憲弘さんの甥の満さんが相続することとなった。

すでに町田市にマイホームを購入していた満さんは、当初は相続したこの家を売却しようと思っていた。けれど相続の時に世話になった会計士に、一度手放したら買い戻せるか分からないし、貸せば不動産収入にもなるとアドバイスを受けて考え直した。ネット上で不動産会社に賃貸の相談をいくつかしてみたところ、その中の一つがリフォームして一軒家として貸し出すよりも、少し手を加えてシェアハウスとして貸した方が、収支決算で黒字が見込めると提案してきた。

一軒貸しでもシェアハウスでも、床や壁やキッチンやバスルームにトイレ、さらに各部屋のドアや窓サッシや網戸に電気系統等のリフォーム内容は一緒だ。シェアハウスの場合は、それに加えて各部屋のドアに鍵と、共用部分に冷蔵庫や洗濯機を始めとする生活に必要な家電を備え、玄関には電子錠をつけるなどしなくてはならない。その分、一軒貸しよりは初期費用が掛かる。だとしても、一軒貸しは借り手がいなければ収益はゼロだけれど、シェアハウスの場合一部屋でも借り手がいれば収入は発生する。

シェアハウスを始めるにあたり、満さんは満室にするためのコンセプトを練った。そして、たっぷりと実を付けるみかんの木が植わっている庭付きの築二十年を越えた二階建ての日本家屋という、多少リフォームしようが家自体は古い条件を逆手に取ることにした。

まずはペット可に。庭は家庭菜園の利用可に加えて一年中バーベキューＯＫで、夏は花火も楽しめ、晩秋にはみかんも自由に採って食べて下さいと、シェアハウスで人との共同生活を考える人たちには魅力的であろう要素を詰め込んだ。

その思惑は当たった。賃貸を開始したとたん、瞬く間に四部屋とも借り手が決まった。上手くいったと安心したものの、怪奇現象が始まった。そのせいで住人は長くは居着かず、ほとんどが一年経たずに入れ替わってしまっていて、今も一部屋空いている——。

湯沢さんからのシェアハウス杉村の情報はこんなところだ。

「おっ、ここだな」

奥さんが表通りに面した住宅の間の細い路地に入っていく。

九月も十四日になれば秋らしく過ごしやすい陽気になっていてもおかしくはない。けれど、今日は朝の九時でも半袖で暑く感じるくらいだ。

路地の右側の家は大手住宅メーカーの三階建てで一階は賃貸にしていて、左側の家は古めかしい二階建ての日本家屋だ。二軒の奥行き分続く細い砂利引きの路地には、住人の物らしい自転車が三台斜めに立てかけてある。その横を三人縦になって進む。路地の左奥にシェアハウス杉村の建物が見えた。ぱっと見、ごく普通の二階建ての一軒家だ。

「このアプローチ、なんとかできねぇかな」

「軽なら止められるでしょうけれど、乗り降りも気をつけないとならないし、それに自転車置き場も必要でしょうから」

「だとすると、これしかやりようがねぇな」

前を進む奥さんと頭島さんの会話を聞きながら、二人に気づかれないように胸の中の息をすべて静かに吐き出した。目を閉じて気持ちを集中させる。でも、何も気配を感じない。

一回目の現場も二回目の現場も、最初は何も感じなかったし、見えも聞こえもしなかった。けれど一回目はそのうち見えたし聞こえた。二回目は見えなかったけれど、足音は聞こえたし会話も出来た。どちらも頭島さんが捕まえたとか、捕まえようとしてからだ。もしかしたら、今回も同じなのかもしれない。

「まずはご挨拶して。——これが噂の電子錠か」

インターフォンのチャイムを押す前に、奥さんがドア横の壁に顔を近づける。そこにはカバー付きの電子錠が取り付けられていた。配線工事が不要で既設のドアにも簡単に対応できて、単3

アルカリ電池で動く電池式ローリングテンキーシステムの電子錠だ。

須田SAFETY STEPにお世話になって一ヶ月と二週間、家についての知識が増えてきたので僕にもこれくらいは分かる。

奥さんがしげしげと電子錠に見入っていると、ドアの向こうから物音が聞こえた。

「うおっ」

驚いた声を上げて奥さんが一歩あとずさる。ガチャリと音を立ててドアが開いた。隙間から眼鏡を掛けた男の人の顔が見える。男は、奥さん、頭島さん、僕と順に目をやった。表情が訝《いぶか》しげに曇っていく。奥さんと頭島さんには申し訳ないけれど、二人のヤンキーな見た目で土曜日の朝九時に家を訪ねられたら、相手を困惑させても仕方ない。

「オーナーさんのご依頼を受けて」

奥さんが最後まで言い終える前に「幽霊退治の方ですか?」と、男が訊ねる。

僕たちは幽霊退治のプロではない。そもそも解決できるかも定かではない。そう言われて「そうです」と言える立場にはないから、これは肯定できない。なんて考えていると、奥さんが「退治できるかは分かりませんが、チャレンジはしてみる者です」と答えた。

何一つ嘘は吐いていない。実に真っ当な言い方だと僕は感心する。

「私が奥、こちらが頭島、あちらが桧山《ひやま》です」

自己紹介に続いて僕らも紹介される。あわてて会釈すると、男もあわてて「一〇二号室の長田《おさだ》です」と名乗る。

「ちなみに他の部屋の方は?」

「今日は出掛けていて私一人です」

「そうですか。ちなみに本業は足場工事を専門にさせていただいております」

奥さんが両手で名刺を差し出す。

はぁ、と生返事で男が名刺を受け取った。

「これから現場を見させていただきます。一通り見たら、お声がけさせていただきます。そのときに、今後についてご説明いたします」

足場工事の現場の下見の時にお客様に言うのとまったく同じ台詞を奥さんが言う。

「分かりました」

そう言って長田さんがドアを閉めた。しっかりと一礼した奥さんは、ドアが閉まってから少しして頭を上げると、「そんじゃ、始めようか。まずはここからだな」と、壁に取り付けられた電子錠を指して言った。

「リフォームしたのは四年前。それから年に最低でも五回は故障するってのは、やっぱりおかしいよな」

シェアハウス杉村に起きている怪奇現象の話は、奥さんからすでに何度も聞いていた。

外見上の破損はない。故障原因のうちの何回かは単なる電池切れだったが、交換して二ヶ月と経たずのことだった。他には電池の接触部分の歪みや電子基板の故障などがあり、すでに電子錠本体を四回交換している。

怪談だと、電気機器の誤作動とか電波の乱れは幽霊の仕業とされている。それこそ肝試しと称して心霊スポットと呼ばれる曰くつきの場所を訪れるテレビ番組や、オカルト系を売りにするユーチューバーは、物理的に説明がつく理由がないのに番組や動画で映像が乱れたり、録画自体が止まってしまったりなどの不可解な現象が起きると、必ずと言っていいほど「幽霊がしたのかもしれません」と締め括る。

正直、僕にはこれらがすべて事実なのかは分からない。これまで僕が見たり話したりした幽霊の中には、アパートの部屋の幽霊と同じくスイッチを押すなどの電気機器の電源を入れたり切ったりすることが出来る者がいた。テレビが勝手につくことに悩まされていた家にいたのは、テレビを観るのが大好きだったその家の曾祖父の幽霊だったりもした。

シェアハウス杉村の電子錠の故障は、この考え方に当てはめることは可能だろう。けれど、電池の減りが早いという話は怪談でも聞いたことがないし、過去の相談内容にもなかった。

「テストはあとで長田さんにして貰おう。次は庭だ」

家の左側にある庭へと奥さんが移動する。

一階のリビングの縁側に面した庭は、手前に立派なみかんの木が植わっていて奥に向かって軽自動車を二台縦列駐車出来るくらい広い。前と右横の家との境のブロック塀の下は花壇と家庭菜園に使われている。とは言っても、塀に沿って植えられた草の一部は変色して縮んでいたし、畝《うね》には枯れて縮んだ植物が数本残っているだけだった。

「これが例のヤツか」

身体を折り、両膝に手を突いた奥さんがしげしげと見下ろして言う。

「なんか、軒並み枯れてんな」

「こっちは問題ないですね」

庭の入り口近く、みかんの木の横に立って頭島さんがそう言った。

みかんの木には濃い緑の葉がたっぷりと茂っていて、黄色く色づきはじめた実が枝にたわわに実っている。周辺の草も枯れていない。

「この辺りだけ枯れてるって、やっぱ変だよな」

言いながら奥さんは姿勢を直した。その横に近づいた頭島さんが、スマートフォンを取り出して写真を撮り始める。

「何？」

「野村《のむら》さんに見て貰おうと思って」

「野村さんって、シンヤさんか？」

野村という名字だけでは分からなかったけれど、信也さんという名前で、誰のことなのか僕にも分かった。やはり現場で一緒になる野村園芸という園芸会社の二代目のことだ。

「はい。専門家に写真や土や枯れた草を見て貰えば何か分かるんじゃないかと」

どこまでもアカデミックに取り組む頭島さんを僕は尊敬する。というより、前回の洋服ダンスのときもだけれど、今回もまたやっていることは警察の捜査と一緒だ。

「丈、お前、ほんっとすげぇな。餅は餅屋ならぬ、花壇の土なら園芸屋だわ。——よっしゃ、車から入れる物持ってくるわ」

車に戻ろうとする奥さんに「これ」と、頭島さんが斜めに掛けたボディバッグの中からビニール袋を数枚取り出した。

「一枚をグローブ代わりにすれば用が足りるんじゃないかと」

常に現場で誰かに何かを言われる前に行動に移している頭島さんは仕事が出来る男だ。記憶力と洞察力と気配りのすべてに長《た》けているからこそだけれど、今回もその能力が遺憾なく発揮された。

「すげーよ。マッジですげぇ」

感心する奥さんをよそに、「念のために、エリアごとにします」と言って頭島さんは右手にビニール袋を被せる。

最年少で後輩の僕が、ただ突っ立って見ているわけにはいかない。

「あっち、やります」と言って、ビニール袋を二枚貰ってから、右隣の家との境界である塀の前に向かう。

「そんじゃ俺は」

「みかんの木の下の土をお願いします」

二人の会話を聞きながら塀の前にしゃがみ、枯れた草を引き抜く。

今までに僕は何度となく考えてきたことがある。それは、もしも親が別な人だったら、だ。たとえば、とんでもなく大金持ちか権力者だったら。地方都市とかの田舎ではなく、大都会に住んでいたら。誰しも一度くらいは考えたことがあると思う。

でも僕のは違う。経済力や住環境は同じどころか、もっと悪くてもかまわない。僕が望むのはただ一つ、僕を利用しようとしない親だったら、だ。

でも、そんな現実はない。僕の母親は、僕を利用してスピリチュアル系の商売を始め、僕の知らないところで僕が念を込めたと称した石や塩を高額で人に売りつけるだけでなく、ついには自分にも霊能力があると嘘を吐いて人を騙している詐欺師だ。父親は、そんな妻と離婚して家を出て、一年経たずに再婚してからは没交渉だ。その後、一度だけ連絡を取ったことがある。中学三年の三月だ。母親に耐えかねた僕が、離婚はしていても僕の父親なのだしと救いを求めて電話をした。だが、あの男は「もう縁を切っている。何も出来ない」とけんもほろろに言い放った。

その結果、今の僕の最終学歴は高校中退だ。

頭島さんについても同じことが言えるだろう。尊敬語や丁寧語や謙譲語が身につくような人生を歩んできていないとだけ聞いたけれど、少しずつ話をするようになって情報が増えた。理不尽な暴力を振るう父親と、それに怯える母親との間の一人息子で、度重なる暴力に耐えかねていたところに、父親から高校の学費すら出さないと告げられて、父親を殴ってそのまま家を出た。その後、悪い仲間と出会って粗暴な暮らしをしている中で、須田社長と出会い、手を差し伸べて貰って、今に至っている。

頭島さんは賢い人だ。もっと良い環境の中で学べていたら、それこそ今頃は医者とか学者とか、エリートと呼ばれる何かしらの職種に就いていたかもしれない。運動神経もすごく良い。もしかしたら何かのプロスポーツ選手になれていたかもしれない。

そんな、もしも話を考えながら、抜いた枯れ草とその周辺の土もつかんでビニール袋に入れる。枯れ草エリアだけれど、ところどころ緑の葉のままのものもある。その葉に見覚えがあるような気もするが、名前までは思い出せない。枯れていないのなら、袋は変えた方がいいだろうなと思いながら、とりあえずつかんで引っぱった。けれど、まったく抜けない。さきほどの枯れ草と違い、根がしっかり張っているようだ。力を込めて引っ張ると、ブチッと音がして腕が軽くなった。

つかんでいる草を見る。根っこはなく、茎が切れていた。赤紫色の茎の断面を見ていたら、異臭が鼻を衝いた。その臭いで植物の名前を思いだした。ドクダミだ。

「うわっ」と、声を上げて顔から遠ざけた。

「どしたー？」

奥さんの声が聞こえる。状況を説明しようと振り返ると、そこには頭島さんがいた。現場でもよくあることだが、何かしら起こったとき、いつの間にか頭島さんはそばにいる。

「ドクダミって根がやたらと深く伸びていて、しかも強いから抜けずに切れちゃうんですよ。切れるとすごく臭くて。苦手なんですよ、僕」

奥さんにも聞こえるように説明する。

「あー、くせぇよな。ドクダミは」

奥さんが応じてくれる。その間中、頭島さんの目は僕の手のドクダミに注がれていた。

改めてドクダミのことを話そうとする前に、頭島さんがビニール袋をいくつか差し出した。

次の場所用だろう。受け取ると、すぐに元の位置に戻って行く。

「こんなもんか？　これ、交じって分かんなくね？」

奥さんの声が聞こえる。その足下にはサンプリングした土や草の入ったビニール袋が四つ置かれている。

「これを」

頭島さんがボディバッグから何かを取り出す。黄色い付箋、ビニールテープ、油性ペンだ。

「柿1、2、3、4で」

付箋一枚ごとに柿1、柿2と順に書き込んでいく。お世辞にもきれいな字ではないけれど、本当に気が利く。

「貼ったら、とれないようにテープ留めして」

袋それぞれに付箋を貼り、上下をビニールテープで留める。

「採った場所に置いて写真を撮れば分かりやすいと思います」

「マッジすげぇよ。丈、お前、ほんっとデキる男だな」

奥さんが感嘆の声を上げて、袋を採取したそれぞれの場所に置いていく。

三人が担当したそれぞれの場所にビニール袋を置いて写真に収めた。そうしたことで、庭全体に被害が及んでいるのではなく、数ヶ所だけだということが改めて分かった。それに、特に被害が出ている右の塀側でもドクダミだけは緑の葉をつけている。

「ソイツら、すげぇな」

奥さんが指して言った。

「地下茎が残っていたら、滅多なことでは枯れないです。除草剤を撒いても、翌年には必ず生えてきます」

実家の庭の一部にドクダミが根づいてしまい、毎年草抜きをしていた記憶を思い出して言った。

「除草剤でもダメって、なんか怖くね？」

「根が完全になくなるまで除草剤を入れればイケるとは思いますけれど、でも土自体がダメになるから、そこに他の草花を植えても育たなくなっちゃうんですよね」

「ひょぇ〜。つーか、光希って物知りなんだな」

奥さんの賞賛の声に気分が良くなって、僕はさらに続ける。

「花は白くてけっこう可愛いんですけれど、臭いし、とにかく繁殖力が強くて、油断していると辺り一面ドクダミ畑になっちゃうんです。逆に庭中ドクダミにして他の雑草を生えなくさせるって手もありますけれど」

「ドクダミ畑って耳から入るインパクト、ごり強ぇな」

「ドクダミと言っても毒はありません。逆に毒や痛みを消す効果を持っています。なのにこんな名前になったのは、『毒の痛み』を取るが『毒痛み』と省略されたかららしいです」

高校生活の二年と半年、授業以外の時間のほとんどを図書室で過ごした。綺麗な写真つきの野草図鑑は愛読書の一つだった。

「役にも立つのに、臭い一つで嫌われちまうってなんだかなー。——けど、ダメなもんはダメだし、しょうがねぇよな。次は室外機な。——奥から行くか」

ひとしきりドクダミに思いをはせてから、奥さんは建物の右へと入っていく。

シェアハウス杉村の一階には室外機が二台ある。一台は玄関から庭に向かう通路にあり、さきほど前を通った。

「おかしなことが起こるのは家の外だけっていうのは、なんか分かる気がすんだよ。幽霊にとって、なんかのバリア、たとえばお札《ふだ》とかが貼ってあって、それで入れないとかさ」

心霊現象への対処法として、神社やお寺で貰ったお札を貼るというのがある。効果がある場合もあるとは思う。けれど、僕が体験した数件では効果はなかった。家の中のガラスのものや陶器が落ちて壊れる広島市の旧家は、お寺でお札を貰ってきて、家の中のあちらこちらに貼っていたけれど何の効果もなかった。訪れた僕が会った幽霊はその家の曾祖叔父《そうそしゅくふ》だった。話を聞いたところ、長男というだけで兄が財産のほとんどを譲り受けたことが未だに許せなくて、その腹いせにしているという。お札から何か影響はないのか訊ねたら、「俺は神も仏も信じていない」と返された。

もう一件はわざわざ神戸まで遠征したときのことだ。花隈町《はなくまちょう》近くの一軒家で、誰もいないのに人の足音がしたり、部屋のドアが開閉したりすることに悩み、神社で貰ったお札を貼ったものの効果がないとその家の夫婦が相談してきたのだ。このときは僕もちょっと困った。なぜならそこにいた三十歳くらいの男の幽霊は西洋人だったからだ。僕に見えていると分かった男は喜んで近寄ってくると、勢いこんで話しかけてきた。でも小学四年生の僕にはどうしようもない。言葉が通じていないと気づいた男は、出来るだけゆっくり身振り手振りつきで説明した。言われたことを僕が真似して、それを母親がその家の夫婦と解読していたから、完全に正しく理解できてはいないと思う。それでも、その男が神戸外国人居留地にいたイギリス人で病気で亡くなったことは分かった。故郷に帰りたくても帰れず、知る人は誰もいなくて途方に暮れているということもだ。

誰がやっているのかは分かったものの、ではこのあとどうしたらいいのか分からなくて困っていると、男は教会に連れて行って欲しいと頼んできた。ならばと家の主人が車を出してくれた。最初に行った教会はカトリックで宗派が違うというハプニングはあったけれど、プロテスタントの教会に案内したら、男はその場に残ることになって解決した。

夫婦も僕もお札のことなどすっかり忘れていた。でも車中で男に「そういえば、最近部屋のあちこちに貼ったあの細い紙は何？」と訊ねられた。事情が分かったとき、夫婦も僕も声を出して笑ってしまった。

この二件で、神仏を信じていない人や、言語も信仰する宗教も違う相手には、神社やお寺のお札の効果がなくても仕方ないと僕は学んだ。

あのときのイギリス人のきょとんとした顔と、夫婦の笑い声を思い出すと、思い出し笑いをしてしまう。今もそうなりかけて、頬の内側を嚙んでなんとかやりすごす。

塀と家の隙間は五十センチくらいしかなく、人一人歩くのがやっとだ。室外機は建物を曲がって一・五メートルくらいのところに設置されていたが、その脇ともなると、壁との間は十五センチくらいしかない。

奥さんが室外機をよけて奥に入る。頭島さんは室外機の手前で塀にぴたりと身を寄せた。僕はその後ろだ。室外機の周辺には、蔓植物が何本か地を這うように伸びていた。その葉には見覚えがあった。

「これって朝顔ですよね？」

「うん、こりゃぁ朝顔だ。それも、まだ芽が出てちょっとって感じだな。ガキの頃、観察絵日記を描いたから間違いねぇ。うっわー、懐かしいなー」

僕の言葉に、しみじみとした声を上げて、奥さんがさらに続ける。

「けど、なんでこんなところに？　庭にはなかったよな？」

「ありません。生えていたのはドクダミくらいです」

庭のこの付近を担当していたので答える。

「時期もなぁ、九月のど真ん中だって言っても、暑いからアリっちゃアリか」と、奥さんが言った。

本来ならば朝顔の時季は終わっているはずだ。でも近年は九月半ばでも十分暑く半袖でも過ごせるくらいだから、芽が出て伸び始めてもおかしくはないだろう。

「ま、そんなことより、コイツだ」

室外機を指して奥さんは続ける。

「電子錠と一緒で、これも見た目はなんでもない。つーか、経年劣化を除けば、よっぽどのことがないと壊れないって湯沢さんが言ってたぜ」

そもそもエアコンは室外機が外気を取り込み、熱交換器に入れてファンで冷却したり暖めたりして室内機に送ることで暖房や冷房をする機械だ。室外機は名前が表すように野外設置を目的としている。だから多少の粉塵や雨では故障する可能性は低い。

「故障したのはここと玄関近くの二台だけでしたよね？」

「そ」

確認を取るように聞く頭島さんに、奥さんは一言で答えてから、さらに続ける。

「オーナーの話によると、吸気口と排水口は泥とか紙くずみたいなのがびっしり詰まってて、ファンはビニールひもみたいなのが絡まってたそうだ。裕二さんが言ってたみたいに大雨で浸水したとかならありえるけれど、水は出てない」

奥さんが話題に出した裕二さんこと重森裕二さんは、前回の藤谷家の依頼を仲介した武本工務店の職人さんだ。つるんでいる幼なじみが消防士なので防災情報に詳しく、話のついでに色々と教えてくれる。

話の入りは、「ダチが出場した現場が違法薬物の製造場所で」とか「この間、リフォーム詐欺をとっ捕まえたんだけど」とか、かなり刺激的だ。

エアコンの室外機の故障の話題は、リフォーム詐欺を捕まえたときの話に出てきた。

野外設置が前提で粉塵や雨に強いとされていても、冠水で室外機自体が水没したら内部の機械自体が故障する。運良く故障しなかったとしても、空気の取り入れ口である吸気口に汚泥やゴミくずが詰まってしまえば作動しなくなる。排水口もしかりだ。なので故障防止と節電のためにも定期的に吸気口や排水口の掃除はした方がいい――。

重森さんの話は、いつも楽しくて為になる。

「しかも年に二回も故障するって、やっぱおかしいだろ。――うおっ、なんだこりゃ！」

身体を折って室外機中を覗いた奥さんが驚いて叫んだ。

頭島さんと僕も屈んでファンの前に取りつけられているファンガードの隙間から中を覗く。通常、ファンしか見えないはずなのに緑色の何かがあった。

「これって、もしかして朝顔？」

ファンガードの細い隙間から、緑の小さな葉がついた細い蔓らしきものが見える。

「だと思います」

頭島さんが同意する。

「このままにしたら、とうぜんマズいよな」

まだ丈は短いが、このまま成長してファンに巻きついたり、コンプレッサーの中にでも入り込んだら確実に故障する。

室外機本体と地面の間は、高さ十センチくらいの隙間があった。奥さんと頭島さんよりも小柄な僕ならば手は入る。

「下から抜きます」と、手を伸ばそうとすると、「中にどれだけ生えているか分からないから」と頭島さんに止められた。

奥の方には手は届かない。どうすればと考えていると、頭島さんがボディバッグの中に手を入れた。取り出したのはボックスドライバーのセットだった。

「天板を外します」と、鮮やかな赤いグリップにプラスドライバーの刃先を差し込みながら言う。

奥さんが口を開く。

「ドラえもん？」

今日、ここに着いてから必要だと思うもののすべてが頭島さんのボディバッグから出てきている。気が利くを通り越して、もはや奥さんが言うようにドラえもんの四次元ポケット状態だ。

「電子錠と室外機が故障したと聞いていたので持ってきただけです」

答えながら、頭島さんが天板のボルトを外していく。

黙々と作業を進める頭島さんを見ながら僕は考える。

頭島さんと僕は奥さんから同じ話を聞いていた。頭島さんは事態の解決のために、必要になりそうな物を準備してきた。対して僕は手ぶらだ。奥さんも手ぶらだけれど、車の中には工具箱をはじめとする作業用の道具一式が入っている。だから本当の意味で身一つなのは僕一人だ。

幽霊退治と聞いて身構えてしまったのは事実だ。でも、問題はそこではない。

何かにつけて頭島さんに気が利く、すごいとただ思うばかりで、自分も出来るようになるために何をすればいいのかまで考えていなかった。これではダメだと反省していると、奥さんがいつもよりも甲高い声を上げる。

「タケえもーん、お菓子出して」

奥さんらしいノリだ。でも、さすがに頭島さんもお菓子までは持っていないだろう。

「ミントのタブレットならありますけれど」

そう言って手を止めた頭島さんがボディバッグの中を探り出す。

「――マジか」

奥さんと同じことを、僕の方がちょっとだけ早く心の中で呟いていた。

「いります？」

「うん、ちょーだい」

子供のように言って手を出す奥さんに、頭島さんがタブレットケースごと渡す。手のひらにミントの粒を出して口に放り込んだ奥さんに、「これはお菓子に入るんですかね？」と頭島さんが訊ねる。

「微妙だな。バナナはおやつに入りますか？　と同じかも。サンキュー」

言いながら奥さんがタブレットケースを頭島さんに返す。頭島さんがちらりと僕を見上げてタブレットケースを差し出した。本当はミントはあまり好きではない。でもドクダミの臭いが鼻の奥に残っている気がするので貰うことにした。

「ありがとうございます」と言って受け取る。僕がミントの粒を出している間に、頭島さんは一つ目のボルトを外し終え、二つ目に取りかかる。ケースを返すタイミングを見計らいつつ、「替わりましょうか？」と申し出た。自分の道具を他人に触られるのが嫌なタイプの職人さんがいるが、頭島さんはそうではない。同僚が困っていると道具を貸してくれる。

「いや、いい」

そっけなく断られてしまった。僕の方が作業が遅いからだろうとは思うけれど、やはりちょっと凹むな、と思っていると、「でも、ありがとう」と頭島さんの声が聞こえた。

「丈、成長したな」

腕組みした奥さんが、満足げに頷いて言う。

「最初はコイツ、手負いの野犬みたいだったんだぜ。ほとんどしゃべらないし、目つきはとんでもなく悪くて怖ぇし。コンビニのお使いを頼んだら三度に一度は誰かと喧嘩してなかなか帰ってこないし」

アパートの幽霊に飛びかかったときに、かつての頭島さんの片鱗が見えた。あれがいつもだったら、絶対に関わり合いにはなりたくない。

「それがだんだん話すようになって、喧嘩もしなくなったし、目つきも良くなった。全体的に荒《すさ》んだ感じが抜けたってての？」

「恥ずかしい限りです。社長や先輩たちのまねをして、ようやくなんとかって感じです」

穏やかに頭島さんが返す。

「まぁ、俺もだし、言ったら社員のほとんどがそんなものだけどな」

終業ミーティングで須田ＳＡＦＥＴＹ ＳＴＥＰの社員全員と顔を合わせているので、奥さんの言っていることが嘘ではないのは知っている。例外は社内で唯一の大卒の水上《みなかみ》さんだけだ。水上さんは僕らのように当てもなくさまよっているところを社長に拾われたのではない。社長が会社を立ち上げる際に、役所相手や事務仕事に強い信頼の置ける人材としてスカウトした、社長の実の従兄弟《いとこ》だ。

「今では社内イチ気が利くし、何より優しい奴になったんだから、すげぇよ」

「そんなことないです」

謙遜しながらも手は止めない。三本目のボルトを外し終わり、四本目に取りかかる。あっという間に外し終えると、待ち構えていた奥さんが天板をつかみ、「どれどれ」と言いながら持ち上げた。

「うっわ、なんじゃこりゃ！」

上から中を覗くと、背丈こそ低いものの、何本もの朝顔が生えていた。

「あと数日遅かったら、故障してたんじゃね？」

空いた室外機の縁に手をかけた奥さんが中を見ながら言う。日が射さない環境でも朝顔はしっかり生長していた。だとするとあと三日か四日後にはファンに絡みつくか、コンプレッサーの中に入り込んでいただろう。そうなったら、確実に故障だ。

「良いタイミングで来たもんだな」

しみじみと言う奥さんをよそに、「写真を撮ってから抜きましょう」と頭島さんが冷静に言う。

「だな」と相づちを打って、奥さんが何枚か写真を撮りはじめる。

撮影が終わってすぐに、頭島さんが手を差し込もうとする。あわてて「僕がやります」と声をかけた。

「頼む」

意図を汲んでくれたのだろう、あっさりと頭島さんが任せてくれた。中に手を入れ、指先が地面に触れたのを確認してからその近くの蔓をしっかりとつまみ、根まで全部抜き取るべく、じっくりと左右に揺すりながら抜いていく。ぷつぷつと細い根が切れる感触はあったけれど、そのまま注意深く引き抜く。思っていた以上にすんなりと抜けた。取り出して付いた土を振り払うと、そこそこの長さの根が出てきた。どうやら根元まで上手く抜けたようだ。

「おー、やったな」

たかだか一本朝顔を抜いただけなので、奥さんの歓声はさすがに面映《おもは》ゆい。ただ頷いてお礼にしたけれど、上手く笑えずに微妙な顔になってしまった。続けて残りの朝顔も抜いていく。最終的に、五本すべてを抜き取った。

「しかし、なんでこんなところに？　蒔《ま》いた種がたまたま下から入ったとか？」

他に種が入るとしたら、あとはファンガードの隙間しかない。朝顔の種って、この隙間を通れるような大きさだったっけ？　と考えていると、「動作確認をして貰った方がいいのでは？」と、頭島さんの声が聞こえた。

「そうだな」

同意を得た頭島さんが「俺が」と行こうとすると、「いや、ここで見ていてくれ」と奥さんが制した。承諾した頭島さんは、奥さんが通れるように場所をゆずる。

僕はどうすればいいのだろう。残るべきか、それとも奥さんと一緒に行くべきだろうか。迷っていると、「光希は一緒に来い」と奥さんに声をかけられる。

先に行って貰おうと塀にぴたりと背をつけると、「ゴーアヘッド」と、言われた。

意味なら分かる。先に行け、だ。言われた通りにする。

「俺さー、ゴーアヘッドって、行く、一つ、頭だとずっと思っててさ。でも、アメリカの映画やドラマで相手が一人じゃなくても言ってるから、これってそういう言い回しなんだなってアヤに言ったんだよ」

A HeadとAhead。つなげればスペルも一緒なだけに、発音だけでは同じに聞こえる。

「そしたら、アヤがAheadっていうのは先って意味の一つの単語だよって、さらっと教えてくれてさ。アイツのそういうとこ、まじリスペクト」

相手をすごいと思ったら褒める。これは奥さんの本当に良いところだし、見習うべきことだ。

ただ実際に出来るかというと、難しいんだよなと考えていると、「ゴーアヘッドって、もう一つ意味があるって知ってる?」と、奥さんに話しかけられた。

「いえ」

本当に知らないので素直に答える。

「やってみなよ」

奥さんの優しい言い方に、大きく括ればお先にどうぞみたいなものだなと思った。

「けどよ、嫌みで言うときにも使うんだぜ。――やってみな!」

今度は突き放すように言われた。驚いて思わず立ち止まる。

「何でも身なりと態度と言い方だって社長がよく言っているけどさ」

須田社長の口癖の一つだ。

相手に自分が伝えたいことを正しく受け取って貰いたければ、きちんとした身なりと態度で正しい言葉遣いで言え。そうすれば相手は先入観を持たないから、正しく受け止めてくれる――。

だから須田社長は社員の身だしなみや、ことにお客様に対するときの態度や話し方には厳しい。

そのわりに、水上さん一人を除いた社員全員、それこそ須田社長すら雰囲気からヤンキーっぽさが抜けていないのは、僕からしたら謎だ。

「これって万国共通なんだな」

確かに、同じ言葉でも言い方で優しく勧めたり励ましたりしているのか、嫌みで言っているのか意味がまったく変わってしまうのは、世界中同じのようだ。

庭に出たので奥さんが僕の横に並んだ。二人そろって玄関へと向かう途中に、もう一台の室外機があった。周囲には朝顔の蔓が地を這っている。

「これも――だわ」

ファンガードを覗き込んで奥さんが言う。僕も顔を寄せて中を覗きこむ。さきほどと同じくどころか、より多くの緑の葉が見えた。

「こっちの方が日当たり良いからな。ここまで伸びてんのに、よく故障しなかったな」と感心してから「あっちの動作確認が終わったら、こっちのも抜こう」と言って奥さんは玄関に向かった。

長田さんはインターフォンの近くにいたらしく、すぐさま応答した。

「すみません、一階の奥の部屋のエアコンの動作確認をしたいので、つけて貰えないですか?」

「リビングのですね?　分かりました」

インターフォンの切れる音に続いて、長田さんが部屋を移動している音が聞こえる。会話を続けようとしていた奥さんが「けっこうせっかちなんだな」と言ってから、「戻るぞ」と歩き出した。

家の右奥の室外機の近くまで戻ると、エアコンが作動しはじめていた。

「動作も音も問題なしです」

頭島さんがそう言うのと、奥の金属製の柵つきの窓が開いたのはほぼ同時だった。

「どうですか?」

中から長田さんが訊ねる。

「大丈夫です。念のためにあと三分くらいつけておいて下さい」

奥さんはそう頼んでから、「向こうのも開けてくれ」と頭島さんに頼んだ。

三人で玄関近くの室外機のところまで戻り、頭島さんがまた天板を開ける。作業中に家から出てきた長田さんも加わった。天板を外して、四人で中を覗きこむ。

「うわ、なんだこれ」

四人各人が驚きの声を上げる。すでに前の一台で見ていた僕たちよりも、初めて見た長田さんが一番大きな声だった。

室外機の中では、さきほどの一台よりも朝顔が茂っていて、すでにファンに蔓が絡みついていた。この状態ならば、昨日使っていたら確実に故障していたはずだ。

「これは一〇一号室のなんですけれど、住人の吉田《よしだ》さんは二週間の自動車免許取得の合宿に行っていて、戻りは一週間後なんです。帰って来てつけても、まず動かなかっただろうし、一歩間違えば火事になっていたかもしれないですね。これって朝顔ですよね？」

状況が呑み込めたのと同時に、長田さんがエアコンと植物のそれぞれに知識があることも分かった。

「――です。それで伺いたいんですが、朝顔って植えました？」

奥さんが訊ねる。

「いいえ、植えてないですね。庭はみかんの木の他は好きに使っていいとなっていますが、野菜以外は誰も育てていないです」

だとしたら、この朝顔はいったいどこから来たのだろう。自然界で種が運ばれる方法は、タンポポなどのように風で飛ぶか、あるいは実を食べた鳥や動物の糞などが思い浮かぶ。でも、朝顔はどちらにも該当しないような気がする。そうなるとやはり人間が蒔いたことになる。でも、住人ではない。

「住人じゃないとなると、それってあの」

おそらく幽霊の仕業だと言いたいのだろうけれど、口に出すのはどうかと思っているらしく奥さんが語尾を濁した。

「気味が悪いですね」

長田さんが顔を顰めて言うと、視線を庭へと移した。

「ただ野菜もご覧の通りの有様で。ウチの子に自分で育てたにんじんを食べさせてやろうと思っていたのですが、それも叶わず。どころか、この状態では不用意に草でも食べてしまったら大変なことになるから、うさんぽもさせてやれず、もっぱらへやんぽで」

朝顔の来歴に思いをはせていたら、長田さんの不満げな声が聞こえた。

うちの子、にんじん、草を食べるというワードが頭に残った。そこでシェアハウス杉村の売りはペット可だと思い出した。

「ウサギですか?」

ぼそりと頭島さんが訊ねる。

「ええ。ホーランドロップのグレートートの男の子で三歳、名前はスラッシュです」

それまでの不満げな声が一気に明るくしかも早口になった。聞いたことのないワードが連続したけれど、雄で三歳のスラッシュという名のウサギなのは分かった。

「ウサちゃ!　――ウサギを飼っているんですか?」

ウサちゃんと言いかけたに違いない奥さんが、あわてて言い直した。

「ええ。可愛いですよ。今この家に住んでいる住人は全員ウサギの下僕で」

――ウサギの下僕。

ペットに愛情を注いでいる飼い主という意味だろうと推測する。

「一〇一号室のよっしーはネザーランドドワーフのチェスナットの四歳の男の子の吉田《よしだ》うさ太郎、二〇三号室のせりちゃん――芹沢《せりざわ》さんはホーランドロップのブラックの女の子でこはる様と一緒に暮らしています。あ、よっしーのうさ太郎は、僕とせりちゃんの二人で帰ってくるまでお世話をさせて貰っています」

理解しようと聞いてはいたけれど、呪文みたいなワードが続いて断念した。三人ともウサギを飼っているだけで十分だ。ただ、二人のネーミングセンス!　なんて考えていると、奥さんの声が聞こえる。

「絶対に可愛いんだろうな。そっかー、ウサちゃんかー、この家の中に三羽もいるのかー」

よだれが垂れそうなという表現がどんぴしゃりな顔と声で奥さんが言う。犬だけでなく猫も好きらしいと前回分かったけれど、どうやら動物全般が好きらしい。

「会います？」

「会います！」

奥さんが即答する。

見るではなく会う。下僕を自称する長田さんらしい言い方に、奥さんもつられている。

「それでは」と、一気に浮き足立つ長田さんと奥さんの二人をよそに頭島さんが「朝顔を抜いて、天板を戻します」と冷静な声で言う。

「すみません、まずはこっちでした。大家さんの話だと壊れるのは電子錠と一階の室外機二台だけだとか」

我に返った奥さんは謝罪してから話を本筋に戻した。

視線を感じて見ると、頭島さんと目が合った。自分の出番だと思い出して、上から室外機の中に手を入れる。伸びた蔓がファンに絡みついていて、抜くのに前回よりも苦労する。

「こちらこそすみません。ええ、家の中ではこれと言って何も」

「勝手に電気が点いたり消えたり、ドアが開いたり閉じたり、誰もいないのに足音が聞こえるとか」

いわゆる心霊現象を奥さんが例に出して訊ねるものの、長田さんの返事は「そういうのは、まったくないです」だった。

「あとは草花が枯れる」

「はい」

会話を聞きながら、一本ずつ丁寧に抜いていき、地面に並べる。残らず抜き終えたかをもう一度覗きこんで確認する。緑色な物はなく、見えるのは下の地面だけだ。あとは元通りに天板を取り付ければ終わりだな、と思ったところで気がついた。

「生えているのは全部抜きました。でもまだ種が残っていたらまた生えてくるかもしれません。除草剤を撒いてから天板を戻した方がいいかもしれません」

「だよな——じゃなかった。そうだな」

長田さんの存在を忘れていつもの調子で返した奥さんが言い直した。

「確かに。しっかりケアした方がいいですよね」

長田さんが同意する。

「除草剤って——あるわけないですよね。ウサちゃんがいるんだから。だとしたら使えないか」

「いえ、今はせりちゃんのキャンプグッズを使ってたまに外で料理して飲み食いするくらいです。それももう季節的に終わりかな」

ウサギという共通点を持つ住人同士で庭でキャンプ飯、なんかとても楽しそうだ。これがシェアハウスの醍醐味なのだなと思う。

「うさんぽは絶対に誰もしないので大丈夫です」

「うさんぽってなんですか?」

またあの謎の言葉を出した長田さんに、訊ねたのは頭島さんだった。

「ああ、ウサギの散歩です。縮めてうさんぽ」

なるほど！　と思っていると、「部屋の散歩で部屋んぽ」と頭島さんが呟いた。これまたなるほど！　だ。

「うさんぽに部屋んぽ、メチャクチャ可愛いじゃないっすか〜」

でれでれした顔で言う奥さんを見て、脱線する前に話を戻す。

「撒くのなら、粉より液体の方がいいですよね、万が一風で飛んだりして、家の中に入ったりしないように」

視線を感じて見ると、頭島さんと目が合った。けれどすぐに外れた。これまでも同じことが何度も起きているけれど、一度たりとも話しかけてはこない。つまり今回もさしたる意味はないのだろう。

「そうですね、そうして下さい」

長田さんが同意したのを見届けた奥さんが、「じゃぁ、ホームセンターに行って買ってきます」と言った。


全員で行く必要もなかったけれど、奥さんは愛車の運転を他人に任せない。だけど一番先輩の奥さんにお使いを任せるわけにもいかない。けっきょく三人で車に乗り込み、頭島さんが検索した近くのホームセンターへと向かう。

「ウサちゃんかー。それも二羽も会えるだなんて、楽しみだなー」

本来の目的よりも、もはや長田さんのウサギを見る、もとい、会うことに奥さんは夢中になっていた。

「今回は防犯カメラを設置すれば解決すると思います」

頭島さんの言葉は、奥さんが醸し出したどこかほわんとした車内の空気を一変させた。

「なんで？」

同じ疑問を浮かべながら、僕は前部座席に身を乗り出す。

「人がしているとしか思えないからです」

「なんで？」

まったく同じ質問を奥さんが繰り返した。

「庭で草花が枯れている場所は、庭の正面の菜園部分が中心。影響がなくて枯れていなかったのはみかんの木とドクダミだけ。この二つと枯れた野菜との違いは根の深さでしょう」

「けどよ、にんじんってけっこう深くないか？」

市販されているにんじんを思い出す。長くても三十センチまではない。それではみかんの木とドクダミの比ではない。

「でもまぁ、木と比べたら大したことないな。光希、ドクダミもすげぇんだよな？」

「はい」と答えた。

実際の根の長さまでは知らない。でも、実家では抜いてその部分にだけ除草剤を撒くのを十年以上続けても駆除できなかったことを考えると、かなりの長さだと思う。

「枯れている場所は、塀から二メートルには届かないくらい。右側の通路は枯れていない」

頭の中に、枯れた草花や土を入れたビニール袋を採取した場所に置いて撮った写真が浮かぶ。

「塀の上から身を乗り出して、除草剤を撒いているんだと思います。粉ではなく液体のを」

「なんで？」

三度目だ。

「粉の色が土と違えば、雨が降って地面にしみこむ前に誰かに気づかれるかもしれない」

僕がかつて使ったことのある粉の除草剤のほとんどは白とか生成りのような色だった。だから撒いた直後は、ここに撒いたとはっきり分かった。

「液体ならすぐにしみこむから分からないってことか。でもよ、室外機と電子錠は？」

「室外機の吸気口と排水口は泥や紙くず詰まり。ファンはビニールひも絡まり。どちらも人為的です」

「そうだけどよ、吸気口と排水口になんか詰めるのだって手間だし、ファンにひもを絡ませんのはどうすんだよ」

今日のように天板を開けていないのなら、室外機の下からか、ファンガードの細い隙間からひもを挿し込むしかない。どちらにしても手間がかかる。

「エアコンが作動しているときに、ファンガードの隙間から送り込めば可能でしょう？」

「面倒臭ぇ！　だったら、ぶっ壊した方が早いだろ」

「壊すのなら、中が正常に作動しなくなるくらい外を変形させないと無理だと思います。素手じゃ無理だから道具も必要だし、かなりの音がします」

「誰もいないときならオッケーじゃね？」

「でも、警察を呼びますよね、さすがに」

それまで間を空けずに言い返していた奥さんが黙り込んだ。

「電子錠もです。作動しなくなった理由は電池切れとか電池の接触部分の歪みや電子基板の故障、どれも中だけです。電池は切れたものと交換すればいいし、接触部分は指で力を入れれば簡単にゆがむ。電子基板は磁石でも当てれば一発です。でも外観には何も問題はない。だから怪奇現象だと思って、警察沙汰にはしなかった」

室外機や電子錠が誰かに壊されたと見てとれる状態ならば、とうぜん警察に通報していたはずだ。でもシェアハウスをはじめてから今日まで三年間、通報したという話は聞いていない。

「タチが悪い」

吐き捨てるように言うと、頭島さんは口を閉じた。車内の音が消える。その静寂を奥さんが破った。

「――朝顔じゃ、警察は呼べねぇしな」

奥さんの声は渋かった。

シェアハウス杉村で起きたのは、どれも警察に被害届を出すような事件性はない。でも室外機や電子錠が故障すれば修理が必要で、それにはお金も労力もかかる。何より住民は気味が悪いだろう。そして住人は居着かず、今も一部屋空いている。

そうしたい誰かがいるのだ。それは頭島さんが言った「塀の上から身を乗り出して除草剤を撒いた」人物だ。それが出来るのは限られる。

「なんかさー」

つまらなそうな口調で奥さんが話し始める。

「そこにないはずの物がとつぜんあるとか、幽霊話でよく聞くだろ？　それなら、ゴミとか泥とかビニールひもくらいなら楽勝じゃん？」

物の移動も怪奇現象ではメジャーなものの一つだ。家の中の物が違う場所に移動しているのはもちろん、家の中にはなかった物があるというパターンもある。古くは日本人形に始まり、故人の所有物のアクセサリーなどの小物、さらには大量の人毛など、けっこうな大きさや重量がある物を幽霊は移動させることが出来るとされている。

「ガワを壊すほどのパワーがない幽霊で、それで中を狙ったんだって思ってたんだよ」

その発想は僕にはなかった。けっこう奥さんは盲点を突いてくる。

「で、朝顔だ。種なんてちっちぇから運べるだろ」

動作異常を起こすほどの量の泥やゴミを運べるのなら、小さな朝顔の種を二ヶ所分、おそらく二十粒くらい難しくはないだろう。

「幽霊だったら、電子錠とか草花は別なヤツかもしれねぇからおいておくとして、エアコンの室外機をどうしても壊したいヤツがいるわけじゃん。すでに何度も詰まらせたり絡ませたりしても上手くいかないもんだから、今度は朝顔にしたってことになるじゃんか。なんか、幽霊もすげぇなって思う反面、さすがにどうよ？　になってたんだよ」

誰かに何かを伝えたい幽霊は多い。伝わらないから手を変え品を変えというケースもいくらでもある。でも僕が知っているのは、動かす物を変えたり、物音を大きくしたりするくらいだ。朝顔はファンにひもを絡ませるの進化形と言えるだろう。でも、ここまで方法を変えた話は聞いたことがないし、僕も出会ったことはない。

「幽霊だったらよかったとか思っちゃねぇよ。けど、いざ人がやったとなると、ただの嫌がらせだろ？　まあ、幽霊でも同じだけど。しかも、シェアハウスが気にくわないとかでさ。――なんだかな」

幽霊の方がよかったとは思っていないと言いつつも、やはりどこか期待していたのだろう。がっかり感は否めない。

「なんかこれって、幽霊の正体みたり――ってヤツだよな」

喩えの最後が出てこずに奥さんが口ごもる。頭島さんも何も言わないので、「枯れ尾花です」と言ってみた。

「それ！　光希、マジでカシコだな！」

これくらいで褒められてもと、また微妙な気持ちになる。

「――気に入らない」

ぼそりと頭島さんが呟いた。

「どこが？」

奥さんがすかさず訊ねる。

僕からしたら、奥さんの方が「どこが？」だ。

犯人は警察沙汰にならないように嫌がらせを繰り返している、そうとうずる賢い奴だ。頭島さんだけでなく僕も気に入らないし、世の中でも気に入る人の方が少ないと思う。

「捕まらないようにこすっからい手を使っているのはもちろん、他人の、それも幽霊のせいにしているのが許せない」

「とは?」

今回は僕も奥さんと同意見だ。

「申し開きが出来ない」

当たり前のように頭島さんが言い返した。

「とは?」

奥さんがまた同じ質問を繰り返す。

「誰かのせいにされたとして、生きていれば申し開きは出来る。でも死んでいたら出来ない」

「そりゃ出来ないだろうけれど、そもそもいないんだし」

「なんでいないって言えるんです?」

頭島さんの切り返しに奥さんが黙り込んだ。

「電気を消すとか、ドアを開けるとか、何かをしている幽霊がいるのなら、何もしていないとか、したいのに何も出来ずにただいるだけの幽霊もいるんじゃないですか?」

——正解。

頭の中にピンポーンと正解のチャイムが鳴り響く。

かつて幽霊が見えていたとき、何もせずただいるだけの幽霊を何人も見てきた。その数は、日常で僕に話しかけてきたり、母親に連れられて行った結果、見てしまった数よりも実ははるかに多い。

でも、僕にはもうあの頃のように幽霊は見えないし感じられない。

シェアハウス杉村に到着して、幽霊がいないか捜してみたけれど、やはり今の僕には何も見えないし、感じられなかった。でももしかしたら、ただいるだけの幽霊がいるのかもしれない。

「存在すら気づかれずに、誰にも迷惑を掛けずにただいるだけの幽霊に、この犯人は罪をなすりつけている」

頭島さんは常に幽霊を生きている人間の延長線上でとらえている。だからこそ、幽霊のせいにしている犯人が気に入らないし、許せないのだ。

「確かにな。何もしない幽霊だっていてもおかしくねぇわ。なのにしてもいない罪をおっかぶされて、気味悪がられて、それこそ悪霊扱いされるとか、そりゃぁたまったもんじゃねぇよな」

ただ穏やかにあの場にいるだけの幽霊がいたとして、これまでの怪奇現象を自分のせいにされていたら？　悲しいし悔しいだろう。どうにかして自分ではないと伝えたいに違いない。でも、それすら出来ない幽霊だっている。

戻ったら、もう一度何かを感じないか試してみようと心に決める。

「とっ捕まえて謝らせたい」

ぼそっと頭島さんが吐き捨てた。

「それ、いいな」と、奥さんが即答した。

僕たちや長田さんと吉田さんと芹沢さんの住人たち、さらに湯沢さんやオーナーに見張られる中、犯人が誰もいない庭に向かって、「幽霊さん、私が犯人なのに、あなたのせいにして申し訳ございませんでした、ごめんなさい」と平謝りしている様が頭の中に浮かんだ。かなりシュールだ。でもいいと思う。そうするには、まず、犯人を捕まえなくてはならない。

「それで」と、二人のどちらにともなく訊ねると、「防犯カメラで証拠は押さえられる」と頭島さんが答えた。

「朝顔でエアコンが故障すると思っているはずだ。なのに故障しなかったら、また何かする。庭の入り口近くの室外機が映る場所に一つ、念のために電子錠付近にもつければ万全でしょう。あとは、シンヤさんに取ってきた草花や土を見て貰って、除草剤があると分かれば」

「完璧！　丈、お前、すげぇよ。マジにガチですげぇ」

奥さんが賞賛の言葉をまだ連ねているのを、「いえ、光希がヒントをくれたからです」と、頭島さんが遮った。

——僕？

きょとんとしてしまう。

「ドクダミと、除草剤を撒くという提案、この二つがなければこの考えには至らなかった。——ありがとう」

最後は振り向いて、頭島さんが僕にお礼を言った。

ドクダミを持っていたときと除草剤を提案したとき、二度とも頭島さんの視線を感じた。気づいて目は合ったけれど、何も言わずに逸らされたから、てっきり意味はなかったのだろうと思っていた。でも違ったらしい。

「光希もすげぇよ。うん、二人ともどっちもすげぇ！　こりゃー、今晩は豪勢に奢んなきゃだな！　よしっ、まずは除草剤を買って戻って、しっかり撒いたら天板を閉じる。今度は俺の工具も持って行くから二つ同時だし早いだろ」

てきぱきと奥さんがこのあとの予定を口にする。

「そしたら長田さんのウサちゃんに会わせて貰って。待ってろよー、ウサちゃーん！」

ウサギに会うことはやはり忘れていないというより、もはや奥さんにとってのメインイベントになっていた。

3

シェアハウス杉村の怪奇事件の結末を湯沢さんから奥さん経由で聞いたのは、それから十二日後の現場での午前休憩中のことだった。

僕たちがシェアハウス杉村に出向いた三日後に、オーナーの許可を得た湯沢さんがスマートフォンで映像を確認できるコンパクトな防犯カメラを取りつけた。同日に、採取した土の結果がシンヤさんから届いた。やはり土には除草剤が含まれていた。それも、「念のためにみかんは食べない方がいい」というアドバイスがつくくらいの量だった。

人為的と分かった以上、あとは証拠の映像が撮れるのを待つだけだ。そして防犯カメラを取りつけてから七日後、ついに犯人の映像をとらえた。

写っていたのはシェアハウス杉村の前にある家の主婦、中本幸代《なかもとさちよ》だった。庭の出入り口の室外機の前にしかけた防犯カメラには、室外機の前にしゃがんで下から中を覗き込み、さらには下に手を入れて探っている姿が、電子錠が映るように玄関に取りつけた防犯カメラには、電子錠のカバーを開けて電池を入れ替えている様の一部始終が収められていた。

「動かぬ証拠――スモーキングガンを突きつけたら白状した」

奥さんお得意の言い回しに続いて聞かされた内容は、想像通りだった。

六十七歳になる中本幸代は前オーナーの杉村夫妻とも関係が良くなかった。

現オーナーの杉村さんが、「そう言えば、以前は塀に沿って桜の木があったのだけれど、とつぜん伐採してました」という話を思い出してくれたそうだ。

花びらや枯れ葉が敷地内に入って掃除が大変だ、毛虫がこちらに入ってくるからなんとかしろというクレームを毎年言われ続けた結果の伐採だった。

ただそうしたのは杉村さんの伯父さんが亡くなる直前の今から十六年前だから、桜問題は両家の間で長きにわたる争いだったのだ。

「桜でどれだけ私が迷惑していたことか。やっとなくなって安心していたら、無理矢理切らされたって、ことあるごとに奥さんに嫌みを言われて」

最初は犯罪の証拠を突きつけられて意気消沈し、肩身が狭そうに中本幸代は小さな声で話していた。けれど動機の説明をしているうちに、長きに亘って積み重なった憤りがこみ上げてきたのか、次第に大声になっていった。

「奥さんが施設に入ってやっと静かになって安心していたら、五年前に亡くなってしまって。お子さんがいないから誰がどう相続するか分からないけれど、とにかく住む人が嫌な人じゃありませんようにって、心底願っていたのよ。いよいよ家の改修作業が始まって、建て替えはせずに貸家にするらしいって分かってたけれど、ただの貸家じゃなくてシェアハウスだなんて」

シェアハウスの売りである使える庭が、またも中本幸代の悩みの種となった。

歴代の住人の中には友人を招いてバーベキューや花火をする者がいて、夜間でも大声で騒がれて迷惑した。さらにもう一つの売りのペット可も問題となった。

「今は声が聞こえなくなったけれど、前は犬を飼っていた人が多くて、昼夜問わず吠えられてうるさくて」

泣きながら訴える中本幸代に、「今の住人は全員ウサギを飼っているので鳴くことはほとんどないので迷惑は掛けていないはずです」と、オーナーの杉村さんが言った。けれど、中本幸代は「あなたはここに住んでいないから分からないのよ！」と、怒鳴り返した。

家の横の細い路地を住人なのか来訪者なのかそれとも泥棒なのか、とにかく得体の知れない人が何人も通るだけで不安な気持ちになるのよ。それに宅配便もよ。トラックが止まるのはウチの前なのよ。しょっちゅう、それこそ夜だって来る。そのたびにエンジン音がうるさいし、家の前に止まるから圧迫感があって怖い。管理会社に何度もクレームを入れたけれど、何もして貰えない――。

そう泣きながら訴える中本幸代に、杉村さんが反論した。

クレームを受けて、すぐに犬は夜間は庭に出さないというルールを作った。それでもまたクレームが来たから、仕方なく犬を飼っている住人と話し合って退出して貰い、そのあとは募集要項で犬は不可としたのだ。同じく、住人以外の人を招き入れることもまた不可とした。これは規則を破る住人もいるかもしれないけれど、常時見張ってはいないから仕方ない。宅配も、中本家の前に止めないで欲しいと、思いつく各社に連絡を入れた。徹底できていないのなら申し訳ない、改めてまた各社に連絡する。

対処していることを明らかにし、それでも手が及んでいない部分には謝罪する杉村さんを見て中本幸代は我に返った。最初の頃の態度に戻り、あとはひたすら身を小さくして謝罪したという。

「途中、婆さんがあまりに逆ギレするもんだから、これは警察沙汰になるなって湯沢さんは思ったんだって。けど、途中から平身低頭して詫びてるし、賠償金と二度としないって誓約書で手打ちになったんだってさ」

話を聞く限りだけれど、中本幸代の気持ちも分かる。知らない人の出入りによる不安やトラックの騒音は確かに迷惑だろう。けれど、そもそもシェアハウス杉村の経営は法律を何一つ犯してはいない。それに杉村さんはクレームに対して、出来る範囲の対処はしていた。対して中本幸代がしたのは不法侵入と器物損壊だ。それも一度ではない。三年間、何度も繰り返していた。本来ならば、警察に突きだされてもおかしくはない。

ただ、そうしなかった杉村さんの心情も理解できる。どちらかが引っ越さない限り、家と家との関係は終わらない。隣家の六十七歳の主婦を警察に突きだしたら、そのあとの関係は泥沼になりかねない。

「甘い」

ペットボトルのお茶をゴクリと音を立てて飲み込んだ頭島さんがぼそりと呟いた。

「余罪だらけだから初犯とは言えねぇけど、でも捕まったたって意味では初犯でいいのか。まぁ、とにかく今回はお目こぼしってことだろ？」

話していた分、水分補給がまだだった奥さんがペットボトルのスポーツドリンクを一気に半分飲んでからそれに応えた。

「俺も甘いとは思うぜ。だって、冷静に考えてみろよ。切れてる電池をわざわざ持って行って入れ替えたり、室外機の給水口と排水口に泥だのゴミだのを持って行って詰めたりしてたんだろ？　除草剤なんて、六十七の婆さんが、はしごを掛けて塀の向こうから身を乗り出して撒いてたんだぜ。怖くね？」

年齢や性別で怖いとは僕は思わない。ダイバーシティの観点でとかではなく、ひどいことをするのは性別も年齢も関係ないと、何人もの幽霊に接してきて知っているからだ。

でも、やはり中本幸代は怖い。それは、この状況でこんな対処法を思いつく人はいるだろうけれど、多くの人はしないからだ。しない理由は捕まって罪に問われることを恐れるとか、そもそもこんなことをしてはならないとか、ひっくるめて言えば良識があるからだ。言ってみれば、良識はその人の行動の最後の砦だ。

けれど中本幸代は実行した。しかも何度も繰り返した。中本幸代は持っている良識を無視できた。あるいは実は最初から良識など持っていないのかもしれない。それが僕は怖い。

「それに、長田さんたちはウサちゃんの愛情深い下僕だったから、庭の草の変色にすぐに気づいた。それでうさんぽを止めた。気づかずに、まかりまちがって除草剤のかかった草を食べていたら——」

そこで言葉を止めた奥さんが身震いした。

ウサギに何か起こっていた可能性は十分にあった。長田さんのウサギに捧げている愛情をすでに見ているだけに、そんなことにならなかったのは、本当に不幸中の幸いだったと思う。

「つぅかさ、今回の話って、けっきょく、婆さんがぜんぶ自分が良いようになれって思ってしてたってことだろ？　自分のものではない余所《よそ》んチに不法侵入して、あんな狭い路地で朝顔の種を室外機の下に入るように必死こいて蒔いてたとか、しょーもなっ！　マ、ジ、で、しょーもなっ！」

奥さんが最後は一気に吐き捨てた。

被害に遭っている最中は、住人やオーナーの杉村さんはしょうもないで片付けることは出来ないだろう。でも事実が分かった今は、同じように思っているのではないだろうか？　というよりも、そう思って終わりにした方がいい話だと僕は思う。

「ってことで、これにて一件落着」

シェアハウス杉村における怪奇現象、もとい、いわゆるご近所トラブルはこれで幕を閉じた。

とそのとき、大きな鼻息が聞こえた。頭島さんだ。そうは思っていないようだ。おそらく中本幸代が幽霊に謝っていないことに納得がいっていないに違いない。

だが、これについては、一つだけ僕しか知らないことがある。

先日ホームセンターからシェアハウス杉村に戻った僕は、誰にも気づかれないように庭に幽霊がいないか確認してみた。でも、やはり誰も見えなかったし、何も感じなかった。それがいないからなのか、僕にはもう見えなくなっているからなのかは分からない。仕方ないなと思いながら、野外での作業を終え、長田さんの愛ウサギに会わせて貰いに家の中へと入った。

リビングに入ると、キッチンの前に小柄な中年女性が立っていた。あまりにはっきり見えたので、挨拶しそうになった。でも、長田さんから今日は自分しか住人はいないと聞いていたのを思い出して踏みとどまった。

昭和のお母さんみたいな服装の女性は笑顔で僕に手を振ると、両手を握り、親指を突き出してみせた。グッドサインだ。それもダブルの。そして消えてしまった。

彼女が誰なのかは分からない。なぜあの家にいたのかもだ。服の感じから、おそらくずっとあの家にいるのだろうけれど、住人は誰も気づいていない。

ならばなにもしないか、できないかは分からないけれど、とにかくただいるだけの幽霊なのだろう。そして彼女こそが中本幸代にあらぬ濡れ衣を着せられた幽霊だったに違いない。彼女は僕たちが来てから今に至るまでをずっと見ていたのだろう。そして僕たちが真犯人を導き出せそうだと分かった。だからこそそのダブルのグッドサインだったのだろう。

僕たちは、ちゃんと幽霊の濡れ衣を晴らしています。そう伝えるべきなのかもしれない。けれど、彼女は一瞬で消えてしまった。これでは証明は出来ない。今の状態で話そうものなら、今度は彼女を捜したり捕まえたり追い払ったりということになりかねない。今まで住人の誰一人気づかずにいたのなら、このまま黙っているに限る。その方が彼女に迷惑を掛けないですむ。なので頭島さんには申し訳ないけれど、僕は今回もだんまりを決め込んだ。

「見ろよ」

奥さんがスマートフォンを突きだした。綺麗なグレートートのふわふわの毛のウサギが全面に映し出されている。大きな丸い目と垂れた耳がなんとも可愛らしい。

「長田さんのインスタグラム、フォローしちゃいました！　スラッシュ、今日も可愛いな〜」

目尻を垂らしに垂らして奥さんが言う。

実際に僕も会わせて貰ったが、スラッシュは確かに可愛かった。不在だったよっしーこと吉田さんから長田さんが預かっている栗色で立ち耳の吉田うさ太郎もだ。

　ふわふわのスラッシュを抱かせて貰った奥さんの顔ときたら、過去イチのでれでれ顔だった。そして意外なことに頭島さんもだ。吉田うさ太郎を最初、両手でおっかなびっくり抱えていたもののすぐに慣れ、びっくりするほど優しい目でうさ太郎を見下ろしていた。もしかしたら、ウサギには人を優しくする効果があるのかもしれないなんて思ったくらいだ。

　シェアハウス杉村では今、三羽のウサギと、ウサギを愛してやまない下僕三人、さらに一人の中年女性の幽霊が穏やかに楽しく暮らしている。ただ、それは僕しか知らない秘密だ。

第三話　ざっけんな！

1

「いや、これはもう、なんとかしないと！」

今までにないくらい奥さんが意気込んでいるのには理由がある。今回の仲介者は彼女のアヤさんだからだ。

今日は九月二十二日で、シェアハウス杉村の一件からまだ八日しか経っていない。一回目から二回目、二回目から三回目と間隔が短くなっているのは気になるところだ。しかも奥さんのところには、さらに何件も怪奇現象についての相談が来ているらしい。

前回は幽霊ではなく、嫌がらせ犯を特定する手伝いをしただけだ。けれどそれが相談が増える理由の一つになったらしい。こうなると、もはやトラブル解決の何でも屋状態だ。

そんなことを考えていると、奥さんが「マジで、がちで、絶対！」と大きな声で言って、コップの中身をくいっとあおった。置いたコップがテーブルに当たってだんっと強めの音が鳴る。

ちなみにコップの中身はアルコールではなくて炭酸水だ。愛車のイカついフェイスのアルファードで外出する際、奥さんはアルコールは絶対に飲まない。

ラインの着信音と、奥さんが「おっと」と言ってテーブルのスマートフォンをつかんだのはほぼ同時だった。

「今着いたって。迎えに行ってくる」

言い終える前に、店の出入り口に向かっていた。アヤさんのこととなると奥さんのフットワークの良さは尋常ではない。しばらくして店の自動ドアが開いた。入ってきた、茶髪の日に焼けた小柄な女性がアヤさんだ。写真や動画を見せて貰っているから間違いない。後ろに立つ栗色のボブカットの女性が今回の依頼主だろう。

僕らをみつけたアヤさんが、「かっしー！」と言いながら手を振った。聞き慣れない呼び名に驚いていると、僕の横で頭島さんが手を振り返している。

「あの二人だよ」

背後の女性に説明してからアヤさんと女性が近づいて来た。女性は僕と同じくらいの背丈で、すらりとした綺麗な人だ。

「かっしー、ご無沙汰ー」

頭島さんに挨拶すると、僕に目を移した。

「ようやく会えた。岩崎綾《いわさきあや》でーす。桧山光希君だから、ひやっきーって呼ぶね」

自己紹介と僕の呼び名の決定までアヤさんは一気にしてから、「ゆっきょん、奥にどうぞ」と、ボブカットの女性に席を勧めた。色白で大きな目の下には隈が出来ていて、表情もどこか優れない。

「ゆっきょん、何飲む？　あたし、緑茶ハイにしよーっと」

メニューを手渡しながら椅子に腰掛けたときには、アヤさんは自分のオーダーを決めていた。

「私はウーロン茶を」

「すみませーん、緑茶ハイとウーロン茶。あとは」

ちらりとテーブルの上を見て「炭酸水と、かっしーとひやっきーは？」と訊ねる。

「大丈夫です」と頭島さんが答えるのに、あわてて「僕もです」と付け加えた。

「それじゃ、その三つだけお願いしまーす」と、アヤさんが注文する。

店を手伝っている店主の姪の栞菜《かんな》さんが「はーい」と、すぐさま応えた。

「それじゃ紹介するね。こっちのクールガイが頭島丈君。二十三歳だからゆっきょんより三歳年下。となりの可愛い系が十月十九日に十八歳になる桧山光希君。二人とも隼斗の会社の後輩」

ゆっきょんさんは二十六歳らしい。頭島さんはともかく、僕の誕生日まで知っていることに驚いていると、ゆっきょんさんが「柏崎倖《かしわざきゆき》です」と名乗って頭を下げた。僕たちもあわててそれに返す。

「ゆっきょんは、あたしが通っている練馬駅の近くのシークレットフラワーガーデンってサロンでネイリストをしてんの。超凄腕。デザインもパーフェクトだし、何よりマジでネイルの持ちがハンパないの」

そう言って、アヤさんは両手を僕らに突き出した。綺麗に整えられた爪は一本ごとに色と模様が違ってびっくりするほどの出来映えで、超凄腕というのも納得だった。

「いえ、そんな」と、小さな声で倖さんが謙遜する。

「いーや、今年の六月に静岡から出てきてお店に入ったばっかで、早くも指名ナンバー1ってのが証拠でしょ？　最近じゃ、なかなか予約も取れなくてさー」

「すみません」と、倖さんが頭を下げる。

「でも、この調子なら独立もじきだろうし。そしたら、そっちに通うからよろしく！」

短い時間で倖さんのプロフィールが補足されていく――のはいいとして、頭島さんのクールガイはその通りだけれど、僕が可愛い系というのは。

幼い頃から、賢そうと言われることはあった。でも可愛いは一度もない。それどころか小学校から高校中退までの学生生活では、暗い、冷たい、辛気くさい、スカしている、えらそう、何を考えているか分からない等々、ネガティブに言われることが多かった。

そう言われる理由は、可能な限り人と距離を取っていたのと、それでも悪目立ちを避けるためにするべきことは最低限していたからだった。たとえば運動会や音楽祭などの学校行事の練習はサボらない。ふてくされた態度もとらず、ただその場でするべきことを淡々とこなしていた。当時の僕は、これなら誰も文句はないだろうと思っていた。けれど実はこれがクラスメイトや教師を一番苛立たせていたのだとのちに知った。

来ないとか、つまらなそうにしているとかならば文句を言える。でもいるし、すべきことはしている。けれど皆のように盛り上がることは絶対にない。文句を言おうにも言えないだけに、それがえらそうとかスカしているとされた理由だった。

はっきり言えば、僕は同級生から嫌われていた。でも、何一つ困っていなかった。それがますます皆の腹立たしさをかきたてていたらしい。今の僕なら分かる。そんな可愛げゼロの奴が好かれた。


れるはずがない。

「で、かっしーが幽霊とっ捕まえてぶん殴れんのよ。ひゃっきーは見えるんだって」

回想に浸っていたら話題がとつぜん変わった。あわてて「前回は見えただけで」と訂正すると、

「あ、そっか。かっしーがボコってたときに初めて見えたんだよね」と、アヤさんが補足してくれた。

一連の流れから、アヤさんを評すのに奥さんがいつも言う「サバサバてきぱきパワフル」は、実に的確だと僕は納得する。

奥さんとアヤさんのなれそめは、工事現場で十トン級のユンボを操作して家を解体しているアヤさんを見た奥さんの一目惚れだと聞いている。

切れ長の垂れ目に鼻筋の通ったアヤさんは、和服の似合いそうな小柄な日本美人だ。でも仕事はユンボのオペレーターで、家の解体などを軽々とこなしているという。現場のアヤさんは絶対に格好いいだろうなと僕も思う。

「それ、ウチの？　じゃあ、俺、持ってくわ」

奥さんの声が聞こえる。見ると、コップを三つ両手で持って、こちらに近づいて来る。

「先に自己紹介はすませといたから」

「あんがと。ほいよ」

飲み物をそれぞれの前に置いた奥さんが、頭島さんの横に座った。僕、頭島さん、奥さんと横並びで、その向かいにゆっきょんさんとアヤさんが並んでいる。

「まずは乾杯。話はそれからな」と奥さんが言った直後に、アヤさんが「じゃ、かんぱーい」と

コップを高々と掲げた。そのスピードになんとかついていけたのは奥さんだけだった。

注文した直後だった。

「それじゃ、話して貰っていい？」

そうアヤさんが言ったのは、甘い物があまり得意ではない頭島さんを除く四人分のデザートを

それまで笑顔だった倖さんの表情が一瞬にして曇り、そして黙り込んでしまった。

アヤさんが見事な司会術を発揮した会食は、今日の本来の目的をすっかり忘れるほど楽しかった。多分だけれど、アヤさんと奥さんはこの会食を頭島さんと倖さんの出会いの場にしようとしていたのだと思う。それに気づかないほど僕は鈍感ではない。

僕は自分の話をしたくない。だから会話に積極的に参加はしない。でも、奥アヤカップルが頭島さんの良さを倖さんに伝えようとしているときには、それとなく口添えをした。頭島さんは見た目もいいし、人柄も悪くない。将来性も十分だ。でも、倖さんはそれどころではなかったらしく、今ひとつ盛り上がっていなかった。無事に問題を解決したら、話が変わってくるかもしれないな、などと考えていると、ようやく倖さんが口を開いた。

「寝ていると、金縛りに遭うんです」

奥さん経由で、すでにだいたいのことは聞いていた。

六月に静岡から上京してきた倖さんは、最初は大学時代の友人と練馬区内でルームシェアをしていた。けれど友人が彼氏と同棲することになってルームシェアを解消せざるをえなくなり、急遽、一人暮らしの新居を探すことになった。運良く職場に近い桜台《さくらだい》で、風呂トイレ別の１Ｋで

家賃六万円という物件がみつかった。三階建てで最上階にオーナー家族が住んでいて、各階三部屋で全部で六部屋というこぢんまりしたマンションの二階の端の部屋だった。内見した倖さんは、広めのベランダと大きめの押し入れがついていたのと、日当たりの良さに一目で気に入って即決した。引っ越した当初は何も起こらなかったが、一週間くらいして金縛りに遭うようになって、それが続いて困っていてなんとかして欲しい。それが今回の依頼内容だ。

「夜寝ていたら足のあたりが重くなって。動かそうとしても、まったく動かなくて」

その重さはじわじわと体を上がってきて、ついには胸まで来る。倖さんは必死に体を動かそうとするけれど、まったく動かない。さらに視線も感じて、怖くて目も開けられない。それでもどうにかしようと、なんとか声を上げる。すると重さはふっと消えて、体が動くようになるのだと、倖さんが訴える。

「前は週に一度くらいだったんですけれど、今では週に二日とか三日になっていて」

目の下の隈と、優れない表情の理由は間違いなくこれだ。

「それで、ゆっきょんのラブリーフェイスがこんなにやつれちゃってんのよ。もう、超可哀相だし、そんなことしている奴、マジ許せない。なんで、かっしーとひやっきーにお願いすることにしたの。かっしー、ボッコボコにしちゃってよ」

倖さんの言葉を引き取ったアヤさんが一気に依頼内容まで言った。——でも、ぼっこぼこって。と思ったけれど、暗い表情の倖さんを見て、今回はそれで構わないかという気がしてくる。

「引き受けるのは構いませんが」

ゆっくりと言葉を選びながら頭島さんが切り出す。

「部屋の電気が消えたときはスイッチを押していたし、洋服ダンスのときは扉が開いた。なのでどちらもその瞬間を狙えました」

最後まで言わず、そこで口をつぐんだ。

言いよどんだ理由は分かる。電気のスイッチや洋服ダンスの扉は物理的な現象だ。でも今回は寝ている間に金縛りに遭うという倖さんの証言のみだ。

頭島さんが幽霊を捕まえるとしたら、寝ている倖さんの近くで見張り、様子がおかしくなりだしたら飛び掛かるくらいしかない。けれど、様子がおかしいかどうかの判断は難しい。何しろ金縛りで体が動かせないし、声も出せないのだから。

それに、倖さんが声を上げることで金縛りは解ける。声を上げた瞬間に金縛りが終わる、すなわち幽霊が消えてしまうのならば、捕まえるのはかなり難しいと思う。

「難しいですか」

頭島さんが濁した部分を察したのだろう、倖さんは気落ちした声でそう言った。

「何もしてねぇのに出来ないとかねぇだろ」

奥さんが苛立った声をあげる。

「実際にする、かっしーが無理だって言うのなら、仕方ないよ」

「けどよ」

アヤさんにぴしゃりと言われた奥さんが、それでもなんとか言い返そうとする。

「中途半端に期待を持たせるより、きちんと出来ないって断る方が誠実だよ。無理なら引っ越しするって、ゆっきょんは決めてんだし」

「――うん、確かにそうだよな」

奥さんが引き下がった。一発ＫＯだ。

それにしても、こんなにフェアで合理的に考えられるアヤさんは素敵だ。奥さんの彼女じゃなかったら、僕はきっと恋に落ちていただろう。

「なんか、ごめんな」

奥さんが倖さんに詫びる。それに「いえ、いいんです」と倖さんが応えている。そのやりとりを聞きながら、僕は考えていた。

というのも、金縛りと呼ばれている現象のほとんどは心霊現象ではなくて、多くは睡眠麻痺という睡眠障害の一種なのを、僕は知っていたからだ。

母親が勝手に引き受けた心霊現象の相談者に、かつて僕は何人も会ってきた。幽霊が金縛りの原因だったのは数件のみで、割合で言うと全体の二割以下だった。それで気になって金縛りについて調べてみたのだ。

金縛りの症状に多いのは、意識はあるのに身体が動かない、息苦しさを感じる、耳鳴りがする、声が出ない、幽霊のような影が見える、触られる、重さを感じるなどだ。

ではなぜそんなことが起こるかというと、脳からの指令が身体に上手く伝わっていないせいだ。要は、脳は覚醒していて指示しているのに、身体がまだ寝ていて対応できないことから起こる現象らしい。

医学の分野が広がって睡眠の研究が進んだ結果、この現象、つまり金縛りは、ＲＥＭ睡眠の最中に意識が覚醒することで起こると考えられている。専門的には「乖離《かいり》したＲＥＭ睡眠」と言うそうだ。

さらに研究が進んで、今では金縛りに反復性孤発性睡眠麻痺という症状名もついている。症状名こそついたものの、今のところ治療の必要はないとされている。ただ、頻繁に金縛りに遭う場合は、僕なら睡眠外来の受診をお勧めする。

もちろんすべてが睡眠障害ではない。僕が知る二割以下の幽霊による金縛りのうちの一件は、山口県の六十代後半の夫妻が、半年ほど前から頻繁に金縛りに遭うようになったという相談だ。二人同時にはならず、妻がなったら翌日は夫というように、交互に金縛りになるのだそうだ。

家に入ったとたん、身体の大きなゴールデンレトリバーに吠えられて僕はびくついた。けれど、その犬は実在していなかった。夫婦のペットのラッキーは、半年前に死んでいたのだ。

すでに世を去ったラッキーが僕に見えたと分かった夫妻は顔を見合わせた。そして「もしかして、夜に私たちの上に乗っているの？」と、僕の視線の先に向かって訊ねた。大きく吠えながらしっぽを振っていると説明すると、「そうだったんだ」と二人は微笑《ほほえ》んだ。

子犬の頃、ラッキーは夜になると人恋しくなって、夫婦のどちらかの身体の上に乗って寝ていた。でも成長するに従って身体が大きく重くなり、とてもではないが乗せたままでは寝られない。その習慣をダメだと夫婦はしつけた。賢いラッキーはきちんと言いつけを守り、寝ている夫妻の身体の上に二度と乗ることはなかった。

亡くなったラッキーはこの家に留まっていて、子犬の頃していたことを今またしているらしい。夫妻は、このままこの世に居続けることでラッキーが辛かったり苦しかったりするのなら成仏させてやりたい。でもそうでないのなら、ずっとこのまま居て欲しいと言った。

僕が見る限り、ラッキーの金色の体毛はふわっふわのふっさふさで、目もきらきらと輝いていて、辛そうでも苦しそうでもなかった。なによりラッキーを成仏させる方法など僕は知らない。人間の幽霊だって、依頼者に迷惑を掛けることをやめさせるために説得して、幽霊の望みを叶えてきただけで、成仏はさせていない。というより、そもそも成仏がなんなのか僕には分からない。

なので夫妻から改めてラッキーに訊ねて貰った。

ラッキーはまた吠えながら盛大にしっぽを振り、その場ですごい勢いでぐるぐる回り出した。その様子を伝えると、それはラッキーの最大の喜びの表現だと夫妻が教えてくれた。なのでそれ以上は、何もせずに帰った。あれから六年は経っている。今もまだ、夫妻とラッキーは一緒に暮らしているのだろうか？

前回のシェアハウス杉村もだけれど、気づいていないだけで意外と多くの人が幽霊と同居しているのかもしれない、なんて考える。

「他には何かありませんか？」

問いかける頭島さんの声が、僕を物思いから引き戻した。

「他に」

「物が動いたり、電気が消えたり、ドアが開いたりとかは？」

考え込む倖さんに、奥さんがここぞとばかりに何か引き出そうとする。

「あったら言ってるって」

そう言うと、アヤさんは届いた抹茶のアイスクリームをスプーンですくって口に運ぶ。

「あっ、でも、たまにお風呂場のドアが開かなくなります」

「閉じ込められるってこと？」

「いえ、入ろうとすると開かないというのか、正確には開きづらいかな。強めに力を込めて押せば開くんですけれど」

「逆は？」

奥さんの期待のこもった質問は、倖さんの「ないです」の一言で消滅した。

「気圧とかじゃない？」

「多分。あとはタオルもたまにハンガーから落ちているんだけれど、シャンプーやリンスが倒れたり場所が変わったりはしていないから、私のかけ方が悪かっただけだと思うの」

アヤさんと倖さんが顔を見合わせた。浴室のドアが開きづらいとかタオルが落ちているとかは怪奇現象ではないと見解が一致したようだ。

二人が口をつぐんでその場が静かになった。聞こえるのは厨房の奥で皿を洗う物音だけだ。沈黙が続く中、今回は打つ手なしというのか、やはり睡眠外来の受診を勧めるくらいしか出来ないなと思っていると、「でも、金縛りは本当なんです」と倖さんが言った。絞り出すような声も、僕らを見るその顔も苦しげで、助けて欲しいと願っているのが伝わってきた。

「誰も嘘だなんて思ってないよ。でしょ？」

アヤさんに問われて、「もちろんです」と頭島さんが即答する。「僕もです」とあわてて被せた。

「どうすればいいか考えていたので黙っていただけです。そのせいで信じていないと勘違いさせたのならお詫びします。——いくつか質問してもいいですか？」

倖さんに謝罪してから、頭島さんは訊ねた。

「金縛りに遭う時刻は同じですか？」

「いえ、時刻は決まっていないというのか、私が眠りはじめて三十分くらいしてからです」

「金縛りに遭うようになってから、誰か泊めました？」

「はい。アヤさんに相談したあとに、友人の美容師の男性と、別日にも友人の女性が泊まりに来てくれました」

これは聞いてない新情報だ。同時に、なんだ彼氏がいたのかと思ってしまう。それなら三人がかりで頭島さんの良さを伝えたところで、倖さんから芳《かんば》しい反応を引き出せるはずもない。ふーっと、荒い鼻息が聞こえる。同じく肩すかしを食らったと知った奥さんのため息だ。

「美容師って、タッちゃん？」

倖さんが頷いたのを確認したアヤさんが「ネイルサロンで会ったことがある。短髪で見た目マッチョなイケメンなんだけど、心は乙女なゲイなんだよね」と、説明したアヤさんが倖さんに同意を求める。倖さんが「ええ」と頷いた。

なるほど。やっぱり二人を会わせたのは無駄骨ではなかったようだ。でも、解決しない限りは進展は見込めないから、振り出しに戻った。

「彼がベッドで、私は床で寝たんですけれど、その日は何も起こりませんでした。サトさんのときも、サトさんがベッドで私が床でした。私は何もなかったんですけれど、サトさんが足を触られたような気がすると言っていました」

一回目は両者何もなし。二回目は友人だけが足を触られたような気がしたと言っている。

ただ、金縛りに遭うと聞いて泊まりに来ただけに、なんとなくそう言ってしまった可能性は捨てきれない。霊感とか第六感とか特殊能力的なものとなると、持っていると言う方が特別感があっていいと思う人は多い。一人が霊感があると言い出すと、私も僕もと言い出す奴が必ずいる。サトさんもそのタイプの人なのかもしれない。なんて考えていたら、「サトさんは看護師をしていて」と、倖さんが説明しだす。

サトさんは十年目に突入した中堅看護師で、「これまで人の生き死にと接する仕事をしている中で、ただの一度も霊的な体験をしたことがない。その私が確かめてなんでもなければ気のせいだと思うし、逆に私が金縛りに遭ったら、そんな場所はすぐさま出た方がいい」と、検証しに泊まりに来てくれたのだという。そのサトさんが、足を触られたような気がすると証言したのだ。

「金縛りが起きるのは、決まった時間ではなくて寝たらすぐ。男性がベッドで女性が床だとなし。ベッドも床も女性だと、ベッドが触られた感じがあった」

頭島さんは話をまとめると、一拍置いてから「サトさんはあなたと似ていますか?」と訊ねた。

不思議な質問だと思ったのは僕だけではなかった。

「いえ、似てないです」と答えた倖さんの顔も怪訝《けげん》そうだ。それでも「写真があります」と言って、スマートフォンを操作し始めた。

差し出されたスマートフォンの画面に映し出されていたのは、体育会系、それも柔道部の軽中量級にいそうな健康的で肩より長い黒髪の女性だった。目を細めて笑っているサトさんはとても魅力的だが、確かに似ていない。倖さんがスワイプする。今度は倖さんとサトさんのツーショットだ。

「ディズニーランド?」

背景の建物に気づいたアヤさんが指摘すると、「ええ。先月一緒に行ったときのです」と、倖さんが微笑んだ。

「えー、いいなー。あたしも行きたい」

「よっしゃ、次の休みに行こう」

うらやましそうなアヤさんの声に、奥さんがすぐさま応じる。そのとき頭島さんが呟いた。

「ベッドはすべて女性」

頭島さんの質問の意図がようやく分かった。金縛りのターゲットを確認していたのだ。

床で寝ていたときは金縛りに遭わなかったのなら、倖さんがターゲットではない。ベッドで寝たうちで、タッちゃんさんは金縛りには遭わず、サトさんは足を触られた。幽霊がいて金縛りをかけているのなら、ベッドで眠る女性だけを選んでいる。そう考えることは可能だ。ただし、あくまで二例でのことだけれど。

「――何それ。だとしたら、金縛りをかけている奴って、男じゃない？」

アヤさんは僕と同じ考えに至ったようだ。画面操作をしていた奥さんの指がぴたりと止まった。

「エロ目的？　エロ目的だよ、絶対に。何それ、キモッ！」

「だよな！　エロ幽霊だ。絶対に許せん！」

憶測を瞬時に確信に変えたアヤさんに、奥さんが喰い気味で便乗する。

「一緒に泊まって、金縛りが起こった瞬間に飛びかかるくらいしか方法が思いつきません」

勘のいい頭島さんなら、倖さんが金縛りに遭ったのに気づけるかもしれない。だが、しかし――。

「でも、金縛りで困っているところに、知らない男の俺が泊まるのは倖さんの負担が増すだけだろうし」

「だったら、カメラで撮ったら？　シェアハウス杉村みたいに。何日か寝ているところを録画して、それを丈が見てからにすればいいんじゃね？」

それは名案と思いかけたとき、「数日、ゆっきょんに金縛りに遭い続けろと？　それにプライバシーってもんがあんでしょ？　デリカシーないわー」と、アヤさんが却下した。

確かに憔悴している倖さんに、金縛りの状態を映像に収めたいから数日録画させてくれと頼むのは、どうかと思う。

「とにかく、ベッドに女性が寝てないと可能性は低い」

「アタシ、やる！」

考え込む頭島さんに、アヤさんが挙手して宣言した。

「それはダメ！　絶対にダメ！」

奥さんが悲鳴に近い声で反対する。

「なんでよ、女じゃないと釣れないんだから仕方ないじゃん」

「だからって」

「俺も反対です。アヤさんが金縛りに遭うかは分からないですから」

頭島さんの言っていることは正しい。

心霊現象は人によって何をどう感じるかが異なる。どれだけ幽霊が耳元でわめき散らそうと、それこそ殴り続けていようとまったく気づかない人もいる。そういう光景を見かけるたびに、必死な幽霊を可哀相に思ったものだ。アヤさんに霊感があるという話を奥さんから聞いたことはない。だとすると、金縛りをかけられてもまったく気づかない可能性は高い。

「やってみなきゃ分かんないじゃん！」

「ダメったらダメ！　何かあったらどうすんだよ！」

「だったら、どうすんのよ？」

あからさまにむっとした声でアヤさんが奥さんに言い返す。

「誰か女性がベッドで寝てないとダメなんですもんね」

自然と口をついていた。視線を感じて目をやると、アヤさんがじっと僕を見つめている。「何か？」と訊ねる前に、「ひやっきー、イケるんじゃない？　って言うより、絶対にイケる！」と、アヤさんが断定した。

2

店での相談から二日後、時刻は午後十一時をまわったところだ。

倖さんのマンションに着く前に、営業時間の終わったタッちゃんさんのいる美容室に立ち寄った。

「若いっていいわねー、ガテン系はじめて炎天下で二ヶ月以上経つのに、お肌のダメージほとんどないんだもん。もう、うらやましいわ、光希ったら」

背後に立つタッちゃんさんが、倖さんから借りた辛子《からし》色のジャージー素材の長袖Tシャツとパンツのセットアップに着替えた僕の顔を鏡越しにしげしげと見ながら言う。

アヤさんの説明通り、タッちゃんさんは短髪マッチョのイケメンで、色白の綺麗な肌を除けば須田SAFETY STEPの一員と言ってもおかしくない外見だった。けれど、来店早々に始まった倖さんとアヤさんとの三人でのおしゃべりは、内容や声の抑揚も含めて、いわゆるガールズトークでしかなかった。

「日焼け止めは塗ってます」

社長や先輩たちの勧めもあって、日に当たる部分には日焼け止めを塗っている。

「それは続けて。あと化粧水は安いのでもいいからつけた方がいいわよ。トシとってしみだらけの汚い爺《じじい》になるかならないかはそこで決まるんだから。丈もよ！」

タッちゃんさんは頭島さんや僕のことを、早くも名前で呼んでいた。

「かつらつけるだけなら、わざわざ美容室に来なくたって」

ぶつぶつ言う奥さんに、「ウィッグを舐めるんじゃないわよ！」と、タッちゃんさんが一喝した。

「本人の頭や顔の形に合う質のいいウィッグを正しくつけて完璧に仕上げないと。相手は幽霊なんだから、手を抜いてバレて引っかかんなかったら元も子もないでしょ！」

口調は女性的だけれど、声質も低さも男なだけに迫力満点だ。何より言っていることがもっともなだけに、奥さんは黙るしかなかった。すかさず、アヤさんがフォローする。

「寝るだけだから、がっちがちの女装じゃなくていいのよ。ひやっきーは髭も薄いっていうか、ほぼないから、ウィッグだけしっかりつけてくれれば、あとは雰囲気でイケると思うし」

「残念！　マジで可愛くなると思うのに。──あっ、でも、眉だけはちょっとだけ整えさせてね」

　がっかりした声を上げたタッちゃんさんは、どこからかカミソリを取り出して、僕の顔に近づけてくる。

「目を閉じて。動かないでね、はい、ちょちょいのちょいっと。これでＯＫ！」

　女性のような細い眉にされていたらどうしようとあわてて目を開ける。ぱっと見、手を加える前との変化があるかどうか分からなかったことに安堵する。

「眉の間と、まぶたの上だけ剃っておいたから。これで寝顔も心配なし」

　そう言いながら、手際よく僕に伸縮性のあるゴムのキャップと一体型の栗色のボブカットのウィッグを被せた。

「レディースのＭでぴったり。顔も頭も小さくてうらやましい。あたしなんて頭と顔デカ男なんだもん。髭とか髪型でちょっとでも小さく見えるように涙ぐましい努力をしてるっていうのに。キツい？」

　愚痴をこぼしながらもアジャスターを調節するタッちゃんさんに訊ねられて、僕は「大丈夫です」と答えた。

「はい、完成」

「ゆっきょんじゃん！」「お〜」「ほぼ私です」

　アヤさん、奥さん、倖さんの各人が声を上げた。鏡に映る僕は、確かに倖さんに似て見えはずる。けれど、本当に大丈夫だろうか？

「これならイケるな?」

「しゃべらずにすぐにベッドで寝ればいけると思います」

一人無言だった頭島さんのお墨付きが与えられて、これで準備は整った。

そして奥さん、アヤさん、倖さん、頭島さん、僕の五人は、倖さんのマンションへと移動した。

道中、コンビニによって食べ物や飲み物を買って車の中で腹ごしらえをしつつ、最終的な手順を確認した。と言っても、酔ったふりをした僕を頭島さんが支えて室内に入り、僕をベッドに寝かせ、自分は床に寝る。あとは幽霊が引っかかるのを待つだけだ。

「そんじゃ、この先のパーキングで待機してるから」

マンションの手前で愛車を止めた奥さんが言った。

倖さんの住むマンションにはオーナー用の一台分しか駐車場はないから、近くのコインパーキングを利用するしかない。

「分かりました。それでは行ってきます」

アルファードの後部座席のドアを開ける頭島さんに続いて、倖さんから借りたセットアップを着た僕も降りる準備をする。

「かっしー、がんばれー! ひやっきーじゃなかった、ひろっぴー、可愛いぞー! イケるぞー、がんばれー!」

ガッツポーズを作って応援してくれるアヤさんと、「よろしくお願いします」と頭を下げる倖さんの二人に、僕はぎこちない笑顔で会釈する。

「それにしても、かつらでここまで化けるとはな」

運転席の奥さんのしみじみとした声を聞きながら、頭島さんと僕の二人は、アルファードのドアを閉めてマンションのエントランスへと向かった。

建物を目の前にして僕は大きく息を吸い込んで目を閉じる。相変わらず、何も感じない。マンションの周辺に幽霊がいないのか、それとも僕が感じることが出来ないのかの判断はつかない。

倖さんの部屋は二階の端だなと見上げて歩いていると、「俯いて歩いてくれ」と頭島さんに言われた。万が一を考えて芝居をスタートしろということだろう。俯いて、歩幅もいつもより小さくして歩く。

エレベーターはあったが、他の部屋の住人と出くわしたら面倒なことになるし、それに二階なので階段を選んだ。運良く誰にも出くわさずに部屋に着いた。倖さんから預かった鍵で頭島さんがドアを開ける間、もう一度目を閉じて深く息を吐き出す。ドアが開いて空気が動いた。でもやはり何も感じられない。頭島さんが先に室内に入り、壁のスイッチを押して電気を点ける。

間取りは倖さんから聞いて頭に入っていた。玄関の右横には洗濯機、上がってすぐがキッチンで左側が洗面所と浴室でその隣がトイレ。引き戸の先が押し入れ付きの六畳の居室という1Kだ。引き戸を頭島さんが開ける。部屋の奥のベランダに続く大きなガラス戸には遮光カーテンが掛かっていて室内は真っ暗だ。

頭島さんがそろそろと探るように部屋の中に入る。室内の配置も聞いている。ベッドは押し入れのある左側の壁に寄せてあり、右側には引き出し付きのテレビ台の上にテレビ、空いた空間にローテーブルが置いてある。

「今日はもう、このまま寝なよ。俺は床で寝るから」

そう言って頭島さんが床の上に座った。台本はないからアドリブだ。

思いのほか、器用に芝居が出来ることに驚きながら、「うん」とだけなんとか応える。

手を伸ばしてベッドの位置を確かめてから膝から上に乗る。ベランダ側に足を向けて仰向けに寝転がり、タオルケットをあごの上まで被せる。あとは寝るだけだ。

とは言っても、簡単には眠れそうもない。本当に寝ていなくても、目を閉じて一定の呼吸を繰り返していれば寝ていると思われる可能性は高いだろう。できる限り、ゆっくりと息を吸い込んでは吐き出すのを繰り返す。途中、何度もかつてのように、何かを感じようと集中してみた。けれど、まったく何も感じない。そして眠気もまったくこない。

何もせずに目を閉じてただ寝転がっていると、時間の感覚がおかしくなる。もうかなり時間が経った気がするが、おそらく五分も過ぎてはいないだろう。

テレビ台の上の置き時計を見たいという欲求に駆られたが、ぐっと堪えた。聞こえるのは頭島さんの呼吸音のみだ。安定した息づかいに、もしかして本当に寝ているかもしれないと思いだす。けれど起き上がって確認など出来ない。きっとこのまま、何も起こらずに朝を迎えることになるのだろうなと覚悟する。

他にすることもないので誕生日のことを考える。あと二十五日。思ったよりも早い。でもそれもこれも、須田社長に出会って拾って貰ったからだ。アルバイトとして雇って貰い収入を得られるだけでもありがたいのに、奥さんに格安で住まいも提供して貰えている。出勤日はもちろんのこと、休日も奥さんが引き受けてきたゴーストバスターズ、いや、もはやただのトラブルシューティングの何でも屋の予定が入ってくるから忙しい。

もしも須田社長と出会えていなかったら。当初の計画通り、夜は漫画喫茶に泊まり、日中は出来るだけお金を使わないように無料の場所を徒歩で巡る。お金の減りに気をつける日々を誕生日まで過ごしていたはずだ。間違いなく、不安と警戒心と経済的な余裕のなさで、身も心も削られてぼろぼろになっていただろう。

これが、一期一会とか運命とかなのだなと思う。

誕生日が来たら、区役所に分籍届を提出する。そして、須田社長の言葉に甘えて須田SAFETY STEPの一員にして貰おう。

「一生の仕事にするかはお前の自由だ。でも最低でも半年、なんなら一年頑張れば、そこそこの金になる。その先の人生の資金にすればいい」と、須田社長は言ってくれた。

この先の人生の展望なんて、未だに僕にはない。でも須田社長や奥さんや頭島さんたちと一緒に働いているうちに、こんな日々が続いていくのが幸せな人生なのかもと思うようになり始めている。

——正社員か。

入社祝いで二十万円貰えるし、給料も上がる。福利厚生や有給休暇や免許や資格取得の半額補助とか、良いことずくめだ。でも何より正式に須田SAFETY STEPの一員になれることが嬉しい。アルバイトをはじめて皆と一緒に食べる食事のおいしさや、たわいない会話の楽しさを知った。これがこの先も続いていくのだ。それが何より楽しみだ。

そこまで考えて僕は気づいた。

僕は今、この先の人生が楽しみだと思っている。まさかそんな日が来るだなんて、本当にびっくりだ。そうしみじみしていたそのとき、膝下に重みを感じた。ずしりとした重さではない。じわっと押されているくらいだ。

まさか？　と足を動かそうとするが、まったく動かない。重さはゆっくりと腿に上がってきた。声を出そうとしても唇が開かない。まぶたも開かない。重さが腹の上に届いた。

——誰かいる。

はっきりとそう感じたその瞬間、「ここにいてはダメ。逃げて」と、か細い女性の声が聞こえた。

「早く逃げて。ここにいてはダメ。逃げるのよ」

声は僕の胸の上から聞こえる。彼女は僕の上にいて、僕に「逃げろ」と言っている。

脳から身体へとまぶたを開けろと強く命じる。次の瞬間、ふっとまぶたが開いた。黒髪の女性が、僕の胸の上に手をついて見下ろしている。恨みや憎しみに満ちた恐ろしい形相ではない。でも、やっぱり驚いてうわっと声を上げてしまう。直後に空気が動いた。胸の上にいた女性が、突き飛ばされて足元の壁に身体をぶつけた。頭島さんだ。

女性は悲鳴を上げて壁に身を寄せて縮こまっている。ベッドに上がった頭島さんが、壁に当たった音を頼りに、何かいそうな場所、すなわち女性に向かって右拳を振り下ろそうとする。

「助けて！」

「止めて！　女の人です」

僕の声に、頭島さんの腕が止まった。

「見えんのか？」

「はい、はっきりと。肩までの黒髪の女性です」

「私のこと、見えるの？」

今度は女性に尋ねられた。こちらも「はい」と返事してから先を続ける。

「歳は、二十代半ばくらい」

「二十六歳」

本人が訂正してきたので、「二十六歳だそうです」と言い直したそのとき、頭島さんが動いた。壁のスイッチを押して部屋の電気を点けた。部屋が明るくなって、女性がさらにはっきりと見える。

白いブラウスに若草色のフレアスカート姿の女性が、ベッドの上で壁に背を預けて体育座りしていた。怯えた顔で僕と頭島さんを交互に見ている。

「なんでこんなことをしているのか聞いてくれ」

頭島さんの質問を伝える前に、女性が「この人には私は見えていないし、声も聞こえないの？」と僕に訊ねた。「ええ」と答えてから、「なんでこんなことを」と、改めて訊ねると、「ここじゃダメ」と女性が遮った。

「それってどういう――」

質問をし終える前に、女性が口を開いた。

「この部屋、盗聴と盗撮をされているの」

真剣なまなざしと訴えるような声に、僕は言葉を失った。

「なんて言っている？」

頭島さんに答えようとすると、女性が身を乗り出してきて言った。

「話したら聞かれちゃう」

その必死な表情に、僕は声を発するのを躊躇った。しゃべらずに伝えるのなら筆談だ。でも筆記用具は持っていない。何かないかと部屋を見回すと、机の上の頭島さんのスマートフォンに目がとまる。メモを取る仕草をしてから指さした。訝しげな顔で僕を見ていた頭島さんは、すぐさま察してスマホのロックを解除し、渡してくれた。

『この部屋は盗聴と盗撮』

「盗撮カメラはないかも。でも盗聴器は絶対にあるわ」

文章を打ち終わる前に、いつの間にかスマホを覗き込んでいた女性が言った。それを受けて、『この部屋は盗聴されている。盗撮も？』と修正して、頭島さんに画面を差し出す。

「目が覚めちまったし、コンビニでも行くか？」

瞬時に状況を理解して、次の一手を提案してきた。さすがだと感心する。

「でも私、ここから出られないかも」

泣きそうな声で女性が言う。

——出られないかも。かもと言うのなら、試していないのだろうか。

『試した？』と打ち込む。彼女が頷いたのを見て、『玄関から外に出られない？』と続けて打ち込む。

「うん。この部屋は出られるのだけれど」

そこで言葉を止めた彼女の目に涙が浮かぶ。

「お風呂場も盗聴や盗撮をされているのかも」

ぎょっとして目を見開いた。

「怖くて近づけないの」

溢れた涙が頬を滑り落ちて白いブラウスに丸い跡をつける。

「どうする？　行くか？」

頭島さんが訊ねた。実にさりげない。状況を知らせようと、『風呂場も盗聴盗撮？　怖くて近づけない』と矢継ぎ早に打ち込んだ。覗いた頭島さんが頷いた。

彼女が外に出られないのなら、このまま話をするしかない。まどろっこしいけれど仕方ないと腹を括ったところで、一つ思い出した。

かつて幽霊が見えていたときのことだ。広島県内の旧家で、誰もいない蔵の中の物が動いたり、足音が聞こえるという相談を受けて訪ねると、蔵の中に五歳くらいの女の子の幽霊がいた。外に出たいのに出られないと泣く女の子に、一緒に行こうと誘って扉に向かった。結果、女の子は外に出ることが出来た。

今回も上手くいくかは分からない。でも試してみる価値はある。

『一緒に行こう』と打ち込んだ。女性はすぐには答えなかった。『試して』と打ち終えて、さらに『お願いします』と足した。少しして「——やってみます」と、小さな声で女性が言った。

『一緒に外に出ます』と打ち込み、頭島さんが頷いたのを見て、先にベッドから下りる。女性がそろそろとベッドの上を移動し始める。けれど、ベッドの傍らに立つ頭島さんを見上げて止まった。

「この人、私を突き飛ばした」

怯えた顔で頭島さんを見てから、僕に視線を移す。しげしげと上から下まで見て、何か言いたそうに口を開いたけれど、けっきょく何も言わなかった。

『大丈夫、もう乱暴なことはしない』

文章を見せて、僕は手を差し出した。女性がそろそろと手を伸ばす。二つの手が触れかける。でも、そのまま女性の手が僕の手を素通りした。彼女の顔が悲しそうにくしゃりと歪んだ。肩を落とし俯く女性に、もう一度『一緒に行こう』を見せようとしたそのとき、視界に何かが映った。頭島さんの右手だ。頭島さんに女性は見えない。でもこの手は女性に向けて差し出されている。

答えを求めるように僕を見る彼女に『一緒に行こう』を示す。女性は恐る恐る頭島さんの手に自分の手を伸ばしていく。彼女の指先は頭島さんの手を素通りしなかった。しっかりと手の上に指が乗っていた。

「触れる！」

驚きの声を上げた女性は、さらに手を伸ばして頭島さんの手に自分の手をそっと重ねた。

「――あったかい」

信じられないと言いたげな表情で頭島さんを見上げている。頭島さんが左手を僕に差し出した。

「手、つなごう」

僕だけに向けられたのでないのは明白だった。

「行こうか」

見えない女性に向かって頭島さんが言うと、女性が今度ははっきりと「はい」と答えた。

『はい、と言って』まで打ち込んだときには、女性はベッドの上に膝立ちになっていた。頭島さんを見上げる女性の顔には、それまでの怯えはなかった。それどころか、ちょっとうっとりしているようにも見える。

生死に拘わらず、やはり女性はイケメンが好きなようだ。なんだよ！　と、ちょっと鼻白みながら、僕もベッドから下りる。

頭島さんを中心に三人数珠《じゅず》つなぎになっている都合上、僕が先頭に立って居室の引き戸を開けた。左側に冷蔵庫とキッチンがあり、右壁に引き戸が一つついていた。この引き戸がトイレと洗面所と浴室の出入り口のようだ。引き戸を見たそのとき、何かを感じた。

──まさか。

急に立ち止まったので頭島さんがぶつかった。

「どうした？」と訊かれたけれど、答えずに目を閉じて深く息を吸って集中する。顔や布に覆われていないむき出しの手に、もわっとむずがゆさを感じた。

この感覚が何なのか、僕は知っている。

──何かがいる。

引き戸の引き手をつかんで、そっと開け始める。

「やめて！」

女性の声と同時に、ぐいっと身体が後ろに引かれる。怖がった女性が部屋に戻ろうとしたらしい。

「手を離して」

僕の言葉に、すぐさま頭島さんが手を離した。自由になった僕は中に入って電気を点ける。正面に洗面所、右側がトイレのドア、左側に折れ戸が閉じた浴室がある。ぐるりと見回しながら感覚の発生源を探していく。トイレではない。浴室の折れ戸の前に立つ。

浴室は真っ暗だった。電気を点けようと壁のスイッチに手を伸ばす。そのとき、折れ戸の樹脂パネル越しに、ぼんやり人影のような物が見え始める。全力で感じようと、さらに集中する。

かつての僕は、こうすることで幽霊がどんな感情なのかを感じ取ることが出来た。怒っていて攻撃的なときは熱さや冷たさや圧力を感じたし、そうでない場合は何も感じない。今は何も感じない。ならば危険な相手ではなさそうだ。心を落ち着かせて「誰かいるの？」と、訊ねる。

「——やっと気づいてくれた」

折れ戸の中から聞こえたのは、どこかほっとしたような女性の声だった。

「どうした？」

背後に近づいた頭島さんが訊ねる。

「ここにも」まで言って、盗聴されている可能性があるかもと気づいて口をつぐむ。スマホを貸して貰おうとしたとき、「もう、知っているのね。大丈夫、浴室内に盗撮カメラはあるけど、盗聴器はないわ。だから話しても平気よ」と、浴室の中から女性の声が聞こえた。

彼女の言葉を信じて話すことにする。

「ここにも一人います。盗撮カメラはあるけれど、盗聴はされていないそうです」

言いながら折れ戸を押し開けようとする。でも中から押さえられていて開かない。

「開けないで。私、飛び降りたの。だから……、見られたくない」

女性の声は悲しそうだった。

「ごめんなさい」

すぐさま謝って、「開けないでって」とだけ、頭島さんに伝える。

「——ありがとう」

詳細を伝えなかったことへのお礼だろう。

「まさか、二人いたとはな」

腕組みをした頭島さんが浴室の折れ戸を見ながら言う。

「二人？　私の他にも誰かいるの？」

浴室の女性に訊かれて、「あっちにもう一人、女の人がいました」と、奥の部屋を指して答える。

「その人って、まさか今住んでいるボブカットの」

切迫した女性の声に「その人じゃないです」と答えると、「よかった」と、心底安堵した声で言った。少しの間のあと、再び訊いてきた。

「もしかして、肩までの黒髪のひな人形みたいな綺麗な顔した人？　おとなしめな感じの？」

矢継ぎ早に言われて、居室で会った女性の姿を思い出す。肩までの黒髪は当たっている。ひな人形みたいな綺麗な顔とおとなしめな感じは、言われてみればそうかもしれない。返答しようとすると、「確か、——さより。名前が全部ひらがなのさよりって人じゃない？」と名前を出された。

「なんて言っている？」

頭島さんが頃合いを見計らって訊ねてきた。

「さっきの女性の名前はさよりさんだそうです。確認します」

洗面所から上半身だけ出して名前を呼ぼうとすると、頭島さんがスマホを僕に差し出した。居室が盗聴されていることを忘れていた。スマホを受け取り、『さよりさん？』と、メモに打ち込みながら戻る。ベランダ近くの部屋の片隅にひっそりと女性が立っていた。僕を見るなり、逃げる場所を探すように辺りを見回した。近寄ったら消えてしまうかもしれないので、机の上にスマホを置き、彼女の方へと押しやって、僕は一歩身を引いた。彼女が恐る恐るスマホに近づいて覗き込む。

「——なんで分かったの？」

驚いた声で僕を見上げるさよりさんは、浴室の女性が言うように、改めて見るとひな人形のような綺麗な顔をしていた。

スマホを取って「浴室にも女性。その人が知ってた」と、打ち込んだ。

「もう一人？　——えっ、それってもしかして幽霊？　いやだ、怖い！」

両腕で自分を抱きしめてさよりさんが怖がる。

——あなたも幽霊なんですけど。と、心の中で盛大に突っ込みを入れる。すぐ後ろから「行こう」と、頭島さんの声が聞こえた。頭島さんにはさよりさんは見えてはいないけれど、僕の視線の先にいると察して、さよりさんに向けて言っている。

「だって」と、さよりさんが怯える。

『怖がっています』と僕が打ち込む前に、「俺が守る。——約束だ」

そう言って僕に向かって両手を差し出した。両手とも僕に出したように見えるけれど、そうではない。片手はさよりさんにだ。次の瞬間、「はい」と言って、さよりさんが近づいてきた。そしてすんなりと頭島さんの右手を握る。

――これだよ。と、思いながら僕も頭島さんの左手を握った。

三人で浴室の前に戻ると、「さよりさん、いる？」と中から訊かれた。

まさか話しかけられるとは思わなかったのだろう、さよりさんが驚いた顔で僕を見た。僕が知る限り、幽霊同士で会話が出来るケースは、元々知り合いだったとか、同じ場所や同じ原因で亡くなったとかだ。ただ、この部屋が事故物件だとは聞いていない。どういうことだ？　と考えていると、「右端にいるのがそうでしょ？」と、少し苛立った声が聞こえる。

「そうです」と、さよりさんがあわてて小さな声で返した。

「何やってんのよ！　あれだけ何度も警告したのに！」

きつい女性の叱りの声に、さよりさんが怯んだ。僕もだ。頭島さんのために、二人の会話を早口で再現する。

「警告？」

「話しかけても聞こえていないし、触っても気づいて貰えないから、シャンプーやリンスのボトルを動かしたり、タオルを落としたり、浴室に入れないようにドアを押さえたりしてたでしょう？」

さよりさんが眉をひそめて思い出そうとしている。その横で僕は、タオルが落ちている、ドアが開かないという二つは、倖さんも話していたのを思い出す。

「もしかして、今の住人にもしてます？」

そう訊ねると、「栗色のボブカットの子なら、しているわよ」と女性が即答する。

「――そういえば、そんなこともあったかも」

自信なさそうにさよりさんが言った。

さよりさんは、いわゆる霊感がない人だったようだ。霊感のない人でも幽霊になるんだな、なんてしみじみ考えていると、「まったく鈍感なんだから！」と、叱責が飛んできた。

頭島さんに二人のやり取りを伝えながら、霊感がないのを鈍感とするのは何か違う気がすると思う。でも幽霊の立場で考えたら、そう言いたくなるのも分かる。というよりも、シャンプーやリンスのボトルの位置が変わっているのに気づかなかったのだから、実際、さよりさんはかなりの鈍感だ。

「あなたもこんなことになってしまっただなんて」

浴室の女性の声は悲しげに変わり、最後はかき消えた。

「警告って、浴室が盗撮されているって伝えたかったんですか？」

僕の問いに「そうよ」と、あっさり女性が認めた。さよりさんがはっとした顔で浴室の中の人影を見つめる。

「こんなところにいてはダメだもの。一日も早く出て行って欲しかったのよ。妙なことが起これば気味悪がって出て行くと思って、それでこの六年間、ずっとやり続けていたの」

「六年？」

思わず訊ねていた。

「そうよ。三人は引っ越して行った。四人目のさよりさんも、とつぜんいなくなったからてっきりそうかと思っていたのに」

その声は失望に満ちていた。

「――でも、これでようやく終わりに出来る」

僕が頭島さんに伝え終わる前に、「終わりって？」と、さよりさんが訊ねる。

「いいから聞いて」

女性がきっぱりと言った。

浴室の中の女性――佐久間春香《さくまはるか》さんは二十七歳の美容師で、六年前にこの部屋に住んでいた。

「住み始めて二ヶ月過ぎた頃、帰宅すると家電《いえでん》に無言電話がかかるようになって」

「私もです」

喰い気味にさよりさんは言うと、「帰宅したタイミングで非通知からかかってきて」と、さらに続けようとする。

「ごめん、今は私の話をさせて」

春香さんはぴしりと言って先を続けた。

「家電の番号を知っていて、帰宅して部屋の明かりが点いたのを見える場所にいる奴がかけている。それ以外、方法がないもの。ただ、そんなことをしそうな奴の心当たりがなくて」

気持ちは悪いが電話は出なければいいと決めた春香さんは、非通知の電話は着信拒否にした。するとと今度は携帯電話に掛かってきた。無言電話の相手は携帯電話の番号も知っていたのだ。ぞっとしたが、これもまた着信拒否にした。

春香さんは都内に何店舗も支店を持つ美容室勤務で、板橋店へはそれまでの功績で支店長として異動してきたばかりだった。だからおいそれと仕事は休めず、部屋を出ようにも群馬県出身の春香さんは都内には長期で泊まらせてくれるような親族も友人もいなかった。財政的にホテル暮らしに踏み切ることも出来ず、ある程度、仕事が落ち着くまでと自分に言い聞かせてこの部屋で暮らし続けていた。

「電話は着拒することが出来たけれど、そいつは私がここに住んでいるのを知っていると思ったら、もう怖くて」

仕事では職場に誰よりも早く行き、勤務中は顧客対応はもちろん、スタッフ教育にも手を抜かずに全力で取り組み、終業後に閉店作業をして最後に帰宅する。移動中は怪しい人物がいないか神経を張り巡らす。そんな生活をしていたら、とうぜん精神的にも肉体的にも追い詰められる。

「三週間くらいして、郵便受けに手紙が入り出したのよ」

僕の横でさよりさんが声を上げかける。けれど春香さんの邪魔をしてはならないと思い出したのだろう、どうにか呑み込んだ。その様子で、さよりさんにも同じことが起きていたのが分かった。

「無地の白い封筒で宛名も書いてなくて、封もしてなかった。てっきり、何かの広告だろうと思ったのよ」

「大丈夫だ」

とつぜん頭島さんの声が聞こえる。さよりさんが強く手を握ったらしい。

「ごめん、一つ聞いていい？　さよりさんと真ん中の男の人、もしかして手をつないでる？」

とうとつに春香さんが訊ねる。

「そうです。頭島さんは触れます。でも声は聞こえないし、見ることも出来ません」と、僕が答えた。

「うっそ、そんな人いるんだ！」

「私も驚きました。ちゃんと触れるんです。温かさも感じます」

さよりさんも事実だと言い添える。

「そんなことが出来る人がいるなんて。私も……」

そこで春香さんは口をつぐんだ。

「そんなことより、話の続きよ」

少し前の明るい話し方ではなく、元通りの淡々としたものに戻った。僕にドアを開けないでと言ったのと同じ理由だと思うと、胸が痛む。

郵便受けに入っていた封筒を確認した春香さんは驚愕した。春香さんが数日前に通販で買った下着を並べて撮った画像を印刷した紙が入っていたのだ。さらに印字で『素敵だね』とだけ書き添えられていた。

僕が言い終えたのと同時に、「君もなんだな」と、頭島さんが言った。さよりさんの手から感じ取ったのだろう。さよりさんも同じ被害に遭っていたのだ。

「そいつは部屋に入った」

頭島さんがぼそっと言った。

二人が通販で買った物の写真を撮ったのなら、そいつは部屋の中に入ったのだ。ぞわっと全身が総毛立った。

「違うのよ。だって、開封されてなかったんだもの。届いたその日に洗濯して、翌日には着ていたから、全部そろっていたのは届いた日の夜だけだから」

春香さんが反論した。

ならば、室内に入って写真を撮ったのではない。

「私のもです」と、さよりさんも同調する。それを頭島さんに伝えた。

「荷物は配達員から直接受け取ったのか？」

頭島さんの質問に「レターパックでした」と、先に答えたのはさよりさんだった。そのあとに春香さんも「郵便受けに入ってたんだったわ」と続いた。

「郵便受けに届いたのなら、荷物も持っていける。手先が器用な奴なら、綺麗に開封して元通りに出来る」

「大家さんに、郵便受けのある一階の防犯カメラに投函した奴が写っているはずだから調べて欲しいってお願いしたのよ」

春香さんは理性的で行動力のある人だったようだ。

「二つ返事で引き受けてくれたんだけれど、録画は二十四時間で更新されてしまうから、残念だけれど分からない。次に投函されていたらすぐに教えてくれって言われて。でも、今度は職場で問題が起きて」

店の美容師が連名で春香さんには店長としての資質がないと本部にクレームを入れたのだ。春香さんは驚き、同僚たちに本音での話し合いを求めた。そしてクレームに至った事情が分かった。

板橋店には生え抜きで勤続八年になる女性の美容師がいた。次の店長は彼女だというのが皆の統一見解だった。けれど本部は他店から春香さんを店長に据えた。勤続年数も年齢も下の春香さんが店長になったことで本部に不信感を持ったその美容師は退職を考えていた。それを知った同僚たちが退職を阻止しようとして起こした行動だった。

「なんで話してくれなかったの？　って聞いたのよ。教えてくれていたら、私が本部に店長辞退を申し出たもの。そうしたら、とてもそんな相談が出来るような状態には見えなかったって」

店長として結果を残さなければと意気込んでいた春香さんは、弱みを見せるわけにはいかないと、ストーカー問題を誰にも言っていなかったのだ。そして精神的にも肉体的にも追い詰められる日々が続くうちに、常にぴりぴりとした態度になってしまっていた。そのせいで同僚たちから話を聞いてくれそうもない、あるいは聞いたところで受け入れはしないと思われていたのだ。

その日、疲れ果てて帰宅した春香さんを待ち受けていたのは、あの封筒だった。今度は何？と自暴自棄になって開いた。写真ではなかった。『胸と背中にある赤いほくろ、セクシーだね』とだけ印字されていた。

「数年、誰にも裸は見せていない。裸になったのは洗面所とこの浴室だけ」

春香さんは洗面所も浴室も隅々までくまなく捜したが、どちらにも盗撮カメラはなかった。唯一、可能性があるのは浴室の天井に備えつけられた換気扇のカバーの中だけだった。春香さんはバスタブの縁に上り、換気扇のカバーを外そうとした。バスタブの縁の幅は狭く、しかも濡れていた。足を滑らせた春香さんは、転倒して床に頭と身体を強打した。

「なんとか自分で一一九番して救急車を呼んで玄関の前まで這いずって行ったの。たった数歩の距離なのに、とんでもなく長かった」

春香さんは都内の病院に搬送された。幸いなことに脳には異常はなかった。けれど左腕を骨折していた。完治するまでは雑務以外は美容師の仕事は出来ない。仕事もマンションの生活も限界だと思った春香さんは、本部に骨折したことを伝えると同時に退職を申し出た。退院後はひとまず実家に戻ることにした。父親を早くに亡くし、弟ばかり溺愛する母親とはもとより折り合いが悪く、家を出るために美容師の道を選んだ春香さんにとっては苦渋の選択だった。

春香さんの言葉を伝えながら、僕は首をひねっていた。

春香さんが亡くなったのはこの浴室どころか部屋でもない。多分だけれど、さよりさんもだろう。なのになぜ二人ともここにいるのだろう？

考え始めた僕を余所《よそ》に春香さんの告白は続く。

「実家に帰った初日に、いつまでいるつもりなの？　早く出て行ってよ。それと食費や雑費は取るからねって、母に言われて」

さよりさんが息を呑んだ。でも僕と、それを伝え聞いた頭島さんは平然としていた。僕たち二人にとって、春香さんの母親の言動は珍しくも驚くことでもなかったからだ。

「実家には居づらかったけれど、それでもしばらくは穏やかにしていたのよ。だけど」

数日後、春香さんの好きなピンクのガーベラを中心にアレンジされた花かごが届いた。

「送り主は都内在住の知らない名前の人だった。てっきり、本部からだろうって思ったのよ。だけど」

つけられていたカードを見て、春香さんの血の気が引いた。『どこにいても、見守っているよ』と印字されていたのだ。

「ああ、もうダメだ、どうしたって逃げられないって思い込んで絶望しちゃったの。それで実家の入っているマンションの十一階の踊り場から」

その先は言わずに春香さんは口をつぐんだ。頭島さんに伝え終えた僕も口を閉じた。浴室の折れ戸を挟んで四人もいるのに、その場は完全に静まりかえっていた。

「で、気づいたらここにいたの。——いや、もう、私が一番びっくりしたわよ。よりにもよってなんでここ？　って」

「私もです」

ぽつりとさよりさんが呟いた。

「私は交通事故……だったんですけれど、気づいたら奥の部屋にいたんです」

さらりと自身の死因をさよりさんが明かした。

「でも分かったのよ。カメラを仕掛けた犯人を突き止めたい。それが私のやり残したことだって。私のような被害者を二度と出さないためにも、絶対に犯人を捕まえる。だからここにいるんだって」

「——ごめんなさい」

小さな声でさよりさんが詫びた。春香さんの警告に気づかなかったことへの謝罪だろう。

「ううん、私の方こそ力が足りなくてごめんなさい。もっと派手なことが出来たらよかったんだけれど、シャンプーのボトルを数センチ動かすとか、ドアをちょっと押さえるくらいしか出来なくて。それもどんどん力が弱くなっていて、今はドアを中から少しだけ押さえるのが精一杯なの」

　春香さんの声は疲れ果てていた。

「それに肝心の盗撮犯を突き止めようにも、いざ浴室に男の人が入ってくると怖くなって逃げ出してしまって。誰も居なくなってからまたここに戻るの繰り返しで。――ほんっと、情けない。なんのためにここにいるんだか」

　最後は涙声になっていた。

「――ねぇ、あとは任せていい？」

　助けを求めるような声で春香さんが言う。伝えると、「とうぜんだ。任せろ」と、頭島さんがはっきりと口にする。

「待って。この人たちが手伝ってくれたら犯人を捕まえられるわ。あと少しよ」

　さよりさんが説得を試みる。けれど、「疲れちゃった。私、――もう休みたい」と春香さんに返されて、それ以上はもう何も言えないようだった。

「ありがとう」

　頭島さんがとつぜん感謝の言葉を春香さんに向けて言った。何のお礼だろうと考えていると、また話し出した。

「今までよく頑張ってくれた。あとは俺たちが引き受ける。盗撮犯は必ず捕まえる。――だからもう、休んでいい」

　樹脂パネルの向こうのもやがすっと沈んだ。しゃがんだのだ。小さく嗚咽《おえつ》も聞こえる。

「本当に今までよくやってくれた。春香さん、あなたは勇気のある人だ」

重ねて頭島さんが春香さんを賞賛した。少しして、春香さんが落ち着きを取り戻した声で言った。

「ありがとう。お願いね。――あとは、ここから出られるかだわ」

春香さんの懸念を伝えると、頭島さんが話し始めた。

「今から玄関のドアを開けてくる。そのあと俺たちは奥に戻る。自分で出られるのなら、そのまま外に出てくれ。出られないのなら、俺が連れ出してやる」

答えはなかった。でも、わずかに折れ戸が開いた。

頭島さんが「手を入れていいか?」と訊ねる。

「ええ」と小さな声で春香さんが了承した。伝えると、すぐにさよりさんが手を離した。頭島さんが自由になった右手を戸の隙間に差し込む。

「――本当だ、触れる」

感嘆からか、息を漏らすように春香さんが呟いた。

「二人は奥に戻ってくれ。俺は春香さんを見送ってくる」

「えっ、でも」と、戸惑いの声を上げる春香さんに、「俺には君が見えない。声も聞こえない」と、頭島さん本人が伝えた。

「――そっか。だったらいいか」

春香さんが了承したことを頭島さんに伝えてから、さよりさんと僕は洗面所を出て居室へと向かう。背後で折れ戸が開く気配を感じた。

「えっ、やだ、かっこいい! わぁ、もっと早く会いたかった。めちゃくちゃ残念!」

春香さんの声は、それまでとは違って明るい。残念だけれど、頭島さんには聞こえていない。それでも、「行こう」と春香さんに話しかけている。

「――うん」

春香さんの嬉しそうな声の次にややあって聞こえたのは、玄関のドアが開く音だった。ドアの閉まる音が聞こえた。春香さんは無事に外に出られたのだろう。頭島さんの足音が近づいてくる。居室の戸がノックされてから開いた。覗いた頭島さんが玄関のドアを指す。盗聴の恐れのある室内よりも、外で話した方が安全ということだろう。僕がスマホのメモに打ち込む前に、さよりさんは頭島さんの横に移動していた。肘のあたりをつつくと、頭島さんが肘を少しあげた。さよりさんがするりと腕を差し込む。

――再びなんだかなーとは思ったが、とにかく部屋の外に出ることにした。

3

駐車場のイカついフェイスのアルファードをみつけて、「あれです」と、さよりさんに言う。ここまで、腕を組んで歩く頭島さんとさよりさんの後ろを僕は歩いてきた。ただ傍目からは、わずかに右腕を開いた頭島さんの後ろを栗色のボブカットのウィッグを被り、女性物のセットアップ姿の僕がついて来ているようにしか見えないだろう。

「ああ」とも「はぁ」ともつかない返事をさよりさんが漏らした。いわゆるヤンキー御用達の車に、何か思うところがあったのだろう。

「部屋の住人の倖さんと、俺たちの職場の先輩の奥さんと、その彼女のアヤさんが待っている。心配ない。みんないい人だ。俺たちが保証する」

前を向いたまま、頭島さんが話しかける。

「大丈夫、あなたが言うのだもの、疑ってない」

頭島さんを見上げてさよりさんが言った。僕はそれを伝える。

「そうか」とだけ頭島さんが応えた。

僕の伝言を聞いてから発言しているものの、頭島さんはさよりさんや春香さんにいいタイミングで的確な内容を返している。もしかして本当は二人の声が聞こえているのでは？　と思うほどにだ。これもまた頭島さんの勘の良さなのだろうか。

駐車場に向かう前に、頭島さんが電話して奥さんに、さよりさんと一緒に三人で行くと伝えていた。

奥さんはすでに一度、頭島さんが幽霊の上に乗ってぼっこぼこに殴っているのを目の当たりにしている。それもあってだろう、すんなりと「夜中だし、女子連れなんだから、気をつけて来な」と言ってから切った。どうやら奥さんは、幽霊だろうと生きていたときの延長線上にあるとする頭島さんの考え方に感化されたようだ。

奥さんはさておき、アヤさんと倖さんはどう思っているのだろうと考えていると、スライドドアが開く音に続いて「お疲れー！」と、アヤさんが顔を覗かせた。

「初めまして。アヤでーす。ゆっきょんはもう知っているよね？　こっちはアタシの彼氏で、この二人の会社の先輩の隼斗」

アヤさんは頭島さんの横のスペースに向かって、いつものノリで挨拶すると、残りの二人をそれぞれ紹介した。勢いに気圧《けお》されたさよりさんが「あ、あの、どうも。私、寺田《てらだ》さよりです」と、あわてて自己紹介をする。僕が伝える前に、アヤさんに「ひやっきー、もしかしてさよりさん、なんか言ってくれてる？」と、訊かれた。

「寺田さよりですと自己紹介をしてくれました」

「そっかー。ごめんね、アタシ、あなたのこと見えないし、声も聞こえないみたい。隼斗とゆっきょんは？」

運転席から身を乗り出した奥さんが「俺もだ。悪りぃな」と謝罪した。後部座席の倖さんも「私もです」と言って頭を下げた。

謝られるとは思っていなかったのだろう、さよりさんが「いえ、こちらこそ力不足ですみません」と謝罪する。

幽霊が見えないことを生きている人たちが謝り、逆に幽霊がこちらの力不足でと謝罪する。この手の経験が豊富な僕をもってしても、初めてのやりとりだ。

今更だけれど、幽霊が見えるかは、見る側と幽霊の能力の組み合わせの賜なのだなと改めて思う。

「立ち話もなんだから、乗ってよ。あ、でも、嫌ならいいよ」

「いえ、お邪魔します」

僕が伝える前に、さよりさんが頭を下げて車内に乗り込み、そのまま空いている三列目の一番奥に腰掛けた。おっとりした見た目に反して、頭島さんと腕を組んだり、初対面の人の車に乗り込んだりと、けっこうぐいぐい行く人なのだなと思う。

三列目の一番奥からさよりさん、頭島さん、僕と並んで座ってから、部屋についてから今に至るまでをじっくり説明した。

「それでさよぴー、ごめん。さよりさんは？」

いつものように勝手にあだ名をつけて呼んだものの、アヤさんは言い直した。見えなくて表情が分からないだけに気を遣ったらしい。

「うわぁ、懐かしい。小学生の頃、そう呼ばれていたの。だから、そう呼んでくれて嬉しいって伝えて下さい」

笑顔でさよりさんが僕に言った。そのまま伝える。

「そっか、ならよかった。そんじゃ、さよぴーの、その……」

ストレートに言うのはさすがにはばかられたのだろう、アヤさんが語尾を濁した。

「四月七日の夜の十一時過ぎに、マンションから二つ先の交差点で信号待ちをしていたときに、二台の車が衝突して、一台が歩道に突っ込んできたんです」

意図を汲み取ってさよりさんが話し出した。それをなぞるように僕は話す。

「最後に見たのは、ミニバンのフロントに並べられていたツムツムのぬいぐるみでした。あ、今年の干支《えと》バージョンだって」

僕が最後まで言い終える前に「寅の着ぐるみを着ているのですよね？」と、倖さんが言った。

「そうです。もしかして、ディズニー好き？」

さよりさんの質問を僕が伝えると、「はい、大好きです。先日も友人と一緒に行ってきました」と言いながら、倖さんがスマートフォンを出して画面を見せてくれた。

「わぁ、いいなぁ」

画面を覗いたさよりさんがうらやましそうに言う。

「もう行けない。――行けるのかしら？　ねぇ、どう思う？」

さよりさんがしんみりと僕に訊ねる。

「行ける、――とは思いますけれど」

たじろいだものの、とりあえずそう答える。車中の皆に今の会話を伝えている間、さよりさんは「そっか、行けるんだ」と、嬉しそうにしていた。

「マジ？　さよぴー、ホーンテッドマンションのプラス1になれちゃうじゃん！」

アヤさんの言葉に、車内が一気に盛り上がる。

「えー、そしたら会いに来てくれます？」

さよりさんはかなりノリのいい人だった。僕が皆にそれを伝えると、「行く行く、行っちゃう！」「絶対に行きます」と、アヤさんと倖さんがすぐさま答える。

これまで何度も幽霊と会い、相談者との仲介役をしてきた。でも、こんなに楽しげな空気になったことはない。

「なんかさ、巻き込まれ事故で亡くなっちまったのは残念だったけれど、でも」

「巻き込まれ事故なんかじゃない。さよりさんが亡くなったのは、ストーカーのせいだ」

奥さんの発言を、頭島さんがぴしりと制した。

「けど、違わね？」

死因という意味では、奥さんの言う通り、確かに違う。でも頭島さんが反論する。

「駅からマンションに行くのなら、大通りではなく裏道を使った方が早い。遠回りなのにそうしなかったのは、人目のある明るいルートを使わざるを得なかったからだ」

帰宅直後の非通知の着信。郵便局を通さずに直接郵便受けに投げ込まれる封筒、しかも内容は本人しか知らないプライベートなものだ。そんな日々が続いて、さよりさんは恐怖に怯えて寝不足で疲れ果てていたに違いない。春香さんもおなじだ。

「すまない、悪かった」と、奥さんが謝った。

「――許せん。マジでガチで絶対に許せん！」

奥さんの怒りに火が点いた。僕もまったく同じ気持ちだった。そしてそれはアヤさんも倖さんもだった。

「ストーカー野郎、絶対に捕まえてやる！」「敵《かたき》は必ず討ちます！」

「一つ確認しておきたいことがある」

怒りに満ちた車内の空気を変えたのは、今回も頭島さんだった。

「奥の部屋には盗聴器があって、盗撮カメラはないかもと言っていたが」

「部屋の中で電話で話した内容が手紙にあったんです。でもそれがちょっとおかしくて」

さよりさんはディズニープリンセス好きで、キャラクターの小さなぬいぐるみを集めていたそうだ。

「白雪姫と七人のこびとのぬいぐるみをネットでみつけて買ったんです。でも、スリーピーが二つ入っていてバッシュフルがなくて」

なじみのない単語が続いて、理解するのに苦労する。なんとか皆に伝えると、

「七人のこびとの名前です。二人とも目が半開きで顔が似ているんですけれど、スリーピーは水色の帽子でバッシュフルは赤紫の帽子を被っています」

すかさず説明をしてくれたのは倖さんだった。どうやら彼女のディズニー好きもかなりのものらしい。

「セット売りなのに詰め間違えているなんてって、電話で友人に愚痴っていたんです。でも電話を切ってから、二つあったのはバッシュフルで、私が言い間違えていたって気づいたんです」

その翌日、封筒が届いた。A4サイズの白い紙にネット上で拾ったらしきバッシュフルのぬいぐるみの写真と、『バッシュフルがなくて残念だね』という文字だけが印字されていた。

「もし見えていたら、私の間違いだって気づいたと思うんです」

さよりさんは電話の最中、バッシュフルを手に話していて、切ったあとはしばらくテーブルの上に二つ並べて置きっぱなしにしていた。ストーカーが盗撮映像を見ていたのなら、指摘してきたはずだ。だから盗撮カメラはないと、さよりさんは推測した。

「ストーカーがよこした手紙に、以前から持っていた物について書かれていたことは？」

頭島さんの問いに、少し考えてから、さよりさんが「ありません」と答えた。

「手紙で取り上げられていたのは、郵便受けに届いた新しく買った物だけ？」

重ねて頭島さんが訊ねると、今度は「そうです」とさよりさんは即答した。

「なるほど。だったら、やはり盗聴器だけだったと思います。それで、盗聴する奴に、心当たり

はありますか？」

「しそうなのは元彼です。そういえばあいつもディズニーガチ勢でした」

盗聴器を仕掛けそうなディズニーガチ勢の元彼。一度では処理しきれそうもない情報を、なんとかみんなに伝える。

「引っ越してからの彼は全員、部屋に呼んでいません。デートは外で、そのあとは向こうの部屋だったし」

ここに来る時、さよりさんが当たり前のように頭島さんと腕を組んでいたのを思い出す。ちょんと腕をつついて、するりと腕を差し込むまで、流れるような一連の動作だった。どうやらさよりさんは、僕がイメージしていたのとは違って、異性に対して積極的な女性だったようだ。

「私、捜したんです。ネットで検索して、盗聴器ってコンセントタップや延長コードやぬいぐるみの中とかに多いと知って、すべて捨てました。ディズニー関連のものも、泣きながら捨てたんです」

「捨てちゃったの？」

僕が伝え終えると同時に、アヤさんが驚きと失望の入り混じった声を上げた。

「ごめんなさい。あのときはとにかく早く怪しいものは全部捨ててしまいたくて」

「だよね、分かるよ。何様視点だったね。ゴメン」

自分の間違いに気づいたアヤさんがすぐに謝罪した。

ただ、そもそもストーカーは六年前に春香さんが住んでいたときから盗聴と盗撮をしていた。さよりさんの元彼ではないだろう。

「でも、盗聴器はまだあったんです」

もちろんそうだろう。もう盗聴器がないのなら、さよりさんが今もあの部屋に居続けて、住人に警告する必要などないはずだ。

盗聴器である可能性のあるコンセントタップやぬいぐるみを捨ててからは、何も起こらない日々が続いた。だが、四月六日に封筒がまた届いた。書かれていたのは、『「夢はひそかに」をまた聞けて嬉しいよ』。映画『シンデレラ』の主題歌は、無意識に口ずさむくらいに、さよりさんのお気に入りの曲だった。けれどストーカー行為が始まってからは歌わなくなっていた。盗聴器に繋がるものを排除して安心したさよりさんは、自然とまた口ずさんでいたのだ。

「まだある。まだ聞かれているって思ったら、もう怖くて」

そして、さよりさんは手紙が届いた翌日に、交通事故に巻き込まれて亡くなった。

「やっぱ、ストーカー野郎のせいじゃねぇか！　マジで許さん！」

奥さんが激怒の声を上げた。ストーカーさえいなければ、春香さんもさよりさんもまだ元気でいたはずだ。恐怖にさらされて世を去ったあともなお二人が部屋に残り続けていたのは、同じ被害者を出したくないという一心からだ。だからこそ、嫌な記憶しかないあの部屋に二人は残って、新しい住人に警告を発していた。

「疲れちゃった。私、――もう休みたい」と言った春香さんの声は、本当に疲れ果てていた。

幽霊が物を動かしたりすることでどれほど疲れるのか、僕は知らない。でも六年もの間、盗撮されていた浴室にいて、必死に住人に警告を与え続ける日々が決して楽なものではないことくらいは想像がつく。

許せない。許してはならない。そう心に誓ったそのとき、頭島さんの「問題は、どうやってストーカーを捕まえるかだ」という言葉に現実に引き戻される。

「そりゃ、盗聴器と盗撮カメラをみつけて外して、――そっか、誰のかは分かんねぇか」

勢いよく話し出したものの、奥さんはすぐに自分の案では犯人を特定できないと気づいた。盗聴器や盗撮カメラに住所や氏名が書いてあるはずもない。

「けどさ、絶対に捕まえたいよね」

「春香さんとさよりさん、他の住人のためにも罪を償わせたいです」

アヤさんと倖さんが続けて言ったあとに、さよりさんが「罪って、どれくらいになるのかしら？」と呟いた。僕が伝えても、誰も答えなかった。僕も盗聴と盗撮がどれくらいの罪になるのかは知らない。

「検索してみます」と倖さんがスマホを操作し始めると、「村田《むらた》さんに訊いてみては？」と、頭島さんが言った。

「村田？」

明らかにぴんときていない声で呟く奥さんに「芝電設株式会社から独立した――」と頭島さんが付け足した。

「あー、村田さんな！」と、奥さんが大声を上げる。

芝電設株式会社は、僕たちの勤める須田ＳＡＦＥＴＹ ＳＴＥＰと現場でよく一緒になる電気工事の会社だ。前回のシェアハウス杉村はそこの職人の湯沢さんが持ち込んだ案件だった。

「誰？」

「一昨年退職して仲間と会社を立ち上げた人で、確か防犯なんとかって資格を持ってて」

「防犯設備士です。今年、総合防犯設備士になったと、湯沢さんから聞きました」

うろ覚えの奥さんを、すぐさま頭島さんがフォローした。

「何それ」

「防犯設備機器の知識と技能を持つ専門家の資格で、全国でも取得者の数が千人もいないらしいです」

「村田さん、すげぇじゃん！　つーか、だとしたら超専門家じゃん。独立するって挨拶に来たときにライン交換しといたから……あった、あった！」

奥さんが早口でしゃべりながらスマホを操作する。

「ただなー、この時間だから、さすがに電話はねぇよな。とりあえず、ライン送っとくわ」

深夜二時近くになっていただけに、それがベストだろう。

「ご無沙汰してます。夜分にとつぜんすみません。盗撮と盗聴の罪ってどんなですか？　――で、いいか。よし、送信！」

言い終えるのと送信するのはほぼ同時だった。久しぶりに送るラインの内容にしては、正直、少々乱暴というのか、ざっくりしていると思う。でも、聞きたい内容としては間違っていない。

「けど、丈、お前、よく村田さんのこと覚えていたな」

「社長に言われたことなので。人付き合いは金では買えない。だから大切にしろ」

そのあとの言葉は奥さんはもちろん僕も知っているから一緒に声に出して言った。

「それがお前の人としての価値であり財産だ」

「なんか、いっつも思うんだけど、須田社長ってマジで格好いいね」

しみじみとアヤさんが言う。

「あの人、マジで格好よくてさ。もうリスペクトの極みよ」

奥さんが言い終えるのと同時に、ラインのメッセージの着信音が鳴った。

「ん？　村田さんからだ。『急にどうした？』だって。起きてたんだ、ありがてぇ！　えーっと」

文字を打ち込もうとする奥さんに、「録音して送った方が早いよ」と、アヤさんが助言した。

「だよな。えーっと、彼女の友達の女の子のマンションに盗聴器と盗撮カメラがあったんです。──で、送信」

今回もまたざっくりした内容だと思っていると、着信音が鳴り始めた。

「村田さんだ！　奥です。ご無沙汰してます」

「スピーカー！」とアヤさんに言われて、奥さんが切り替える。

「盗聴器と盗撮カメラがあったって？」

挨拶なしで低い声が訊ねた。

「あったというのか、まだみつけてないんですけど、あるのは確実なんですよ。それでとりあえず部屋から出て車に移動したんですけれど、どうせなら、犯人を捕まえたいって、今、みんなで話していて」

アヤさんに脇腹をつつかれて、奥さんが「今、彼女のアヤとその友達で当事者の倖さんと、あとウチの頭島と」と、車内にいる人の紹介をはじめたと思ったら、そこで言葉を止めた。そして僕の横のさよりさんのスペースに向かって片手で拝むようにして頭を下げてから、「あと、ウチの新人の桧山がいます」と紹介された。「初めまして」と挨拶すると、「初めまして、村田です」と返してくれた。

「頭島君もいるんだ」

「ご無沙汰してます」

電話なのにきっちりと頭を下げて頭島さんが挨拶する。

「それで、盗撮や盗聴ってどれくらいの罪になるんだろうって話になったんですけど、誰も知らなくて。そしたら頭島が村田さんに聞いてみたらって」

「思い出してくれてありがとう」

ふふっと低い声で笑ってから村田さんが礼を言った。声からのイメージだと物腰の低い上品な四十代くらいの男性か。

「盗撮は撮影罪で三年以下の懲役、または三百万円以下の罰金だよ」

「それって、重い——のか?」

奥さんがさよりさんのいるあたりを窺いながら言う。

「暴行罪は懲役二年以下、または三十万円以下の罰金。傷害罪は十五年以下の懲役、または五十万円以下の罰金だから、二つの中間ってところだね」

だとすると重いと言ってもいいのかもしれないと考えていると、村田さんが再び口を開く。

「撮影罪が二〇二三年七月十三日に施行されるまでは、盗撮は刑法上は罪ではなかったからね。適応されるのは軽犯罪法か各都道府県の迷惑防止条例で、一年以下の懲役、または百万円以下の罰金で、初犯ならば執行猶予になっていたから、以前と比べたら大分ましになったと思うよ」

単純に考えると罰は三倍になっている。でも、春香さんとさよりさん二人のことを考えると、けっして重いとは思えない。

「ほかにも、盗撮したデータを提供目的で保管していたら保管罪で二年以下の懲役、または二百万円以下の罰金。実際に第三者に提供したら提供罪で三年以下の懲役、または三百万円以下の罰金。データを不特定多数の者に提供したり、インターネットに上げるとかの公然に陳列した場合は映像送信罪で五年以下の懲役、または五百円以下の罰金。盗撮データだと知りながら記録保存したら映像記録罪で三年以下の懲役、または三百万円以下の罰金になる。ここまでが盗撮について。続いて盗聴なんだけれど」

盗聴の話を終えた村田さんは、そこで一度言葉を切って、また話し始める。

「ケースによっては法律上、罪にならないこともある」

「え?」「はあ?」「嘘!」「どうして?」「どういうことです?」

驚きで声が出ない僕以外の全員が声を上げた。

「そもそも盗聴は、行為自体が法律で規制されていないからね」

「どういうことっすか?」

驚いた奥さんが敬語を忘れて訊ねた。

「盗聴器に使われる電波は、機材さえあれば誰でも受信して聞くことができるからね。そうなると、たまたま盗聴した内容を聞いてしまった人が罪に問われてしまう可能性がある」

「でも、盗聴器から出ている電波でしょ? だったら、その電波を取り締まればいいんじゃない?」

ひらめいたとばかりに言うアヤさんに、「盗聴器から出ている微弱電波は、コードレスフォンやスマートフォン、電気機器のリモコンと同じだから、規制することは出来ないよ」と、穏やかに村田さんが否定した。

「規制したら、携帯電話のなかった時代に戻ることになる」

「それは、――ムリだわ」

アヤさんが、すんなりと白旗を掲げた。

家出するにあたりスマートフォンを捨てた僕だから言える。携帯ツールがなくても生活は出来る。けれど携帯ツールがあることが前提の世の中になりつつあるだけに、不便さは否めない。

「盗聴マニアって聞いたことある？」みんながびっくりしていると、村田さんの声が聞こえた。

「知ってる！　警察無線とか消防無線とか聞いている人だろ？　武本工務店の裕二さんの友達がそうだって聞いたことあるよな？」

奥さんは頭島さんが頷くのを確認してからさらに続ける。

「そういうののための機材部屋があって、日がな一日聴いてんだって。だから裕二さんのダチの消防士が何時にどこに行ったとか全部知ってるって言ってた」

「それは公式電波を傍受しているだけだから盗聴ではないね」

興奮する奥さんに、さらっと村田さんが水を差した。

「え、違うんすか？」

「盗聴マニアというのは、盗聴器から発信されている電波を傍受して盗聴した内容を聴いている人だよ」

「それって、誰かの盗聴器が拾った内容を横取り？　横聴きしている奴ってこと？」

「正解。でも自分が盗聴はしていない、ただ聴いているだけ。だから罪には問われない」

「んー、だったら、盗聴器自体を取り締まればいいんじゃないの？　盗撮カメラも。そもそも盗聴器や盗撮カメラを売ってること自体、おかしいじゃん！」

納得がいかないとばかりに、アヤさんが言い返した。けれど村田さんは「それだと、防犯用のカメラや録音機も全部販売できなくなってしまうよ」と、否定した。

それにはアヤさんもぐうの音《ね》も出なかったらしく、黙り込んだ。

「小型カメラや録音機の用途は、かつては店舗や道などのいわゆる防犯目的から、今では独居老人の見守りや子供部屋や飼い主不在時のペットの様子を見るのまで、多岐に亘っている」

村田さんの挙げた例は、どれも今では当たり前に使われているものだ。

「小型カメラや小型受信機の存在自体が悪いわけではない。要は使い方なんだ。現状の汎用性を考えると、公的に申請書類がなければ購入できないとするわけにもいかないだろう。かといって、販売時に購入者が正しい利用をするかそうでないかの判断を売る側が出来るとも思えない」

レジを通す際に店員が使用法を客に確認したところで、嘘なんていくらでも吐ける。

「そっか、そうだよね。――でもぉ」

納得はしたもののアヤさんは悔しそうだ。

「刑罰の話に戻すよ。盗撮や盗聴をするために住居に侵入したら住居侵入罪、撮影した映像や動画や音声から知り得た情報を使って相手を脅迫したり何らかの損害を与えた場合は強要罪や脅迫罪、ストーカー行為が目的だったらストーカー規制法違反、あとは被害者が十八歳未満なら児童買春・児童ポルノ禁止法違反の罪には問われる。ただ、どれも犯人がそこまでしなければ、その罪には問われない」

説明を聞いた車内は静まりかえっていた。そんな中、村田さんの声だけが流れる。

「そもそも、すべての罪は被害者ありきの親告罪だから。被害に気づいていなければ、犯罪は起きていないことになる」

被害者が訴えなければ罪には問われることはないというのを、僕は身をもって知っていた。僕の母親は安い塩や拾った石に何かしらの効果があると称して、なかなかの価格で売っていた。効果がないと文句を言ってきたお客さんもいたけれど、警察が訪ねてきたことはなかった。被害額が人生を左右するほどではなかったのと、訴えたところで警察が取り合ってくれるとも思わなかったから行かなかったのだろうと僕は思っている。

被害者がいなければ罪は存在していない。事実だ。けれど、気づいていないからといって、勝手にプライバシーを見られたり聞かれたりすること自体が罪にはならないとされるのは、やはり納得がいかない。

「今回の場合は、撮影罪と住居侵入罪とストーカー規制法違反は確実です。問題は、どうやって捕まえるか」

頭島さんが話を本題に戻した。

「まだ外していないのなら、警察に立ち会って貰って盗聴器や盗撮カメラに付着した指紋を採取してから外すのが適切な対処法だね」

「取り外すとき、来ていただけますか？　もちろん御代はお支払いします」

丁寧に頼んだ倖さんに、「もちろんです。レシーバーを使えば必ずみつけ出せます。任せて下さい」と、村田さんが了承した。

「だけれど」

続いた村田さんの言葉に、すぐさま奥さんが「だけれど？」と、聞き返す。

「盗聴器から指紋が採れたとして、犯人がすでに前科があれば警察に登録されているから逮捕はできる。でもそうでなければ誰の物か分からないで終わってしまうんだよ」

つまり、指紋が採れたところで犯人を捕まえられるかは分からないということだ。

「盗聴犯や盗撮犯を捕まえるには、こちらもカメラや録音機を仕掛け、既存の物を取り外して犯人が確認に来るのを待つのがベストだろう。職場とかならば上手くいくけれど、今回のような住居は難しい」

「犯人を捕まえたいのは山々ですけれど、それはちょっと」

僕の横の空席を見ながら、倖さんが申し訳なさそうに言う。

居室の盗聴器は気づかれずに外せるかもしれないが、浴室の盗撮カメラがリアルタイムで見られるものなら、犯人をおびき寄せるための作業も見られてしまう。それでやって来るとはさすがに思えない。そもそもカメラがあるのに入浴はできない。そして長期間風呂に入らなければ、気づかれたと悟って、そのまま部屋には来ないかもしれない。

それ以前に、どれだけ犯人を捕まえたいと思っていても、盗撮カメラや盗聴器を仕掛けられ、犯人が入ってこられるかもしれない部屋で一人暮らしを続けること自体、やはり無理だと思う。

気にしないでとか、いいんです、とか言うのだろうと思ってさよりさんを見る。でも、さよりさんは眉間にしわを寄せて難しい顔をしていた。気にはなったけれど、村田さんとスピーカーフォンで繋がっているから、今話しかけるのは得策ではないと後回しにする。

「そこに住み続けるのなら、警察を呼んで盗聴器と盗撮カメラを取り外す。もう住みたくなければ引っ越す。このどちらかだね。引っ越しの際にはオーナーと不動産屋にきちんと話をしておいたほうがいい」

「分かりました」

倖さんが神妙な面持ちで言う。

「わっ、もう二時半だ。村田さん、すみません！」

時刻に気づいて奥さんが謝罪する。

「いや、この時間はいつも起きているから気にしないでいいよ。それではそろそろ失礼するよ」

「取り外しの依頼は、改めて連絡します」

今後のことを村田さんと奥さんが話したあとに、「それでは、また」と奥さんが言って通話を切った。

スマートフォンを車の定位置に戻した奥さんが第一声を上げる。

「すっげぇ助かったけど。——けどぉ！」

専門家の村田さんのお蔭で盗聴と盗撮の知識は得られた。だが盗撮はさておき、盗聴は大した罪にはならないし、犯人を捕まえることも難しいと分かったからだ。

「それ！　本当にデリカシーないんだから！」

アヤさんが、ちらりと倖さんを見てから奥さんに注意した。犯人逮捕に協力できない倖さんの肩身が狭くなってしまうのを慮《おもんぱか》ったのだろう。

「ゴメン。んー、でもよぉ」

謝ったものの、なお奥さんがぐずる。

「しつこい！　この話はおしまい。さよぴー、ゴメン。それでいいよね？　何か別の方法を考えよう」

嫌だとは言わせない勢いでアヤさんが僕の横の席を見て言った。さよりさんは、まだ眉間にしわを寄せていて応えない。結局、犯人を捕まえるのは無理そうだと分かったのだから、そんな表情になるのは仕方ないと思う。

「さよりさん、ごめんなさい」

倖さんの謝罪の声に、はっとしたさよりさんがあわてて「違うの！　ずっと何か引っかかっていたのだけれど思い出せなくて」と言った。それを僕がみんなに伝える。

とつぜん、「ちょっとすみません」と言って、頭島さんがスライドドアを開けて外に降りた。駐車場の出入り口に向かって、すごい勢いで走って行く。

「トイレか？」

のんきに奥さんが言った。そのとき、頭島さんの怒号らしきものが聞こえた。

「今のって、かっしー？」

アヤさんが窓を開ける。

「なんなんだよ！　なんでなんだよ！」

立ち止まった頭島さんが、身体を折るようにして怒鳴っていた。駐車場は大通りに面していて、

郵 便 は が き

料金受取人払郵便

牛込局承認

5517

差出有効期間
2025年6月
2日まで

162－8790

新宿区東五軒町3－28

㈱双葉社

文芸出版部 行

ご住所	〒		
お名前	（フリガナ）	☎	
		男・女・無回答	歳
メールアドレス			

ご購読ありがとうございます。下記の項目についてお答えください。ご記入いただきましたアンケートの内容は、よりよい本づくりの参考とさせていただきます。その他の目的では使用いたしません。また第三者には開示いたしませんので、ご協力をお願いいたします。

書名（　　　　　　　　　　　　　　　　　　　　）

●本書をお読みになってのご意見・ご感想をお書き下さい。

※お書き頂いたご意見·ご感想を本書の帯、広告等（文庫化の時を含む）に掲載してもよろしいですか？
1. はい　2. いいえ　3. 事前に連絡してほしい　4. 名前を掲載しなければよい

●ご購入の動機は？
1. 著者の作品が好きなので　2. タイトルにひかれて　3. 装丁にひかれて
4. 帯にひかれて　5. 書評・紹介記事を読んで　6. 作品のテーマに興味があったので
7.「小説推理」の連載を読んでいたので　8. 新聞・雑誌広告（　　　　　　）

●本書の定価についてどう思いますか？
1. 高い　2. 安い　3. 妥当

●好きな作家を挙げてください。
（　　　　　　　　　　　　　　　　　　　　）

●最近読んで特に面白かった本のタイトルをお書き下さい。
（　　　　　　　　　　　　　　　　　　　　）

●定期購読新聞および定期購読雑誌をお教えください。
（　　　　　　　　　　　　　　　　　　　　）

この時間だというのにまあまあの交通量だ。それに近くに住宅はない。そこまで近隣の迷惑にはならないだろう。でも——。

「ちくしょうっ！　ざけんな！　ざっけんなっ！」

頭島さんはいつも冷静で口数も多くない。以前は素行が悪かったらしいが、須田ＳＡＦＥＴＹＳＴＥＰの一員になってからは、いつも物静かで仕事では機転の利く優秀な尊敬できる先輩だ。けれど、今はまったく違った。身を振り絞るようにして怒りと悔しさを爆発させている。

「理不尽な暴力を食らうのは、丈の逆鱗でブチギレ案件だからな」

奥さんがぼそっと言った。

頭島さんの過去を少しだけ聞いていただけに、腑に落ちた。

「あれって」

すぐ近くでさよりさんの声が聞こえる。顔の横にさよりさんの顔があった。僕とさよりさんの身体の一部が重なっている。ぎょっとして身をすくめる僕に気づかずに、さよりさんは窓の外の頭島さんをじっと見つめている。

「——ざけんな」

自然と口から出ていた。

「ざけんな、ざけんなっ！」

一度口に出したら、止まらなかった。怒りに駆られて僕は何度も「ざけんなっ！」と繰り返す。

「ざけんな」

倖さんの声が聞こえた。さらに奥さん、アヤさんの「ざっけんなっ！」の声が重なる。

さよりさん以外の全員が怒りにまかせて叫んでいた。順番に全員に目をやったさよりさんが、「私たちのために怒ってくれている」と囁くように言った。その頬を涙が滑り落ちていく。

そのとき、ドアが開いた。顔こそ少しだけ上気していたけれど、いつもの頭島さんがそこにいた。

「すみません、お待たせしました」

何事もなかったように、また席に着く。

「ありがとうございます」

さよりさんがお礼を言う。

「私と春香さんのために、これだけ怒って悔しがってくれる人がいる。だから、もういいです」

彼女の発言を伝えることが出来なかった。なんとか最後の言葉のみを絞りだす。

「もういいです、だって」

「何がもういいなの?」

アヤさんに訊かれたが、さよりさんが再び話し出したので無視する。

「本当にいいの。倖さんを助けることが出来たんだから、望みは果たせた。盗聴器や盗撮カメラがあったことは、大家さんと不動産屋に知らせてくれるのだから、これで十分。春香さんも私もよくやった!　だからいいの」

「なんて言ってる?」

鋭い声で頭島さんが訊いた。けれど、僕は何も言うことが出来なかった。というより、さよりさんの決断をみんなに伝えたくなかった。

「伝えてくれる？」

さよりさんに頼まれて、ようやく重い口を開く。言い終えたとたん、「よくなんてねぇよっ！」と、奥さんが怒鳴った。「そうだよ」とアヤさんが同調する。

「申し訳ない」

頭島さんが謝罪の言葉を口にする。

「いいとは俺も思わない。辛い思いをしたのに、他の人を助けようとし続けた春香さんとさよりさんの勇気と優しさに報いられないなんて間違っている。ストーカーを許せない。絶対に捕まえたい。でも、今のところ打つ手が何もない」

悔しさだろう、絞り出すような声だった。その通りだ。僕たちに出来ることは限られてて、ストーカーを捕まえて重い罪を課すことはおそらく出来ない。

静まりかえった車内に「あっ！」と、さよりさんの声が響いた。驚いて目を見開いているさよりさんは、僕と目が合うと眉を顰めて何かを考えるような顔になり、続けて難しい顔になって、最後は困っているようだった。何の百面相？　と怪訝に思っていると、ようやくさよりさんが話し出した。

「思い出したことがあって」

どこか申し訳なさそうにさよりさんが言う。

「犯人を捕まえるには、盗撮返しをすればいいって話になったでしょう？　それにずっと引っかかっていて、ようやく思い出したの。私、盗撮カメラ持ってたのよ」

「それってどういうことですか？」

爆弾発言に驚いて、皆に伝える前に訊ねていた。

「ストーカーのことをマッチングアプリで出会った男の人たちに相談してたの。その中の一人に、犬のぬいぐるみをプレゼントされたのよ。可愛いけど、私、ディズニーのものしか家に置かないって決めているから困っちゃって。そうしたら、『胴体の中に防犯カメラを入れてある。これを玄関に置きなよ』って。録画はSDカードオンリーで携帯やパソコンには繋がっていないものだって言うから、防犯グッズになるって思って玄関に置いたの」

そんな大事なことを思い出せないなんてある？　と、信じがたい目でさよりさんを見てしまっていたらしい。

「だって、その人が気持ち悪かったんだもの。フル充電で二十四時間以上録画できる、暗い中でも音や動きに反応して録画開始になるから毎日充電しなくても大丈夫とか、画素数もかなりのものので映像もクリアだとか、もしかしてすでに盗撮したことがあるんじゃないかってくらい詳しくて」

それなのに、録画はSDカードオンリーという男の言葉は信じるのか？　僕なら家の中に絶対に持ち込まない。

「どした?」

続いた沈黙に耐えかねたのか奥さんが訊ねてくる。皆に伝えようとしたら、さよりさんがさらに続けた。

「貰ったのは四月五日、あの手紙が届く前日だったの」

さよりさんは今にも泣き出しそうな顔をしていた。

「死んであの部屋に戻ってからずっと、住んでいる人にこの部屋にいてはダメ、早く逃げてって伝えなくっちゃということしか考えてなかった。他のことは何も頭になかった。そうしたら、思い出そうとしても出来なくなって」

さよりさんの目に盛り上がった涙が、頰を伝う。

「私、今まで色んなことをしてきた。もちろん楽しくていいことばかりじゃない。でも今日、こうしてみんなと会うまでストーカーのことだけしか考えていなかった。そのせいで、防犯カメラを持っていたなんていう肝心なことを思い出せなかった」

幽霊になるのは、この世に何か執着がある人だと言われている。

かつて僕が出会った幽霊の多くも、満たされない願望を叶えるための言動だけを続けていることが多かった。だから僕も幽霊とはそういうものなのだろうと思っていた。

執着があるからこそ、この世に残ったのは間違いではない。でもそのことだけを考え続けているうちに、いつしか他のことを忘れてしまうのだ。そして、恨みや憎しみしかない存在として、怪談などでは悪霊や怨霊として扱われる。

春香さんやさよりさんがあの部屋に残った理由は、被害者をこれ以上出さないためだった。だから物を動かしたり、金縛りに遭わせたりして警告していた。でもされたほうの俸さんにとっては怖いし迷惑だ。だから退治するために僕たちに相談した。

そうなのだ。僕たちは、さよりさんを退治すべき恐ろしい存在扱いしてしまったのだ。さよりさんからしたら、こんなに理不尽で悲しいことはないだろう。申し訳なさで胸が苦しい。

「思い出せたのは、みんなが私と春香さんのために怒って悔しがってくれたからだと思うの。私たちは被害者として人生が終わってしまったけれど、でもそれだけではなかったんだって思い出させてくれた。だからだと思うの」

さよりさんは微笑んでいた。晴れやかで、作り笑顔には見えなかった。ひな人形のような綺麗な顔と春香さんが言っていた通り、笑顔のさよりさんは美しくて、つい見惚れてしまった。でも僕が黙っていたら他の人には伝わらない。「伝えますね」と、断ってから皆に話した。

さよりさんが防犯カメラを持っていたことを知った車内は騒然となった。

「それは今どこに？」

頭島さんに訊ねられて、「部屋の中の物は実家の家族がどうにかしてくれたと思うから、あるとしたら実家だと思います。——でも、捨てちゃったかも」

「捜してみる価値はあると思います」

それに「だな！」「そうだよ！」「そうですよ」と、奥さんとアヤさん、倖さんの三人が賛同した。

「場所どこ？」

カーナビに手を伸ばしながら奥さんが訊いた。

幸いなことに、さよりさんの実家は神奈川県川崎市高津区《たかつ》にあり、単身赴任中の父親は不在で、家には母親と大学生の妹が住んでいるという。土地勘のない僕にはピンとこなかったけれど、距離としてはそう遠くはないらしい。

「でも行ったところで、どうすればいいんでしょう」

倖さんと同じことを僕も考えていた。日曜日の朝に、とつぜん知らない五人、しかもそのうちの三人の見た目はヤンキーが家を訪れて、亡くなった上の娘さんの遺品を見せて欲しいと言ったところで、インターフォンを切られて終わりだろう。

どうしたものかと考えていると、「とにかく出発しよう。移動しながら相談すりゃぁいい」とカーナビの設定を終えた奥さんが言った。

「そんじゃ、レッツ、ちげぇな。——これだ！　テイクオフ！」

そう大きな声で言うと、奥さんがアルファードのアクセルを踏み込んだ。

「テイクオフ？」

さよりさんが首をひねって言った。

「この前観たアメリカのドラマでさ、なんだかんだあった主人公がラストシーンで車で出発したときにテイクオフって言ってたんだよ。なんで？　飛行機の離陸なら分かるけど、車なら、レッツゴーじゃねぇのって思って観ていたら、エンディングで主人公がその後どうなったのかナレーションがあってさ、人生が上手くいき始めた、ってなってた」

「あー、言ってたね！」

一緒に観たであろうアヤさんが同意する。

「そんで、その翌日に観た映画では、テイクオフは切り離す、だったんだよ。一つの言葉なのに、一体、どんだけ意味があるんだよってびっくりしてさ」

駐車料金を支払いながら、奥さんが続ける。下りていたバーが上がる。

「今にぴったりじゃね？　って思ってさ」

ストーカー被害を受けた部屋を切り離し、この先が上手くいく。確かに、さよりさんと倖さんにはぴったりの言葉だ。

「隼斗、それ最高じゃん！　じゃぁ、テイクオフッ！」

アヤさんが上機嫌で高らかに言うのに続けて、さよりさんと倖さんも「テイクオフッ！」と、声を上げた。

4

午前十時半過ぎに、さよりさんの実家近くのファミリーレストランで、僕たちはさよりさんの妹の愛結《あゆ》さんの到着を待っていた。

車中、さよりさんの家族にどう話すかの相談をした。部屋の現住人の倖さんが不動産屋から連絡先を教えて貰ったとして電話を掛けるという奥さんの案は、「不動産屋が教えるわけないじゃん」とアヤさんに一蹴された。

「不動産屋だって嘘吐きます？　そのぬいぐるみはさよりさんのものではなくて、防犯グッズとして貸したものだったので、出来れば返して欲しいと頼むのはどうでしょう？」

倖さんの案が一番つじつまが合いそうだったので、結局それでいくことにした。

さよりさんの実家の固定電話の番号に倖さんが電話をしたのは、朝の九時半を回った頃だった。電話に出たのは妹の愛結さんだった。

入店のチャイムの音に出入り口を見る。ロングの黒髪に重めの前髪で、全身黒一色のファッションの若い女性が入ってきた。肩には黒い大きめのショルダーバッグを下げている。カラスみたいだなと思っていると、「愛結だ」と、さよりさんが嬉しそうに言った。

フェミニンなさよりさんとは正反対の見た目の愛結さんが、事前に伝えておいた服装の倖さんを捜して店内を見回している。

倖さんが席を立ち、愛結さんに近づく。ネイリストという接客業に就いているだけあって、如才なく初対面の挨拶を済ませて席に誘導する。

全員で待ちかまえていたら話がおかしくなるので、倖さんは一人でボックス席に座り、僕たちは低い壁を挟んだ隣に陣取っている。

「わざわざすみません」

「いえ、こちらこそ持ちだしちゃってすみませんでした」

席に着くと、倖さんは愛結さんに飲み物の注文を勧める。

「じゃぁ、コーヒーを」

「あの子、ウチの中ではインスタントコーヒーにはミルクも砂糖もたっぷり入れるのに、外ではブラックコーヒーしか飲まないの」

にこにこ笑いながら、さよりさんが愛結さんを見て言う。すぐに飲み物が運ばれた。愛結さんが「これですよね?」と、ショルダーバッグから茶色い犬のぬいぐるみを出した。

「それ！　その胸のところの飾りの真ん中がカメラだって言ってた！」

興奮してさよりさんが立ち上がった。低い壁越しにちらりと倖さんが僕を見る。それに頷いて返した。

「それです、ありがとうございます」

頭を下げて倖さんがお礼を言う。

「ウチの姉はディズニー好きで。実家の部屋もディズニーグッズだらけで。私はそんなに好きじゃないって言うのか、姉が好きすぎるせいで嫌いになっちゃって」

愛結さんはハスキーな声で淡々とした話し方をする人だった。顔も似ているとは言えないし、趣味や好みも違ったようだ。

「部屋の片付けには私も行きました。玄関にこれがあるのをみつけたんです。姉がディズニーキャラ以外のぬいぐるみを家に置いておくなんて、きっと何か特別な理由があったんだろうって思って、とっておいたんです。まさか防犯カメラだったとは」

ぬいぐるみの頭にぽんと手を置いてから、そのまま頭をつかんで「どうぞ」と倖さんに差し出した。

倖さんは「ありがとうございます」と言って受け取る。目的は果たせた。あとは適当に話して終わりだ。そう安堵していると、「愛結に言って。真っ黒が格好いいと思っているなんてダサいって言ってごめんねって。すごく似合っているし、素敵よって」とさよりさんに言われた。

伝えたいのは山々だが、隣の席から突然そう言ったところで、不審者がられるのがオチだ。どうしたものかと思っていると、愛結さんが「すみません、中の映像をコピーするとかして貰えないでしょうか?」と、倖さんに頼んだ。

「出勤したり帰宅した姉が録画されているのなら、その映像が欲しいです。両親にも見せたいので」

そう言って愛結さんは深く頭を下げた。

困った倖さんがこちらに目で救いを求める。

「SDカードに録画されてるんだよな?」

頭島さんの質問に、「ええ、そう聞きました」とさよりさんが答える。さらに「愛結はノートパソコンを持ち歩いているはず。今すぐ見ることが出来る!」と、早口で付け足した。僕はすぐさま「ノートパソコンなら、今すぐ見ることが出来るんですけれどね」とさりげなく聞こえるように言った。

「録画はSDカードにされています。ノートパソコンをお持ちならば、この場で見ることが出来るのですが」

察して倖さんが上手く愛結さんに伝えた。

「持ってます」

言いながら愛結さんがショルダーバッグの中から薄いノートパソコンを取り出す。その間に倖さんがぬいぐるみを手に取り、中のカメラの取り出し口を捜す。脇腹が縫い閉じられておらず、布が二重になっているだけだと気づいて、指を中に挿し込んだ。少しして三センチくらいの小さな黒い箱を取り出すことに成功した。

「それじゃ」

受けとった愛結さんはノートパソコンにSDカードを挿し込んでから、僕たちも見られるように、二人の間に置いて画面をこちら向きにした。

身を乗り出したいのは山々だが、なんとか堪えてそれぞれが隣の席のノートパソコンの画面を盗み見る。

「四月二十九日は引っ越しの日だから、その前が、――あれ？　九日がある」

疑問の声をあげながら、愛結さんが再生を開始した。少ししてディスプレーに映像が映し出される。

開いたドアから男性が入ってきた。中肉中背の白髪頭《しらがあたま》の老人だ。

「大家の富永《とみなが》さんです」

さよりさんの説明に、なんだ、と失望する。大家ならば入ってきてもおかしくはない。

「これは大家の富永さんです」と、隣の席で倖さんも愛結さんに説明している。

富永さんがリビングに行ってしまったので、しばらく玄関のドアだけの制止画のようになった。

「これって、大家さんが合い鍵を持っているってことですか？」と、愛結さんが訊ねる。

そうですすと即答するとばかり思っていた。けれど倖さんは返答に詰まった。

「――いえ、合い鍵は私ども不動産屋がお預かりしているので、大家さんは持ってはいないはずです」

その答えに全身が総毛立つ。そのとき、映像の中で富永さんが玄関に戻ってきた。ドアノブに手を伸ばし、このまま出て行くのだろうと思いきや、立ち止まって部屋の中を振り向いた。

「え、だったらこれって」

愛結さんが言い終える前に、ノートパソコンから男の声が聞こえる。

「見た目はおとなしそうだったんだけど、外泊が多いけっこう身持ちの悪い子だったな。あまり撮れ高がなかった。次はもっといい子を選ばなきゃな」

がたっと音を立てて頭島さんが立ち上がった。

5

寺田愛結さんは両親と一緒にSDカードの録画映像を証拠に警察に訴え、倖さんは村田さんと警察を呼んで居室の盗聴器と浴室の盗撮カメラを捜し出してその場で指紋を採取した。これら二つから、マンションのオーナーの富永栄一郎《えいいちろう》は撮影罪と住居侵入罪、ストーカー規制法違反で逮捕された。僕たちが倖さんのマンションを訪ねてから三週間が経ってのことだった。

マンションオーナーの七十八歳の男性が、所有している部屋に盗撮カメラと盗聴器を仕掛け、住人の若い女性にストーキング行為をして逮捕されたのだから、マスコミも取り上げるだろうと思っていたけれど、新聞の三面記事に取り上げられただけで終わってしまった。

奥さんが村田さんに富永の求刑について問い合わせてくれた。ただ、その答えは僕たちが期待していたものではなかった。

この手の犯罪者は証拠を手放さないから、何人もの被害者のデータがみつかると思う。ただ、撮影罪が適応されるのは二〇二三年七月十三日以降の盗撮だけで、それ以前の盗撮は各都道府県の条令による処罰になる。住居侵入罪の三年以下の懲役、又は十万円以下の罰金。ストーカー規制法違反で一年以下の懲役、又は百万円以下の罰金の二つは科されるだろうけれど、撮影罪の保管罪や提供罪、映像送信罪に問われるかは分からない。初犯とはいえ、これだけ罪を重ねていれば実刑になるはずだけれど、かなりの資産家のようだし、すべて罰金で済ませる可能性は高いと思う――。

つまり、撮影罪に該当するのは倖さんだけで、それ以前のさよりさんや春香さん、ほかの住人は適応されないというのだ。

逮捕はされたが、間接的ではあるけれど、さよりさんと春香さんは亡くなったのだ。やはり罰が軽すぎる。奥さん、頭島さん、僕の三人は、退勤後、いつものように奥さんのお気に入りの居酒屋でくだを巻いていた。テーブルの上にはおいしそうな料理がいくつも並んでいるのに、誰一人箸が進んでいない。

「なんか、納得いかねぇって言うのか、すっきりしねぇよなー」

奥さんがもはや何度目になるのか分からないため息をついた。そしてコップの中の炭酸水を、まるで日本酒のようにちびちびと飲んだ。頭島さんもどこか覇気がない。

「おっと、来たみたいだ」

ラインのメッセージの着信音が鳴ると同時に、スマホを確認した奥さんが言う。今日はアヤさんと倖さんと会う予定になっていた。自動ドアが開いて、アヤさんと倖さんが入って来る。

店内に入るなり、僕たちをみつけたアヤさんが「ご無沙汰ー！」と手を振った。二人に会釈を返すと、テーブルに近づきながら、アヤさんが「なんか、かっしーもひやっきーも暗いねぇ。どしたー?」と、明るく訊ねてきた。

「そんなことは」と、頭島さんが応えると、「こんばんは。奥さん、頭島さん、桧山さん、このたびは本当にありがとうございました」と倖さんが挨拶してくれた。

どう返事をしていいのか分からないので、ただ頭を下げると、奥さんが代わりに「どう致しまして」と返事をした。

「隼斗はなんにもしてないじゃん。功労者はこの二人じゃん」

ぴしゃりとアヤさんが奥さんの言葉をはねつける。

「そんなことはないです。奥さんあっての俺たちです」

「丈、イイこと言ってくれるわー」

「まぁ、そうだよね。隼斗の車がなかったら、さよりさんを実家まで連れて行ってあげられなかったもんね」

「そうそう。って、俺はただの運転手かっ！」

漫才のように奥さんとアヤさんの掛け合いが続くなか、席に着いた倖さんがメニューを取って「私はビールをいただきます。アヤさんは緑茶ハイでいい？」と確認してから「オーダーお願いしまーす」と、店主の姪の栞菜さんに明るい声で頼んだ。

倖さんは、前回とは別人のように晴れやかな表情だった。初めてここで会ったとき、色白で目が大きい人だと思った。けれど目の下には隈があって表情も優れなかった。今は隈はない。それどころか、中から光を発しているのではないかと思うほど、きらきらしている。こうして改めて見ても、倖さんはとても綺麗な人だった。

飲み物が届いて、全員で再会を祝して乾杯する。アヤさんと倖さんは明るい声でコップを高らかに掲げた。対して男三人は同じくコップを掲げて乾杯と声に出して言いはしたものの、けっして晴れやかな気持ちではなかった。

「もう、三人とも、なんか暗いなぁ」

アヤさんがコップの三分の一ほどを一気に飲んでから言った。

「逆に、なんでそんな、その」

明朗なことは悪くないだけに、奥さんが言い淀む。

「だって、もう終わったじゃん。ゆっきょんは新居に無事に引っ越したし。しかも、だけじゃないんだよねー」

アヤさんはグラスを置くと、倖さんの左手をとって僕たちの前に差し出した。

「じゃーん！」

倖さんの左手の薬指には細い金色の指輪がはめられていた。ということは、倖さんには彼氏がいたのだ。輝くほど綺麗になった理由は、金縛り問題が解決したことよりも、むしろこちらの方が大きいのかもしれない。

それにしてもいつの間に出会ってこうなったのだろう。前回ここで会ったとき、アヤさんと奥さんの二人は倖さんに頭島さんを売り込もうとしていた。倖さんが興味はなさそうだったということは、あのときにはすでにお相手がいたのかもしれない。

「おめでとうございます」

祝いの言葉をかける頭島さんの横で、「だって彼氏はいないって。――ってことは、この三週間で一気に？　すげぇな」と感心した声を奥さんが上げた。

「この三週間で出会ったわけじゃないのよ。その前から知ってた人なんだよね」

「はい。皆さんには写真も見て貰っています」と、嬉しそうに倖さんが答えた。

写真を見ている？　思い出せたのはディズニーランドに行った写真だけで、一緒に写っていたのは、倖さんの部屋に泊まりに来たナースのサトさんだけだ。

「写真を見た？　友達のナースの子しか見てねぇけど」

奥さんも僕と同じところで引っかかっていた。

「その人です。今は一緒に住んでます」

はにかみながらも、倖さんは笑顔で言った。

「え？　それって、――イテっ！」

最後のイテっ！　の前にテーブルの下でごんっと音が鳴った。アヤさんが奥さんの足を蹴ったらしい。

「隼斗さんが言ったテイクオフがずっと心に残っていて。ストーカーの犯人を捕まえてあの部屋を出て新しい生活をする。今までのすべてを切り離して飛び立つんだって思ったら、今しかないと思って告白しました。そうしたら」

倖さんは最後までは言わずに、代わりに右手で左手を包み込んだ。大切な物を守るような仕草に、本当に幸せなのだなと僕は思う。同時に、どれだけアヤさんと奥さんが頑張って頭島さんを売り込んだところで、脈がないのもとうぜんだ、とも。

倖さんが同性を好きな人だなんて、まったく気づかなかった。さよりさんもそうだった。服装や見た目から、さよりさんはおしとやかな人だと勝手に思い込んでいた。けれど、実際はかなり恋愛に積極的な人だった。

さよりさんとは川崎の実家前で別れた。このあとどうするのかは訊かなかった。というのも、「私がこうしているってことは、他にもいるってことよね？」と、さよりさんが僕に訊いてきたからだ。さよりさんが男性を探しているのは、さすがの僕でも想像がついた。もしかしたら今頃、ディズニーランドデートを満喫しているのかもしれない。

そしてもう一人、見た目のイメージとは違う奴がいた。大家の富永だ。七十八歳の富永は、ぱっと見穏やかな好々爺《こうこうや》だ。でも、その本性は所有しているマンションの一室に盗聴器や盗撮カメラを仕掛け、女性の住人をストーキングするクズ野郎だった。

「これ、おいしいんだよねー」

言いながら、アヤさんが豆腐とじゃこのサラダをそれぞれの皿に取り分けてくれる。

そういえば、アヤさんや奥さん、頭島さんもだ。以前の僕なら、見た目がヤンキー以外の何者でもない彼らと道で出会おうものなら、目を合わせないようにして距離を取っていただろう。けれど、今は三人とも、情が厚く、優しくて信頼できる人たちだと知っている。

人は自分の経験や知識から、主観で物事を考える。けれど、それだけでは間違えることもある。幽霊もそうだ。幽霊のすることは、僕たちからしたら不可解で怖い。だから悪霊とか怨霊とか、人に害をなす存在だと決めつけてしまう。でもきちんと話をすれば、そうでもない幽霊もいるのだ。

これからは、可能な限り対話してみようと思ったそのとき、気づいた。今回のさよりさんと春香さんとは話すことも見ることも出来た。だとすると、頭島さんと一緒の時だけ、以前のようになるのだろうか?

「新居はその、大丈夫なんだよな?」

「ええ。村田さんに立ち会って貰ったので絶対に大丈夫です」

二人で新生活を送る新居選びをするにあたり、倖さんは村田さんを呼んで室内を探索して貰った。何もないと分かってから契約したのだという。

「そっか、そりゃぁ良かったな」

気を取り直して奥さんが明るく言う。けれどいつもの明るさにはまだ遠い。

「もー、なんか三人とも暗いんだから！」

再度、不満そうにアヤさんが言う。

「だってよ、やっぱ納得いかねぇじゃん。二人をあんな目に遭わせたのに、罰金で済ませて終わりかもしれないって」

「俺もです」

ぼそりと頭島さんが同意した。もちろん「僕もです」と声を上げる。

「これが今の日本の法律なんだから仕方ないよ。けど、このまま っていうのはさすがに納得いかないからさー、拡散しちゃった」

アヤさんが悪そうな顔でニヤリと笑う。

「拡散？」

「オーナーの爺が部屋に盗聴器や盗撮カメラを仕掛けて住人の女子をストーキングして逮捕されたんだってって、ツイッターとインスタ、あと地域コミュニティの掲示板とか、とにかくネット上の人目に触れるところに、私とゆっきょんと愛結っちの三人で片っ端から書き込んだんだ」

「タッちゃんにもお願いしたから、美容師仲間とゲイ友も協力してくれてます」

倖さんがそう言い添えた。

その噂が広がれば、若い女性があのマンションを借りることは二度とないだろう。若い女性だけでなく、多くの人が選びはしないだろう。それでも賃貸を続けようとするのなら、家賃を下げるしかない。たとえ執行猶予がついて富永が自由の身になったとしても、収入はがた落ちすることは確実だ。

法律上、罪を償えばそれで終わりだ。それでも、世間が許さずに、その後の生活が困難になることがいいことだとは僕は思っていない。アヤさんたちがしたことは正しいとは言えない。けれど、今回だけは例外として目をつぶってもいい気がした。

「そっか。まぁ、そんくらいしてもいっか」

奥さんに振られて、頭島さんが無言で頷いた。

春香さんやさよりさん、そのほかの引っ越していった女性たちのためにも、これくらいの罰を富永に与えても、こちらには罰は当たらないと思う。僕も「はい」と同意した。

「さよぴー、今頃、どうしてんのかな?」

「ホーンテッドマンション、行かねぇとな。次の休み、いつよ?」

ようやく気を取り直した奥さんが、スマホを取り出してアヤさんとのディズニーランド行きの予定を調整し始めた。

そこに店員の栞菜さんが近づいて来た。

「空いたお皿、下げますね?」と、取り分け終えた豆腐とじゃこのサラダの大皿を手に取った。

「ありがとうございます」とアヤさんがお礼を言う。すぐに立ち去ると思いきや、栞菜さんはお皿を持ったまま、その場から動こうとはしなかった。

「栞菜ちゃん、どした?」と、奥さんが訊ねる。

「あの、奥さんたちって、幽霊を退治できるって本当ですか？」

琹菜さんの表情と声のどちらも真剣だった。

第四話　ヒマかっ⁉

1

「久しぶり」

眠っていても誰の声なのかはすぐに分かった。声のした方に顔を向けて見ると、白い壁の前に彼はいた。フローリングの床に体育座りして、両膝を両腕で抱えてこちらを見ている。

「元気そう。って言うより、前よりずっと元気だ」

量の多いくせっ毛の下から覗く黒目がちの目が僕を見つめている。今まで僕が何度も見た照れたような笑みをたたえていた。

浩太朗《こうたろう》、と彼の名を呼ぼうとする。けれど声を出す前に、「これ、夢だから」と言って、彼は消えた。

布団の上で起き上がって、彼が居た場所を見る。でもそこには何もない。ぎゅっと目をつぶり、集中して何かを感じ取ろうとする。けれど、何の気配も感じられない。

「浩太朗？」

声に出して彼の名を呼ぶ。灯りの消えた暗い部屋に僕の声だけが響いた。

彼の夢は今まで何度も見た。すべて回想で、今回のように彼から話しかけてくることはなかった。

もう一度、「浩太朗?」と呼んでみた。やはり返事はないし、何も感じない。

やはりただの夢だったのかも、と思う。でも夢の中で、「これ、夢だから」なんて、登場人物に言われることがあるのだろうか?

置き時計を見ると、朝の九時十七分だった。今日は仕事は休みで夜まで何の予定もない。何時に起きてもいいので目覚ましは掛けていなかったけれど、目が覚めてしまったので起きることにする。

ベッドから抜け出して洗面所に向かう。蛇口をひねって流れる水を両手にすくって顔を洗った。十月も三分の一が過ぎようとしているのに、まだ水が冷たいとは感じない。それどころか心地いいとすら思う。蛇口をしっかりと閉めて、タオルで顔を拭く。鏡に映った僕の顔と首は、日焼け止めを使っていても、やはり日に焼けていた。Tシャツから出ている腕は、棒のような中学生時代と比べたら、しっかりと筋肉がついている。

——元気そう。っていうより、前よりずっと元気だ。

彼の言ったことは正しい。中学時代、そして高校時代よりも、僕は今、ずっと元気だ。

過去と比べてそう言ったのなら、やはりあれは夢ではなかったのでは?　と、思った僕は洗面所を出て布団の前に戻り、彼のいた壁の前をもう一度見る。そこには誰の姿もない。

やはり夢だったのだろうと思い直す。本当に彼だったのなら、もっと早く来ていたはずだ。けれどあれから二年と十ヶ月以上経った今朝まで、僕は一度も彼を見ていなかった。

中学三年の一月二十九日の夜からずっと、僕は彼を待っていた。でも彼は現れなかった。どうして？　と思う反面、理由は分かっていた。恨み言を言ったり、怒りをぶつけることすらしたくないくらい僕を嫌っているからだ。とうぜんだ。だって彼は、僕に殺されたのだから。

それでも僕は、ずっと彼を待ち続けていた。それどころか、恨みと怒りで呪い殺してくれとすら願っていた。けれどどれだけ待っても彼は現れない。しかも僕は幽霊が見えなくなってしまった。たまにうっすら感じることもあったけれど、そこ止まりで声も聞こえないし、姿も見えなくなっていた。

なぜそうなったのかを考えてみた。彼に会って謝りたいと、僕は思い続けている。嘘ではない。けれど許して貰えないのも分かっている。深い罪悪感を抱えて生きていくのは辛い。だから本当は会いたくない。意識していないけれど、実はそう思っている。だから我が身可愛さで幽霊が見えなくなった——。

その結論に達したのには理由がある。それまで僕は会話の成立しない幽霊を無視してきた。無視して二日くらい過ぎると、その幽霊は見えなくなったからだ。

相手にしてくれないと諦めて他に行ったのかもしれない。でも実際はまだ近くにいるのに、僕が意識しなくなったから見えなくなっただけだとも考えている。

ならば、あのタイミングで幽霊が見えなくなったのは、本当は僕が彼に会いたくないからだ。なんて弱虫で卑怯なのだろう。そんな自分に気づいてしまった僕は、心底自分が嫌いになった。

それでも、僕はまだ彼を待っていた。彼に何を言われようがされようが、やはり会いたかったのだ。ただ、その気持ちが本物ならば幽霊は見えるはずだ。けれどまったく見えないし感じない。未練がましいのに臆病で卑怯な自分が僕は嫌でたまらなかった。

同時に母親も、それまで以上に嫌いになっていた。

そもそも、僕は母親の詐欺まがいの商売の片棒を担がされることが、たまらなく嫌だった。小学生の頃は、相談者の家に行くのは嫌じゃなかった。問題が解決して喜ぶ相談者から感謝されるのは、悪い気がしなかった。だが小学六年生の夏休みですべてが変わった。

知り合いの知り合いが相談者だった同級生から、僕の話が一気に流布したのだ。その直後、クラスの女子たちがこぞって自分のアクセサリーやキーホルダーを「祈ってくれ」と、僕のところに持ってきた。

意味が分からずに訊ねると、僕が祈ったとか念を込めたとか称する塩や石、その石を使ったお守りと称するアクセサリーやキーホルダーを、母親がそれなりの値段で売っているという。母親が手作りのアクセサリーの通販をしていたのは知っていた。でも僕は何一つ関与していない。母親に訊ねると、「確実に効能があるとは言っていないし、それを分かったうえで相手は買っているのだから何も問題ない。心配しなくていいわよ」と、返された。

欲しかった答えではなかった。なので効果のあるなしではなく、僕のまったく知らないところで、しかも僕が何もしていない物を勝手に売ること自体が問題なのだと改めて伝えた。けれどそれにも、「大丈夫。心配ないわよ」と繰り返すだけだった。

幽霊相談のときに相談者から謝礼を受け取っていることには気づいていた。だけど僕は母親からただの一度もお金は貰っていない。でも回数を重ねていくうちに謝礼の封筒の厚みが増し、受け取る母の指には常に新しい色の大きな石の指輪がはまっているのには気づいていた。

それも含めてさらに食い下がると、「女手一つであなたを育てるのにお金がいるのよ。そもそもあなたがこんなじゃなかったら、離婚だってしなかったんだから。私の苦労も分かってちょうだい」と、ヒステリックに詰《なじ》られた。

父親が家を出て行ったのは、まだ幼すぎて見える幽霊をただ怖がるだけの僕と、どう接していいのか分からなかったのがきっかけなのは知っていた。けれど決定打は、僕の能力が本物らしいと気づいた母親が、僕を利用した商売を始めたのと同時に、自分も占い師としてネット上で商売をしたりと、スピリチュアル路線に突っ走ったからだ。

僕が小学三年生の時に家を出て行った父親は、今は再婚して兵庫県で暮らしている。高校一年の四月に、これ以上は母親とはいられない、なんとか助けて貰えないかと、電話で相談した。答えは「養育費は払っているのだから、自分でなんとかしろ。それと、家出は絶対にするな。あいつから連絡が来るだなんて、冗談じゃない。俺と家族の幸せを邪魔するな」だった。自分が話してみるとか、親戚や行政に相談してみたら？　などの提案は、まったくなしだった。

僕の母親は自己中心的で倫理観が低い。父親が家を出たのはそれに耐えかねた、つまり父親はそのどちらでもない人だからだと僕は思っていた。だが、倫理観の程度は分からないけれど、自己中心的という意味では似たもの夫婦だったのだと、そのとき分かった。

養育費は払っている。確かに法律上の義務は果たしている。だが、もう家族ではないし、関係ないと言う。ならば、他人がどうなろうと僕の知ったことでない。今頃、僕をかくまっているに違いないと、母親が父親に何度も連絡をして面倒なことになっているだろう。それに心の痛みはまったくない。

母親と決裂した僕は、中学進学と同時に可能な限り協力を止めていた。例外は、本当に困っていて、どうにか出来たらいいなと僕が思った相談者のときだけだ。

回数が減った分、謝礼は高額になっていたのだと思う。思うというのは、母親が僕の前で謝礼を受け取るのを止めていたからだ。てっきり振り込みにしたのだと思っていたが、後日、家のゴミ箱で謝礼と書かれた封筒が捨てられているのをみつけた。現金で貰い続けていたのは、銀行振り込みだと証拠が残って税金を払わなくてはならないからだろう。母親は、そういう計算だけは出来る人だった。

能力がなくなったと僕から聞いた母親は、当初は嘘だと信じていなかった。けれどやがて本当らしいと気づいた。僕の能力ありきで商売をしていただけに焦った母親は、能力復活のために、アドバイスじみたことを言い始めた。身体に良い食べ物や飲み物を勧められるくらいは、なんとか我慢が出来た。けれど復活の兆しがないまま高校一年の一学期が終わろうとする頃、彼の墓参りに行こうと言ってきた。

浩ちゃんだって、あなたが元気じゃないのは嫌だと思う。だからお墓で話しかけてみましょうよ？　あなたが来たら嬉しくなって、きっと浩ちゃんも出てくるわよ——。

その瞬間、母親と縁を切って一人で生きると僕は決めた。夏休みには図書館に日参し、家出をして母にみつけられることなく一人で生きていくための計画を練り始めた。

彼が現れるのを待つのを止めたのもその頃だ。

会いたいというのは、恨みを晴らそうが許して貰おうが、どんな結末だろうと、すべては僕のエゴだと気づいたからだ。

彼が今、幸せにしているのならそれでいい。と言うよりも、そう願うのが僕に出来る彼に対しての唯一の供養だと反省したのだ。

もちろん、彼を忘れていない。たった一人の親友を忘れるわけがない。けれど、彼に現れて欲しいと願うのは、きっぱりと止めた。

そんな僕がまた幽霊が見えるようになったのは、幽霊を殴れる、もとい、触れる頭島さんと出会ってからだ。それも頭島さんが近くにいるとき限定だ。

ぼんやりと彼の居た場所を見つめる。さっきそこにいたのは、中学三年生のままの彼だった。少しぽっちゃりとした体形に、天然パーマの毛量多めのくせっ毛、つぶらな瞳。すべてがあの頃と変わらない。

彼が今、どこにいるにしても、楽しくいられる、いや、苦手なことが多かった彼にとって、嫌だと思うことが何一つない場所だといい。それだけが僕の望みだ。

2

居酒屋の店員の栞菜さんから紹介された相談者、荻原実《おぎわらみのる》さんとは夜七時に会うことになっていた。栞菜さんが指定したのは叔父の営む居酒屋の「篠生《しのい》」ではなく、国道近くのカラオケボックスの一室だった。いつものように迎えに来てくれた奥さんの車に乗せて貰って、待ち合わせ場所に向かう。

「もうさー、アヤが綺麗でさー」

車に乗って十五分、すでに何度も同じ言葉を聞いている。奥さんは朝から、友達の結婚式に出るアヤさんの運転手をしていた。美容室で髪をセットして着付けをしたアヤさんの写真や動画を見せて貰った。アヤさんの古風な顔立ちがぴたっと決まって、本当に綺麗だった。

「で、思ったわけよ。結婚式、着物もいいなーって。けど、やっぱウェディングドレス姿も見たいんだよ」

「お色直しをウェディングドレスにしたらいいんじゃないですか？」

頭島さんがあっさりと解決策を出す。

「えっ、お色直しでウェディングドレスってありなの？　なんか色のついたお姫様みたいなやつじゃねぇの？」

「今年の春に、目黒《めぐろ》さんの従姉妹《いとこ》がそうしたって聞きました」

社内イチ、イカつい見た目の目黒さんは須田社長とともに会社を立ち上げた創業メンバーだ。

「メグさんの従姉妹？　――あ〜、そういやぁ、聞いたわ。よし！　式は和服でお色直しはウェディングドレスだ！」

盛り上がった奥さんが一人で結婚式のプランを決定した。

とてもお似合いの二人なので、上手くゴールインしてくれることを僕は心から願っている。ただこれまで二人の間で結婚の話が出たとは聞いてない。この先どうなるかは神のみぞ知るだ。

「そんなことより、あと九日だな。そうだ、休み前に社長が印鑑を作りに連れて行ってくれたんだろ？」

目的地のカラオケボックスの駐車場に入りながら、奥さんが訊ねた。これは僕にだ。なので「はい」と答える。

七日の終業ミーティングが終わって帰宅する前に、須田社長から「光希、このあと飯食いに行かねぇか？」と声を掛けられた。特に何も予定がないし、社長が連れて行ってくれるお店はどこもおいしいので二つ返事で「ありがとうございます、よろしくお願いします」と答えた。社長お気に入りのとんかつ屋に向かう前に、「もう一軒、先に寄りたい店がある」と、立ち寄ったのは、個人経営の小さな印鑑屋だった。初めて入った店内が珍しくてあちこち見回しながら、社長ともなると印鑑も何本か必要で、それも三文判とかではダメなんだなと思っているうちに、自分も印鑑が必要だったと思い出した。

十九日に役所に提出する書類には捺印《なついん》が必要だ。そのあとの銀行口座の開設や携帯電話の契約、須田ＳＡＦＥＴＹ ＳＴＥＰとの雇用書類にもだ。

過去には自分の印鑑を持っていた。ただそれは母が調達してきた物で、自分で捺印したことは一度もないし、家に置いてきたので今は持っていない。ちょうどいい、ここで買おうと三文判の並ぶ回転ケースで自分の名字の印鑑を探すことにした。ア行から並んでいるのでハ行まで一気に飛ばしてヒを探す。ヒのつく名字はけっこう多い。さらにひやまは、檜山、桧山、日山、火山、肥山、飛山、氷山、陽山、樋山と九つもあった。僕の桧山はひやまの中ではメジャーな方なのだろうなと思っていると、「桧山で実印、銀行印、認め印の三本を作って下さい」と社長が注文する声が聞こえた。

驚く僕に「十九日にないと困るだろ？」と、振り向かずに社長は言う。

「材質はどうします？　お勧めはチタンです」

眼鏡を鼻に引っ掛けた高齢の男性店主に言われて、社長はようやく振り向いた。

「錆びにくくて経年劣化の心配もない。朱肉が均一につくから綺麗に押せる。俺も使っていて、お勧めだ。好みもあるだろうから、あとは店主と相談してくれ。これは俺個人からの入社祝いだ。他の連中にもしているから気にすんな」

「いつも依頼してくれてありがとう。仕事に優劣はつけていないけれど、でもやっぱり須田さんからのは、これから新しい人生を切り拓いていく若者の第一歩の手伝いをしている気持ちになれて楽しみなんだよ。最後に作ったのは頭島君だったね」

「お蔭さまで元気にしています。頭島だけでなく、今まで大橋《おおはし》さんに判子を作って貰った全員が、みんないい感じにやっています」

そう聞くと、急に判子がお守りみたいに思えてきた。

「すみません、お言葉に甘えさせていただきます。ありがとうございます」

社長や先輩からの厚意には甘えろ。そのお返しと気持ちは仕事で。お金はいつか助けが必要な誰かに。これも社訓の一つだ。社長のペイ・フォワードの精神は、今では社員全員に広がっている。

「材質、何にした？」

「店主と社長が勧めてくれたチタンにしました」

「だよな、やっぱチタンだよな。丈夫だし、格好いいし。それに社長とおそろだしな」

うんうんと納得したように頷くと、今日も鮮やかなハンドルさばきで奥さんが愛車のイカついフェイスのアルファードを後ろ向きでピタッと駐車した。

「これで準備は万端、十九日が楽しみだな」

笑顔で言う奥さんに「はい」と僕は応えた。

九日後の十月十九日、僕は十八歳になる。朝一番に役所に分籍届を出しに行く。これは高校一年生の夏休みに家出計画を練り始めたときに、最初に決めたことだ。次に銀行で口座を新設して、携帯電話の契約もする。翌日には須田SAFETY STEPで雇用の書類も記入する。そのどれにも社長が作ってくれた新しい僕だけの印鑑で捺印するのだ。それが終われば、僕は法律上、成人として一人で生きていける。そのときが来るのが、今から楽しみでならない。

琹菜さんと相談者の荻原実さんはすでに五号室で待っているとラインで連絡を受けていた。カラオケ店に向かって歩いている最中、「俺、心霊動画、生で見るの初めてなんだよ。超楽しみ」と奥さんが嬉しそうに言った。

琹菜さんから、今日は相談者が撮った心霊動画を見て貰うと聞いていた。奥さんの生で見るという表現は何か違う気がするけれど、楽しみなのは僕もだ。

かつて奥さんの言うところの生で幽霊をさんざん見てきたが、テレビ番組やネットで公開されているもの以外で、撮った本人が所有する心霊動画を見るのは僕も初めてだからだ。

店に入り、奥さんがフロントの店員に「吉川《よしかわ》の連れです」と言うと、すぐさま「こちらです」と案内してくれた。

ドアを開けて奥さんを先頭に入室する。手前の席に着いていた男性と栞菜さんが席を立って迎えてくれた。

「お待たせしてすみません」

奥さんがそう言って頭を下げると、すぐさま荻原さんが「このたびは、お休みの日にお時間をいただいてしまって申し訳ございません」と言って、深々と頭を下げた。隣の栞菜さんもぴょこりと頭を下げる。奥さん、頭島さん、僕の三人もあわててお辞儀をした。

「どうぞお掛け下さい」

奥のソファを手で示されて、「失礼します」と言いながら進む奥さんに頭島さんと僕も続く。僕らがソファに腰を下ろしてから、荻原さんと栞菜さんの二人が着席した。

「まずはオーダーを」

荻原さんがメニューを僕たち三人が見えるように広げて置いた。流れるような展開だ。

荻原実さんは、イタリアンレストラン、タベルナおぎわらのオーナーシェフだという。言葉遣いやお辞儀の綺麗さ、そのあとの席の勧め方などすべてが丁寧で完璧だった。足場工事会社も接客業の一面はあるけれど、レストランのオーナーシェフともなると段違いだと感じ入る。

それぞれがソフトドリンクを注文し終えてから、「なんで今日はここなの、篠生でよくない？」と、奥さんが栞菜さんに訊ねた。

「それは、その……」

栞菜さんはそこまで言うと口ごもり、ちらりと隣の荻原さんを見た。

「もしかして、二人って」

奥さんが最後まで言い終える前に、「私が荻原さんの料理のファンなだけです」と、琹菜さんがあわてて否定した。

琹菜さんが早口で二人の関係を説明してくれた。

三年前に琹菜さんは友人の誕生日をサプライズで祝うために、大学近くの埼玉県浦和《うらわ》周辺で店を探し、当時、荻原さんが勤めていたトラットリアkogureにランチの予約を入れた。男性アイドルグループのファンの友人のために、デザートのプレートにアイドルの決め台詞をチョコレートで書いて欲しい、アイドルの曲の一節で作ったオルゴールを事前に渡しておくので、それを鳴らしながら持ってきて欲しい、食べ物の好き嫌いがはっきりしている参加者のために苦手な食材を使わないメニューに変えて欲しいなど、細々とした要望をした。荻原さんはそのすべてに快く対応してくれただけでなく、当日、悪天候で電車が遅延して、予約時間よりも大幅に遅れてのスタートになってしまったにも拘わらず、嫌な顔一つせずに丁寧に接客してくれた。食事も美味しく、誕生会は大成功で終わった。

琹菜さんはすっかり気に入って店に通うようになり、行くたびに荻原さんと打ち解けていった。荻原さんがトラットリアkogureを退職し、その一年後に北浦和駅近くにタベルナおぎわらを開店してからは、そちらに通いだした。常連として店の口コミ拡散に協力したり、店が混んでいたら皿洗いも買ってでるようになり、やがて火曜、金曜、日曜日の昼間にアルバイトとして働き始めた。

「えっ、琹菜ちゃんって平日の夜は篠生でバイトしてたよね?」

琹菜さんの本業は大学生だ。それで平日の夜は篠生でバイト、日中も火、金、日は荻原さんのところでバイトとなると、ダブルならぬトリプルワークになる。自分の時間はほとんどないし、何より体力的にキツいだろう。料理のファンというだけでここまでするとはさすがに思えない。栞菜さんは荻原さんが好きなのだ。それも、かなり熱烈に。

「叔父には内緒にしてたんです。でも先月、もっと荻原さんを手伝いたくて、篠生のバイトを減らしたいって事情を説明したら、ダメと言われてしまって」

どれだけ頼んでも篠生さんは首を縦に振らなかった。それどころか荻原さんに、「あの娘の人生はこれからだ。もっと歳を重ねて人生経験を積んだうえで、あなたの近くに居ることを選ぶのならば仕方ない。でも今のままではこの先の人生の可能性が閉じてしまう。だからこれ以上、あの娘に手伝いをさせないで欲しい」と、連絡をしたのだ。

荻原さんは謝罪して、アルバイトは辞めて貰うと約束した。自分への好意に甘えていたのは自覚していたからだ。

とつぜんクビにされた栞菜さんは叔父を詰《なじ》り、その足で荻原さんの店に行って、アルバイトを続けたいと頼んだ。

荻原さんは篠生さんの真意を栞菜さんに伝えた。二十一歳の姪が三十六歳のレストランオーナーに入れあげているのが不安なのはとうぜんのことだと思うし、自分も同意見だとはっきりと告げた。

告白こそまだだったが、事実上、栞菜さんの恋は失恋に終わったのだなと、僕が思っていると、

「でもお客として店に行くのは問題ないので週二回は通っています。就職しても通い続けます」

と、栞菜さんがきっぱりと宣言した。

なかなかのガッツの持ち主だなと感心するのと同時に、ちょっと怖さも感じる。

「何より、あんなことがずっと続いているのに、荻原さんを一人にするなんて。そんなの私には出来ません！」

栞菜さんは荻原さんを見て強い口調で言い切った。

「荻原さんはずっと嫌がらせを受けているんです」

ようやく相談内容に入ったと思いきや、最初から引っかかった。栞菜さんから事前に受けていた相談内容は、レストランで誰も居ないのに冷蔵庫や冷凍庫のドアが開く、カウンターに置いた皿が落ちて割れる、トイレのドアが開くの三つだった。これを嫌がらせというのは違う気がする。

「嫌がらせと言うのなら、オカルト現象でないんですね？」

頭島さんの問いに、「嫌がらせは人です。犯人の目星もついています」と栞菜さんが即答した。

「証拠もないのに、断言してはいけないよ」と、注意してから「順を追って説明させて下さい」と、荻原さんが話し始めたところでドアがノックされた。ソフトドリンクを受け取って、各人が口をつけてから、話が再開した。

昨年の十一月、荻原さんはタベルナおぎわらを開店した。以前は居酒屋だったのを改装したカウンター四席、四人掛けのテーブル席三つのこぢんまりした店舗だ。それまで勤めていたトラットリアkogureは浦和エリアでは名の知れたイタリアンの名店だった。だからこそ、いずれ自分の店を持つ夢を叶えるための修業として、荻原さんは就職した。けれどメディアで取り上げられ続けるうちに、オーナーの木暮伸也《こぐれしんや》はメディア活動や企業案件のコラボ商品の開発にばかり力を入れるようになってしまった。

当然キッチンに立つことはほとんどなく、代わりに店のすべては荻原さんに任された。仕入れはもちろん、新メニューの開発やコースメニューの決定まで、価格への口出し以外は全部丸投げされたのだ。事実上、トラットリアkogureのシェフを務めて六年目が終わる頃、退職を願い出た。けれど、「今抜けられては困る、後任がみつかるまでいてくれ」と、木暮から引き留められた。

恩義があったので勤務を続け、三ヶ月が過ぎてようやく二人の新人が入店した。引き継ぎをしようとした矢先に、木暮は荻原さんにあっさりと退職を言い渡した。

引き継ぎと新人育成は自分がするからとのことだった。店の今後を考えたらとうぜんのことだと思ったが、実情はテレビ番組の企画ありきだった。テレビ番組の制作会社から、「新人育成の企画にしましょうよ」と持ちかけられて、木暮は二つ返事で承諾したのだ。

そんな木暮の行為に失望しつつも、無事にお役御免となった荻原さんは、自分の店の開店に向けて動きだした。出身地のJR北浦和駅周辺で雑居ビルの一階の手頃な賃貸物件をみつけるまでに半年かかった。そこからオープンに向けて、店舗の外装や内装、テーブルや椅子や食器やカトラリーの購入、メニューの開発と食材の仕入れルートの確保等、めまぐるしく準備を進めた。そして昨年の十一月十六日にタベルナおぎわらはついに開店した。

提携している地元の農家から届く無農薬野菜や、養豚家や養鶏家から届く豚肉や鶏肉を使った健康志向でなおかつリーズナブルな家庭的なイタリアンは、口コミでじわじわと人気が広がっていった。その口コミを担った一翼が栞菜さんなのは言うまでもない。栞菜さんは学内で友人に広めるだけでなく、ＳＮＳで料理の写真を拡散したりと積極的に店の宣伝に力を貸した。

開店して一ヶ月が過ぎようとしていた頃のことだった。とつぜん、木暮から荻原さんに電話がかかってきた。荻原さんは出るのを躊躇った。

木暮の新人育成企画番組を荻原さんも観た。テレビカメラを意識して木暮は、よりドラマを作ろうと必要以上に大げさな態度で新人に接していた。注意は叱るではなく怒るで、恫喝《どうかつ》にしか見えない場面もあった。制作側の意向ありきなのだとは思う。だが、それに乗った木暮にも非はあると荻原さんは思った。

放送後、トラットリアkogureはネットで大炎上した。一度付いた悪評を振り払うのには、誠実な商売を続けていくしかない。もとより料理で評判を得たのだ。原点に立ち返り、自らキッチンに立ち、こつこつと商売をしていけばいずれは収まる。そうするしかないと、荻原さんは思っていた。

けれど木暮はそうはせず、後任のシェフを雇おうとした。だが応募はなかった。仕方なく自らキッチンに立ったものの、思うほど客足は伸びなかった。

企業とのコラボ案件や、テレビのバラエティ番組で簡単な料理を披露したり、試食してコメントを言うことでけっこうな額の収入を得ることに慣れてしまった木暮には、かつてのように朝早くから夜遅くまで、メニューの開発、食材の仕入れ、下ごしらえなどをすべて自分一人ですることなど、出来なかった。価値観が変わってしまって、労力が見合わないと思うようになってしまっていたのだ。

その心情は商売に如実に表れた。利益を求めて原材料は安さ重視に変えた。さらに、人件費の削減でフロアの担当を減らし、店内の掃除、食器やカトラリーの洗浄ともに手を抜いた。味もサービスも落ちれば、とうぜん客足はさらに遠のく。今では経営が危ういところまで行っているらしいと、荻原さんは仕入れ先の農家やかつての同僚たちから聞いていたのだ。

鳴りやまない呼び出し音に仕方なく出ると、「戻って来い」といきなり言われた。名乗るのでもなく、挨拶もなしでだ。

荻原さんは「ご無沙汰しております」と挨拶してから、「申し訳ないのですが、出来ません」と断った。直後、罵倒された。

この恩知らず！　誰が一人前にしてやったと思っているんだ！　お前の料理は食えたものじゃなかった。それがどうにか人に出せるレベルになったのは、俺が雇ってやったからだ――。

手伝えない理由も聞かずに罵りだしたのなら、こちらの状況は知ったうえでだろう。どうやら酔っているらしいが、ここまで言われる筋合いはない。

これ以上、付き合っても何もならない。そう思って、黙って通話を切った。だがそれ以降、何度も電話が掛かってくるようになったので、木暮のメールやラインはブロックし、電話も着信拒否にしたという。

この流れには覚えがあった。とうぜんそれで終わるはずがない。

「公衆電話や、知らない携帯電話から、何度も電話が掛かってきました。木暮だと分かったらすぐに切るというのを続けていました」

僕の予想通りのことが起こっていて、対処の仕方もまた予想通りだった。

「そしたら今度はゴミに手を出したんです！」

黙っていられないとばかりに栞菜さんが割って入った。

夕べルナおぎわらはきちんとゴミ回収業者と契約を結んでいて、営業日は朝八時に回収して貰っている。ゴミの回収を終えた業者が終了を伝えに来て、それにお礼を言って終わるので、ものの二分もかからない。だが昨年の十二月二十四日はちがった。勝手口から店内に入ってきた業者が「これでは回収出来ないです」と、クレームをつけてきた。ゴミ袋が破れて、生ゴミと分別ゴミがごちゃまぜになっているというのだ。どちらもビニール袋に入れて口をしばってからゴミ箱に入れた。なのにどうしてそんなことに？　と信じられない気持ちで確認すると、業者の言うように、ゴミ箱の中は惨憺《さんたん》たる有様だった。

カラスや野良猫の仕業なら、ゴミ箱は倒れているか、蓋は開いているはずだ。それに開店してから今まではこんなことはなかった。よりにもよって、かき入れ時のクリスマスイブの朝にというのにも、強い悪意を感じる。

呆然とする荻原さんに、回収業者は「ビニール袋を持ってきて下さい。移し替えて持って行きます」と申し出てくれた。業者は「こういうのって、珍しくないいんですよ」と前置きしてから「手っ取り早いのは、簡単には倒れないしっかりした作りの鍵か番号錠つきのゴミ箱に換えることです。そこそこの値段はしますけれど、こちらに鍵の一つを預けるか番号を教えていただければ、他人がゴミ箱の中身に手を出すことは出来なくなるので」と、解決策を教えてくれた。

「ちなみにいくらくらいするんですか？」

「三万五千七百五十一円です！」

奥さんの質問に栞菜さんが即答した。

高額だと思うかは個人の金銭感覚による。でもゴミ箱の値段となると、多くの人が高いと感じるのではないかと僕は思う。

「それはなかなか」

奥さんが驚いた声を上げる。

「翌日にはゴミ箱が届きました。これで年末年始の営業は心配しないで済むと思ったんですが、大晦日《おおみそか》の朝、また『これでは回収出来ない』と業者から言われて」

簡単には倒せないくらいしっかりした鍵付きのゴミ箱なのに、どうして？　と考えていると、荻原さんが答えを言った。

「今度は錠穴に接着剤を詰められました」

「そりゃあ……」

そこまで言って絶句する奥さんの横で、頭島さんが「悪質ですね」と吐き捨てるように言った。

「番号式の錠に換えて防犯カメラもつけてからは、ゴミに関しては解決しました」

「ゴミに関してはということは、他にもあるんですね？」

頭島さんの質問に、荻原さんが答える。

「仕入れ先のホームページやSNSの連絡欄に、私が仕入れ先を悪く言っているとか、他と契約するつもりだなどというデマを書き込まれました。鵜呑みにせずに直接問い合わせてくれるくらいの関係性は築けていたのでことなきを得ましたが、そうしたら今度は仕入れ先が悪評を流されて」

「ひょえ〜、それって坊主が憎いとなんとかって」

「坊主憎けりゃ袈裟まで憎い、です」

グッドサインを向けた奥さんに微笑んでから、木暮――もとい犯人の粘着質ぶりに、僕はぞっとする。

「実は化学肥料をめちゃくちゃ使っているとか、ひどかった。戸塚《とつか》さん、激怒してたもの」

無農薬野菜農家の戸塚さんは、道の駅や地元のスーパーにも野菜を卸していた。その二ヶ所のホームページの問い合わせとご意見欄に、「戸塚農園の野菜は実は化学肥料を大量に使っている。ぼったくりだ」と書き込みがあったのだ。スーパーの仕入担当者や、戸塚農園のファンで道の駅での購入者は取り合おうともしなかった。戸塚農園の野菜の品質がそれは嘘だと証明していたからだが、それでも農園主には不愉快きわまりない体験だったろう。

「戸塚さんの野菜は本物です。だからこそ何事もなく収まった。本来ならば、こんな被害を被《こうむ》ることなどないのに、私のせいで迷惑を掛けてしまった。本当に申し訳ないことをしました。でもまぁ、それはなんとか収まったのですが」

「他にもまだあるんですか？」と、あきれた声で奥さんが訊ねる。

「ネットの評価です。飲食店の評価サイトに悪評がつくようになって」

荻原さんが肩を落とした。

「そいつが悪評をつけたディナータイムに、私もいたんです。その日は私のサークルの女子会で、他は常連さんだけだったからそんなことを書くはずなんてない。だから、来店していないのに書いてる奴がいるの！」

憤懣《ふんまん》やるかたないとばかりに、鼻息も荒く琹菜さんが言う。

「でも、これは物量作戦で駆逐中」

「物量作戦とは？」

「悪評が一つあろうが、高評価がもっとたくさんあれば意味がないってこと」

訊ねた奥さんに、得意げに栞菜さんは返すと、さらに続ける。

「もちろん、高評価を書いてって頼んではいないです。出来れば料理や店内の写真もつけて、率直な感想を書いてねって、お願いしています。悪評は全部写真なしだもの、写真付きだと信憑性が上がるので」

栞菜さんはランチタイムに来る常連さんにも同じように頼んだ。日替わりランチの写真付きでの評価は効果覿面《てきめん》かと思いきや、悪評価をつけている人物からサクラだ、やらせだ、店主も必死だな等、書き込まれたのだ。評価サイト上でのバトルが続く中、救いの手は意外なところから差し出された。その騒ぎを聞きつけたそこそこ知名度のあるユーチューバーが検証と称した動画を八月に公開したのだ。「僕はすごく美味しかった。しかも安くてコスパ最強！　お薦め、いや、超超超超超超、超五個のお薦めです！」とお墨付きを与えたことで流れは変わった。動画を見た彼のファンがこぞって店を訪れるようになり、それは今も続いている。それでも、未だに悪評価も書き込まれ続けていて、それを止める術《すべ》はないのだと言う。

なんかもう、荻原さんが気の毒でならない。どう考えても犯人は木暮だろう。なんとか出来ないのかと考えていると、「ここまでの話はすべて人による嫌がらせですよね？　栞菜さんからはオカルト現象を解決して欲しいという相談でしたが」と、冷静な声で頭島さんが訊ねた。

「すみません、本題がまだでした」

頭を下げてから、荻原さんが話し始めた。

ゴミ問題は番号錠付きのゴミ箱と防犯カメラで解決し、仕入れ先との関係もトラブルのお蔭でより強固なものになり、評価サイトの悪評も、それきっかけで来店したユーチューバーの動画でかえって評判になって客足が伸びた。荻原さんに恨みを持つ者の行為は結果としてすべて裏目に出た。九月以降、タベルナおぎわらは絶好調だった。けれど十月になって事件は起こった。開店中に、誰もいないのにトイレのドアが勝手に開くようになり、次には誰も触れていないのにカウンターに置いていた皿が落ちて割れた。

皿が落ちたのは、たまたまカウンターの端に置いていたからだろうと、それ以降は使わない皿は棚にしまうようになって解決した。トイレのドアは立て付けの問題だろうと、ドアノブの交換をしたが、それでもまだ開くときがある。どうしたものかと悩んでいるところに、さらなる事件が起こった。朝、荻原さんが出勤すると、店内の冷蔵庫と冷凍庫のドアが開いていたのだ。

傷んで使えない食材も出てしまい、経済的な被害はもちろん、急遽、食材の仕入れを追加したりと、その日は大変なことになった。

キッチンを管理しているのは自分だから、ドアを開けたまま帰宅することなどありえない。誰かが店に入ってやったのだと荻原さんは思ったが、店の鍵は壊されていなかった。ならば、犯人は合い鍵を持っていることになる。なんにせよ、防犯カメラに写っているはずだと荻原さんは録画を確認した。けれど誰も写ってはいなかった。

誰かが中に入って開けたとしか考えられなかった荻原さんは、すぐさま店の鍵を取り替えた。けれどその十日後、出勤したらまた冷凍庫と冷蔵庫が開きっ放しになっていた。そして今回も防犯カメラには誰も写っていなかった。

「だったらと、店内にも防犯カメラを仕掛けたんです」

そう言って、荻原さんは自分のスマートフォンを操作し始めた。いよいよ栞菜さんが言っていた心霊動画を見ることが出来る。

「今まで幽霊とかオカルト現象って、私は全く信じていなかったんですよ」

そういう人が多いのは知っているし、それが悪いとも僕は思っていない。見えない、体験したことがない、だから信じない。とうぜんのことだと思っている。

「今まで心霊現象だとされていたものが、実は違うという話も出たりしていますし」

「そんなのありましたっけ？」

「天井に浮き出る手形とか」

荻原さんの返事に、僕たち三人ともが「あ～」と声を上げた。

古い木造建築の家の天井に、それまでなかった手形が浮き出てきた。それは今まで心霊現象とされていた。でも住宅の建築関係者は、そうではないと知っている。その手形の正体は、建設業者や内装業者、あるいは木材を触った材木業者の手汗だ。手の脂分が木材の脂分に反応して、木材の状態によっては十年ほどで浮かび上がってくるのだ。もちろん通常は、手汗がつかないように留意して作業をするので、こんなことにはならない。作業の雑な業者に頼むと起こる現象だ。

「今や誰もがスマホで撮った写真や動画をＳＮＳに上げています。分母が増えた分、心霊写真や動画が増えてもおかしくない。けれどそうはなっていないと思います。どころか以前よりも減っているようにも感じています」

「確かに。みんながカメラマン状態なんだから、もっと撮れていてもおかしくないよな」

　納得したように奥さんが言う。

「これは、デジタルカメラの普及と進化で心霊写真や動画に見えるようなものが撮れなくなったってことだと思うんですよ」

　冷静な声で荻原さんが続ける。

「オートフォーカスや手ぶれ防止機能でピンぼけや、ぶれた写真は撮られなくなったし、フィルムを使わなくなって二重写しや現像時のミスもなくなった。それで心霊写真が減ったんじゃないかと私は思っています」

　どちらも科学技術の進化で理由が明らかになって、心霊現象ではないとされた例だと思う。

「でも、さすがにこれは。こちらがその録画です。二時間十二分三十七秒からです」

　荻原さんが言いながらスマートフォンを僕たち三人に見えるようにテーブルの上に置いた。秒単位までよどみなく言うくらい荻原さんはこの動画を見返したに違いない。

　スマートフォンに映し出された動画には、暗闇の中に冷凍庫と冷蔵庫だけが映し出されていて、一見すると制止画のようだった。

「さきほどとはまったく逆になりますが、画像編集ソフトが普及したことで、誰でも簡単にそれっぽい物を作ってSNSやユーチューブで公開できるようにもなっています。ですが、今回の動画にはまったく加工はしていません。――ここからです」

　荻原さんの声に三人とも身を乗り出してスマートフォンを覗き込む。二時間十二分三十七秒になって、冷凍庫のドアが開いた。続いて隣の冷蔵庫のドアもだ。もちろんその場には誰もいない。

ここまではっきりと映っている動画を見るのは初めてだな、と思っていると、奥さんが「マジでガチなヤツじゃん」と呟いた。

「でも、ドアを開けてんだから、イケるよな？」

「はい」

奥さんの質問に頭島さんは、はっきりとそう答えた。


オカルト現象の起こる場所を見張り、起きた瞬間、現場を押さえるというのが僕たちのやり方だ。タベルナおぎわらで起こったオカルト現象は、営業時間内にトイレのドアが開くのと、カウンターの上の皿が落とされて割れるのと、営業時間外の深夜に冷凍庫と冷蔵庫のドアが開くの三つだ。皿を棚にしまい、冷凍庫と冷蔵庫に番号錠付きのワイヤーで鍵を掛けたことで、そのうちの二つは今のところ収まっている。

残っているのはトイレのドアだけれど、営業時間内でお客さんがいるときに見張るとなると、ハードルが高い。お客さんも気になってしまうだろうし、いつ開くかは分からないドアを何日も通って見張り続けるのは、店の営業はもちろん僕たちとしても現実的ではない。

頭島さんは他に何か起こっていないかと二人に訊ねた。「他にはない」という答えを聞いた頭島さんは、しばらく黙って考え込んでいた。

「難しいですか？」

荻原さんに問われた頭島さんは、「いえ、そうではなくて」と断ると、言いづらそうにその先を続けた。

「皿が割れるのとトイレのドアが開くのは並行して起こっていた。でも冷凍庫や冷蔵庫のドアが開くようになったのは皿をしまってから。もしかしたら皿を割れなくなったから起こったんじゃないかと思ったんです。だとすると、また何か違うことが起こる可能性があるかもしれない」

「たとえば？」

すかさず奥さんが訊ねる。

「電化製品のスイッチを押すとか、水道の蛇口を開けっ放しにするとか。あとは、ガスの火を点けるとか」

「確かにな。皿を落としたりトイレや冷蔵庫とかのドアを開けられるのなら、それくらいは出来そうだよな」

「その発想はありませんでした。言われてみれば可能性はありますね」

険しい顔で言ってから荻原さんは続ける。

「ガスは帰宅時に元栓を閉めているのでコンロもオーブンも問題はないと思います。電気機器は、ブレンダーやミキサーは使用する度にコンセントに挿しているから、こちらも大丈夫。電子レンジはコンセントに挿しっ放しですが、ボタンを一つだけ押して稼働するのは自動の温め機能だけだと思います」

「ワンアクションしか出来ないと決めつけるのはどうかと思います」

頭島さんが指摘する。

多くの人は幽霊が一つのことしか出来ないとなぜか決めつけている。でも、ストーカー被害に遭った春香さんは、シャンプーやリンスのボトルを動かし、タオルを落としたり、浴室のドアが開かないように中から押さえたりしていた。同じようにいくつものことが出来る幽霊はいるだろう。

それこそ生前、電子レンジの操作をしていたのなら、幽霊になっても出来ておかしくはない。ワット数の指定をして時間を決めてスタートボタンを押す。最低三回ボタンを押せば稼働させられる。これを一晩中、さらに何日にもわたって繰り返されたら、けっこうな電気代になってしまうだろう。

みんなしばらく黙っていたが、やがて頭島さんが「営業時間外で確実性を考えると、冷凍庫と冷蔵庫を囮《おとり》にするのがベストだと思います」と提案した。

「棚や電化製品も含めて、扉は店内に他にいくつもあります。けれど開けられたのは冷蔵庫と冷凍庫だけ。だとすると、冷凍庫や冷蔵庫の中身をだめにするのが狙いなのかもしれない。ならばあえて錠を掛けずに、営業時間外に張り込むしかない」

開くのは営業中のトイレと深夜の冷蔵庫と冷凍庫だけだ。それらの事実から、幽霊は店にダメージを与えようとしている。つまり明確な悪意がある。

「それほど深く恨まれるようなことを、私は誰かにしたのだろうか？」

絞り出すような声で荻原さんが呟いた。

そう考えてしまう気持ちは分かる。過去のすべてを思い返しているのか、荻原さんは俯いてテーブルの一点に視線を合わせたまま、微動だにしない。

「オカルト現象は人生で今回が初めてですか？」

重苦しい空気の室内に、頭島さんの声が響いた。とうとつな質問に荻原さんが戸惑いながらも、

「ええ」と答えた。

「九月に亡くなった知り合いは?」

「知る限りではいないです」

オカルト現象が始まったのは今年の十月からだ。それまでにはないのなら、幽霊であるそいつは九月に亡くなったと考えての質問だろう。

「木暮は？」

頭島さんの問いに荻原さんが目を見開いた。

「それはないです。昨日も評価サイトに悪評の書き込みがあったし、それに」

言いながら栞奈さんがスマートフォンを操作する。

「今日も営業しているみたいだし」

この速さでトラットリアkogureのＳＮＳを確認できるのなら、ブックマークは確実だ。これまでの経緯からとうぜんだとも思うけれど、でも怖さも感じる。ただこれで木暮ではないと分かった。

「でも、私が全く知らないところで誰かを傷つけていたのなら、その方が亡くなっても」

「あー、もういい！」

すっかり自省モードに入った荻原さんの言葉を奥さんが乱暴に中断させた。

「正直、俺はあんたを知らねぇ。もしかしたら、誰かにとんでもない恨みを買うようなことをしてきたのかもしれねぇ。けどよ、木暮のは明らかに逆恨みだ」

怒りで興奮しているのか奥さんは敬語を完全に忘れたまま、さらに続ける。

「人だか幽霊だか知らねぇけど、あんたの店が上手くいってんのが気に入らない。だからしくじらせたいってことだろ？　なんかよ、すんげぇ腹立つわ。とにかくやり方が気に入らねぇ！」

奥さんはそれまでの陽気な好青年から、かつての素行が悪かった頃に完全に戻っていた。

「飲食店なら、てめぇの腕で勝負すりゃぁいいだろうが。あんたの店が潰れたところで、そいつの店に客が来るわけじゃねぇんだし」

隣同士の店だとしても、片方が潰れたからといって、客が流れるとは限らない。

「幽霊もだ。死んでからこんなことするくらいなら、生きているうちに言いに来りゃぁいいだろうが。なのに死んでから皿を割るだ、トイレのドアを開けるだ、冷凍庫と冷蔵庫のドアを開けるだ、鬱陶しいんだよっ！」

オカルト現象を鬱陶しいと一刀両断すると、奥さんは「絶対に捕まえてボッコボコにしてやる。──いけるよな？」と、頭島さんに振り向く。

「そいつがドアさえ開ければ。だからこそ、しっかり計画を立てたいんです」

頭島さんはどこまでも冷静だった。

それから三十分以上掛けて最終的に計画が決まった。日時は十五日の土曜日の夜。幽霊退治は基本的に須田ＳＡＦＥＴＹ ＳＴＥＰの定休日である日曜の前日、つまり土曜日しか行わない。足場工事は体力勝負だ。寝不足で疲れていては自分が怪我をするだけでなく、他の社員も危険な目に遭わせる可能性があるからもってのほかだ。週休日は他に一日あるけれど、三人ともが重なることは滅多にない。なので一番近い土曜日の十五日の閉店後に僕と頭島さんが荻原さんの甥っ子とその友達という態《てい》で訪れるということになった。

3

奥さんに送って貰ってアパートの自室に戻ってきたのは午後十時頃だった。風呂から上がり、ドライヤーで髪を乾かしてから洗面所を出る。数歩進んで壁の電気のスイッチを押す。すると、明かりの点いたリビングに男がいた。

頭の中に様々な考えが過る。けれど、驚きで声も出ないし身体も動かない。なんとかしなければと焦っていると、「あの、すみません」と男が話しかけてきた。

「以前、助けて貰った者です」

助けた？　まったく記憶にない。もしかしてかつて相談に乗ったときの幽霊の一人だろうか？　だとしても過去の話で今更だ。

僕の表情から察した男が「あの、ここでです」と、リビングの床を指した。ここでと言ったら、頭島さんが馬乗りになってぼっこぼこにした部屋の電気消し男しかいない。

まじまじと男の顔を見る。あのときは鼻血と涙で顔がぐしゃぐしゃになっていた。それを差し引いて考えると、同じ男のように思えてきた。

「あのときは助けていただいて、本当にありがとうございました」

男が丁寧に頭を下げた。なんとなく僕も、「いえ、どういたしまして」と言って頭を下げる。

「まさか、あんな風に触れる人がいるとは。あのときは本当に殺されるかと思いました」

すでに亡くなっているのでは？　と頭の中で突っ込むと、男が「——あ、すでに死んでました」と言って困ったような笑みを浮かべた。

男に訊きたいことがあった。

あの日消えたのに、なぜまた今になって姿を現したのか？　そもそも誰で、なぜこの部屋にいて電気を消すのか？　それから――頭に今朝の出来事が甦った。やはり、あれがただの夢だったとは思えない。この男がずっと部屋に居続けていたのなら、浩太朗と会っているかもしれない。

気持ちは逸《はや》るが行動がおぼつかない。僕が訊ねる前に、男が話し始めた。

「実は、お願い事があって。でも、その前にまずはお詫びします。部屋の電気を消して、本当に申し訳ございませんでした。ごめんなさい」

後頭部が見えるほど深く頭を下げられた。

「僕のあとの住人が電気を点けっ放しにすることが多くて。最初のうちはただ消していたんですけれど、そいつにちゃんと消させたくてわざと部屋にいるときに消しだしたら、消し忘れがなくなって。なので、そのあとの住人にも同じことをしてたんです」

春香さんやさよりさんは強い意志のもとに、様々なことをしていたけれど、どうやらこの男は違ったようだ。でもまぁ、理由としては理解できると納得しかけて引っかかった。

「あの日、僕は初めてでしたよね？」

オカルト現象のせいで住人が居着かず、奥さんが住んでいたけれど、アヤさんとの同居を機に引っ越したと聞いた。それであの日、僕たちを連れてきた。言うならば入居初日だ。なのに電気を消すのは違うと思う。

「すみません、久しぶりに部屋に人がいて嬉しくなってしまって。みんなが驚いたり怖がったりするリアクションが楽しくて、つい」

申し訳なさそうに言う男に、単なるいたずらだったのかと呆れる。

「でも、人が部屋にいないときには点けていません。電気代がかかるのは申し訳ないので」

一応、配慮はしていたのだなと感心していると、「自己紹介がまだでした。僕は、秋定《あきさだ》佐助《さすけ》と言います。歳は二十六歳で——した」と、名前と年齢を言われた。

とりあえず、僕も自己紹介しようとすると、「桧山光希さん、十七歳ですよね」と、秋定さんが先に言った。許可していないけれど同居しているのだから、彼が僕のことを知っていてもなんら不思議はない。もちろん嬉しくないし迷惑だ。

「それでお願い事ってなんですか？」

同居を解消するには問題を解決するしかない。

「押し入れの下段の天井部分の桟に挟まっている封筒を取って貰えないですか？」

秋定さんがこの部屋に住んでいたのは、奥さんがお祖母さんからこのアパートを相続する前のはずだ。ならばすでにかなりの年数が経っている。押し入れ下段の天井の桟というなかなか目の行き届かない場所ではあるけれど、リフォームもしているし、すでに撤去されているのではないだろうか？　と考えていると、「あるのは確認できてます」と秋定さんに言われた。だったらと、すぐに押し入れを開ける。下段に置いた洋服ダンス代わりのプラスチックの収納ケースを引き出して天井を見上げると、手前の桟の裏に封筒が挟まっていた。すぐさま取り出す。

「これですか？」

元は白かったのだろうが、経年で薄黄色に変色した封筒を差し出した。

「それです！　ありがとうございます！」

秋定さんは嬉しそうにそう言って受け取ろうとした。けれど指は封筒を素通りしてつかむことは出来ない。

「やっぱりダメか」

肩を落とす秋定さんに「どうすればいいか言って下さい」と、申し出る。

「開けて貰っていいですか？」

言われたとおりに封筒を開ける。中に入っていたのはラミネート加工された細長い紙で、『ふる一つキャンディ　三度目の正直お披露目ライブ in 上野ブラッシュ　２０１０年８月９日』と書いてあった。

「裏を見せて下さい」と言われて紙をひっくり返す。蛍光グリーンのインクでサインらしきものとイラスト、さらには『さすけさんへ　いつもありがと！』と書いてあるだけでなく、サインをした本人のピンク色のキスマークらしきものもあった。

ラミネートして押し入れの天井の桟に挟んで隠すように保管していたくらいだから、秋定さんにとって、これは大切な物だったのだろう。だとすると、部屋に居続けた本当の理由はこのチケットということになる。

「むっちゃんは、このライブでアイドルを引退したんです。理由は、彼氏との間に赤ちゃんが出来たからでした」

なるほど、ラストライブだったから思い入れが、と思っていたら、後半を聞いて仰天した。できちゃった引退したアイドルのキスマーク入りのサインチケットを後生大事に取っておくのも、ましてそれが心残りで十二年も部屋に居続けるなんて、僕にはまったく理解できない。

「あの頃の僕の生活は仕事だけで、毎日、辛くて苦しくて。――そんな中、ライブや握手会に行くたびに、僕のことを覚えて話しかけてくれるむっちゃんに本当に救われていたんです。だから僕は、むっちゃんが幸せならばそれでいいんです」

秋定さんにとって彼女の存在は光であり救いだったのだということは分かった。でも、それってアイドルとファン、いわば商売人と客の関係では？　と思いもしたが、本人が満足しているのなら、あえて言うべきことではない。

ともあれ、これで心残りが解消されたということになる。いなくなってしまう前に、浩太朗のことを訊かなくては。今度こそと口を開こうとする僕に、「すみませんが、これを燃やすことって出来ますか？」と、秋定さんが頼んできた。

他に場所もないので、シンクの中で燃やすことにした。事前にコップやどんぶりに水を汲んでおいてから、換気扇を回してガスコンロの火をつけてチケットを近づけようとすると、「ちょっと待って！」と、秋定さんに止められた。思い入れがあるからこそ、かれこれ十二年もこの部屋に居続けたのだ。燃やすと決心したところで、右から左へと流れ作業的にされたら忍びなく思ってとうぜんだ。さすがに自分のデリカシーのなさを反省する。

「むっちゃん、本当にありがとう。――お願いします」

お礼の言葉を言って、しばし黙り込んでから秋定さんが改めて僕に頼んだ。

チケットをコンロの火に近づける。ラミネートされているからか火がなかなかつかない。火傷《やけど》はもちろん、火事にならないように気を使いながらじっくりとチケットに火を当てる。やがてチケットから煙が立ち上りだし、続いてオレンジ色の炎が上がったので、すぐにシンクの底に置いた。

秋定さんが燃えていくチケットをじっと見つめている。神妙な横顔だが、その目は潤んでいた。もしかして燃え切ったら、思い残すことがなくなって、そのまま消えてしまうのでは？　それはそれでいいけれど、浩太朗のことが聞けず終いになってしまう。でも今質問するのはさすがに気遣いがない。仕方なく、燃え尽きるまで待つことにした。

チケットはみるみる燃えて小さく縮みながら灰になっていく。やがて炎が消え、シンクの底からまだ白い煙は上がっているが、完全に灰になった。

「水を掛けていいですか？」

「お願いします」

確認を取ってから準備していた水を掛け、さらに水道の蛇口をひねって灰を流す。シンクの中に何もなくなってから蛇口を閉めた。

「ありがとうございました」

秋定さんが、僕に向き直って丁寧に頭を下げる。

「いえ、どういたしまして」と僕も頭を下げてから、「すみません、一つ聞きたいことが」と切り出す。

「ご心配なく。ここからは出て行きます」

それじゃないんだよ、とも思ったが、これはこれで聞きたかったことなので「そうですか」と相づちを打った。

「次はライブ会場に行こうと思っています。もちろん、今度は誰にも迷惑は掛けませんし、楽屋には絶対に入りません！」

秋定さんが断言した。

僕なら絶対に楽屋に入る。でも、できちゃった引退をしたアイドルのサインチケットを大切に持ち続けた秋定さんならば、きっと宣言通り入らないのだろう。好きな場所で自由に暮らせるのは良いことだと思っていると、秋定さんが声を発した。

「今まで何度もここから出ようと試してはみたんです。でも、気づくとまたここにいて」

春香さんとさよりさんも同じことを言っていた。二人は無念の気持ちからだった。同じ心残りでも、ずいぶんと違う。何を大切だとか大変だと思うかはその人によるから比較するものではないのは分かっているけれど、今回ばかりはそう思ってしまったのは許して欲しい。

「もともと両親とは折り合いが悪く、実家には居場所がありませんでした。それもあって、ここなんだと思ってたんです」

これには深く共感する。もしも今、僕が亡くなって幽霊になったら、居場所はこの部屋だ。広島の実家ではない。

「この人のそばにいたいと思うような恋人や友人もいなかったし。だからここにいるものだと思っていたんです。でも、その気になればどこにでも行けるって」

秋定さんがそこで言葉を止めた。ちらりと僕を見たその表情は、何かまずいことを口走ったかのように見えた。

「――気づいた、気づいたんですよ！」

一瞬の間のあとに放った言葉は、明らかにわざとらしかった。自分で気づいたのではない。誰かに教えて貰ったのだ。それも、僕たちがこの部屋に来たあの日以降にだ。

「誰かに教えて貰ったんですね？」

頭に浮かんだのは一人だけだった。

「大事なことなんです。教えて下さい」

秋定さんの目を見てそう訊ねると、「いえ、その」と、しどろもどろになって目を逸らした。

「浩太朗がいるんですか？」

秋定さんの視線が僕の背後の壁を見ていることに気づいて、あわててそちらを見る。けれど、そこには誰もいない。向き直ったときには秋定さんも消えていた。まさかこれで終わりかと見回すと、玄関のドアの前から「今までご迷惑をお掛けしました」と秋定さんの声が聞こえた。

あわてて駆け寄ろうとすると、「大家さんにも心よりお詫びしているとお伝え下さい。それでは」と早口で言うと、秋定さんはドアをすり抜けて消えてしまった。

「待って！」と叫んで、追いかけてドアを開ける。だが周囲を見回しても誰もいない。

室内に戻ってドアを閉めた。明確な答えは得られなかった。でも、答えたも同然だ。

その気になればどこにでもいけると秋定さんに教えたのは、間違いなく彼だ。リビングに戻りながら周囲を見回し、「浩太朗？」と彼の名を呼ぶ。室内には誰もいないし、返事もない。目を閉じて感じ取ろうと集中してもう一度、「いるのなら出てきて」と呼びかける。でも何も感じないし、声も聞こえない。目を開けて見回しても、やはり誰もいなかった。

4

「ここはダメですって」

言いながら、ステンレスの作業台の上に仰向けになる頭島さんを揺《ゆ》する。言葉にならない「ん〜」という声とともに、頭島さんが僕の手を払いのけた。

前回の倖さんの時とは逆で、今回は頭島さんがコンサート帰りに居酒屋で調子に乗って飲みすぎてへべれけになった先輩という酔っ払い役だ。

十二時過ぎにタベルナおぎわらに着く直前から、荻原さんが僕に泊まっていいし、冷蔵庫と冷凍庫の中の物も好きに飲み食いしていいと言って店を出るまでの間ずっと、頭島さんはけっしてやり過ぎではない範囲で泥酔して寝落ちしかけている男の役を演じ続けた。そして荻原さんが店を出ると、寝やすい場所を探して店内をうろつき、一番広く平らな場所としてキッチンにあるステンレスの作業台の上に寝転がった。

「酔っ払って一度寝たら、ガチで起きないもんな。——仕方ない、明日の朝、拭けばいいか。僕はあっちで寝ますから」

説明臭い台詞なだけに、いかに自然に言うかがポイントだけれど、なんとか上手く言えたと思う。

キッチンの電気を消して客席フロアに戻ると、自分が寝る用に椅子を四つ並べた。そしてこちらの電気も消して、椅子の上に横たわる。

暗闇に早く目が慣れるように、一度しっかりと目を閉じる。ついでに集中して何か気配がないか探ったけれど、何も感じない。こうなると、あとは冷凍庫と冷蔵庫のドアが開くのを待つしかない。

今回も前回と同じく、僕と頭島さんが幽霊退治の現場班で、奥さんと荻原さんは近くの駐車場の奥さんの愛車で待機班だ。

荻原さん、琹菜さん、奥さんの三人とも幽霊確保の現場にいたがった。琹菜さんは時間的に絶対に無理なので、逐一、ラインで報告すると約束して、渋々だけれど諦めてもらった。残る二人も、幽霊に油断させるためには出来るだけ人が少ない方がいいだろうということになって、こういう配置になった。

静かになった店内で聞こえるのは頭島さんの芝居の寝息と冷凍庫や冷蔵庫のモーター音だけだ。モーター音ってけっこうな音がするんだなと思いながら、ここに着くまでの車中での会話を思い返す。

作戦の段取りを確認し終えても現地到着までにはまだ時間があったので、僕は昨夜の秋定さんの話をした。聞き終えた奥さんは開口一番に「なんだそれ」と言った。

「消し忘れを消したとか注意するためってのは悪くねぇし、電気代を考えて点けなかったのもいい。けどよ、ぶっちゃけ暇潰しだろ?」

呆れた声で言う奥さんに、「プラスいたずら」と、ぼそっと頭島さんがつけ加える。

「あー、今の感じにベストな台詞があったわ。これこそ、ゲットアライフ！　だ」

ゲット・ア・ライフ？　僕なりの翻訳だと人生をつかめ、だ。さすがにこれは違うのでは？

と思っていると、「この前観た映画でさ、911——日本の119番にいたずら通報した奴に、通信員が言った台詞でさ。字幕は『ヒマかっ⁉』だったんだよ」

それはいたずらではなくもはや犯罪だろうと僕は思う。その犯罪者相手に言う台詞としてはどうなんだろう。

「そしたら違う刑事ドラマでさ、刑事がアル中とヤク中で人生失敗しまくっている弟に『ゲットアライフ！』って言って、字幕が『ちゃんと生きろ！』でさ。なるほど、まるっと大きく捉えれば、どっちもありなんだなって気づいてすげぇなって、アヤと二人で盛り上がったんだよ」

言われて納得は出来たけれど、さすがに「ヒマかっ⁉」は意訳だと思う。でも確かに秋定さんにはぴったりだ。ヒマかっ⁉　だし、ちゃんと生き——いや、ちゃんとしろ！　だ。

「でもまぁ、ヒマっちゃヒマなんだよな。他にすることも出来ることもねぇんだから」

ちょっと哀れんだ口調で奥さんが言う。でもすぐに「だとしても、リアクションが楽しいって、どっきりの仕掛け人気取りかよっ！」と、不快も露わに吐き出した。

「何より丈がとっ捕まえなかったら、今もこの先もずっと続けてたんだろ？　——けど、あれきっかけで他に行けるって気づいて出て行ったんだから、二人には感謝だわ。ありがとなー」

「いえ」と、頭島さんが謙遜した。僕もそうしようとするが、今回も上手く言葉が出てこず、なんとか小さく頭を下げて返事にした。

そのとき視線を感じた。バックミラー越しに頭島さんが僕を見ている。思わず目を伏せてしまった。少ししてそっとバックミラーに視線を戻す。頭島さんの目は映っておらず、顔を傾けて窓の外を見ていた。聡《さと》い頭島さんのことだ、確実に何かを察したはずだ。いずれ、問われるかもしれない。そのとき、僕はどうすればいいのだろうか？

今だって、僕は頭島さんだけでなく、須田ＳＡＦＥＴＹ ＳＴＥＰの全員に隠し事をし続けている。皆、それには気づいているにも拘わらず、上手い距離の取り方をしてくれていて、それはそれでとても居心地がいい。でも、常に壁を一枚挟んだような関係に、寂しさも感じ始めていた。はぐらかしたら、頭島さんは、それ以上は訊いてはこないだろう。けれど、今ある壁は確実により高く厚くなる。

どうすればいいのだろう。正直に話すのがベストなのは分かっていた。でも――。

頭の中に、朽ちた床が割れる雷にも似た音に続けて、どんっと重みのある物が叩きつけられる激しい音が響く。二階の窓から見えていた浩太朗の姿が消えていた。

今まで何度も頭の中で繰り返されてきた音と光景が、また甦る。

駆け込んだ廃屋の一階に、浩太朗が倒れていた。物が乱雑に積まれた上に横たわる浩太朗の首は、不思議な角度に曲がっていて、目は閉じられていた。

二階から見下ろす同級生の一人が何か叫んでいて、もう一人がスマートフォンで一一九番を呼んでいた。

「友達が二階から落ちたんです。いえ、窓から落ちたんじゃなくて、床板が腐っていてそれで――」

「浩太朗、大丈夫か？」「しっかりしろ！」「返事して！」

その場にいた僕以外の三人が浩太朗の名を連呼して、返事を得ようと話しかける。でも、僕はただ、その場で呆然と浩太朗を見つめることしか出来ない。声を出そうにも出なかった。近づこうにも身体が全く動かなかったのだ。

頭の中の光景が、カラーからセピアに色が変わってぐにゃりと歪んだ。次に何が見えるのかは分かっていた。病院の受付ロビーだ。手術室には近づけなかった。正確には、近づくことは許されなかった。駆けつけた母親は僕を連れ帰ろうとしたけれど、僕は頑として拒んだ。出来るだけ浩太朗の近くにいたかったからだ。

夜の九時過ぎ、浩太朗の父親が受付ロビーに現れた。その表情を見て、僕は目を閉じて集中して全身で浩太朗を感じようとする。場所が場所なだけに、何人もの幽霊を感じた。目を開けて周囲の人に気づかれないように辺りを見回す。老若男女の幽霊が院内のあちらこちらにいたけれど、浩太朗の姿はない。

見回しているうちに、ベンチに座る中年男性と目が合った。見えていると気づいた男が立ち上がり、僕の方に近づこうとする。その表情から、あまり友好的な幽霊ではないと気づいたけれど、浩太朗のことを聞けるのならと覚悟した。

次の瞬間、男がその場でよろけた。体勢を直そうとしてもまたよろけて、そのままどんどん壁の方へと押しやられていく。そして、ついには壁の中へと消えてしまった。

一体何が？　と思って、改めて辺りを見回した。幽霊はいなかった。男だけではなく、五〜六人いたはずの幽霊がすべて消えてしまっていたのだ。そんなこともあるのかもと、そのときはそう思って終わったが、のちに僕が幽霊が見えなくなったのはあのときからだと気づくことになる。

今はまた幽霊が見えるときがある。ただし頭島さんと一緒のときだけだ。けれど昨晩は一人でも秋定さんは見えたし会話も出来た。これは能力が戻ってきたということなのだろうか？

正直、こんな能力なんていらないと思っていた。でも、浩太朗に会えるのなら、と考えたそのとき、頬や額にもわっとむずがゆさを感じた。

——いる。

目を開けて辺りを窺う。客席フロアには誰もいない。音を立てないように身体を起こしてカウンター越しにキッチンの中を見る。みしっと音がした。何の音だ？　と床に足を下ろすと、キッチンの方から明かりが漏れた。冷蔵庫のドアが開いたのだ。次の瞬間、「おらぁっ！」と、頭島さんの怒声に続いて何かが叩きつけられる音とともに、明かりが消えた。

「ざっけんじゃねぇぞ、このくそ野郎がっ！」

低い位置から頭島さんの怒声が聞こえる。幽霊を捕まえたのだ。

金属製の物同士がぶつかる騒がしい音がするキッチンに駆け込み、電気のスイッチを押す。明るくなった床の上には四つん這い状態の頭島さんと、その下に男がいた。生え際はかなり後退していて広く、こめかみには白髪も多い。六十代、いやもしかしたら七十代かもしれない。必死な形相で男は両手で頭島さんの両腕をつかんで引き剝《は》がそうと抵抗している。

「なんだコイツ、なんで触れるんだよっ！」

「逃げられると思うなよ！」

言うなり、乱暴に頭島さんが右腕を引くと、男の手が外れて自由になった。頭島さんがそのまま男の顔に拳を振り下ろす。ごつっという重い音とともに男の顔が歪んだ。手応えで確信したのだろう、頭島さんは腕を引くとまた殴りつける。男は上半身を右に倒して丸め、左腕で覆ってなんとかして頭を守ろうとする。体勢を変えたことが見えていない頭島さんの拳が男の左肩に当たって、また重い音を立てた。

「止めてくれ、助けてくれ！」

悲鳴を上げる男を見て、さすがにもういいだろうと、「額がはげ上がった爺さんです。グレーの長袖のポロシャツに黒いパンツ姿です」と、伝える。

頭島さんの手が止まった。男がガードした腕の下から、恐る恐る僕を見上げる。顔には少ししみが浮き出ていたが、七十代というほど老《ふ》けてはいない。

「歳は六十代ですかね」

「俺が見えてるのか？」

「見えてるよ」

男に僕は即答した。

「ジジイかよっ！」

男に馬乗りになったまま頭島さんが、そう吐き捨てた。

「頼む、助けてくれ」

怯えた顔で男が救いを求める。

「奥さんに連絡してくれ。話は二人が来てからだ。——逃がさねぇからな」

頭島さんは僕にそう頼むと、身体の下の見えてはいない男にそうすごんだ。

連絡を受けた奥さんと荻原さんは、ものの五分もかからずに店に到着した。

「よっしゃ、仕留めたか。丈、よくやった！」

頭島さんを褒めながら、奥さんがキッチンへと入ってきた。そのうしろから荻原さんがついてくる。

二人に見えるのは、キッチンの床に四つん這いになっている頭島さんだけだ。

「ここに男が？」

半信半疑な顔で荻原さんが訊いた。

頭島さんが、男の身体の上に膝を開いて正座するように乗った。重みで男がうぐっと呻《うめ》く。頭島さんが宙に浮いているのを見て、奥さんが「おー、二度目だけど、やっぱすげぇな」と感嘆の声を上げた。荻原さんは声を発さず、目を見開いている。

ここからは僕の出番だ。

「誰で、どうしてこんなことしているのか言って。言えば、少しは楽にしてくれるよ」

顔を顰めてもがいていた男は、「分かった！　言うから、下りてくれ」と、声を絞り出した。もちろん、頭島さんは男から下りなかった。前回、気を抜いたら秋定さんが消えたのを教訓に、馬乗りのまま、左手でしっかりと男の肩を押さえつけたままの状態で話を聞いている。

男の名前は黒岩義則《くろいわよしのり》、年齢は六十七歳で、今年の九月末に一年にわたる肺がんの闘病の末に亡くなったという。

死因が病死と分かって、荻原さんが小さくほっと息をついた。そして「すみません、まったく存じ上げないと思います」と、複雑な表情で申し訳なさそうに言った。そんな表情と言い方になったのは、自分に覚えがなくても、これだけのことをされるほど恨みを買っていたのかもしれないと考慮してのことだろう。

「荻原さんに、何かされたんですか？」と、ストレートに問う。

「こいつが茜《あかね》さんを追い出したんだ！」

黒岩は憎々しげに荻原さんを睨《ね》めつけながら、そう言い放った。

「荻原さんが、茜さんって人を追い出したと言ってます」

僕はそう三人に伝える。

「茜さん。——もしかして、居酒屋茜の茜さんですか？」

茜さんという人物名に、荻原さんが反応した。

「何がもしかして、だ。お前が茜さんを追い出したんだろうがっ！　お前さえいなけりゃ茜さんはここを出て行かずにすんだんだ！」

堰《せき》を切ったように黒岩が吐き出す。でも、それが見えて聞こえているのは僕だけだ。

「誰です？」

「前に入っていた居酒屋の女将《おかみ》さんです。追い出してなんてないです。藤本《ふじもと》茜さんが店を畳むと決めたのは一年半前のことで、そのタイミングで私はここを紹介されたんです」

「お前が追い出したんだっ！　この嘘吐きがっ！」

荻原さんの言葉を聞いた黒岩が嘘吐き呼ばわりした。

「あー、居抜きでここを借りたんでしたよね。なんでその人は店を畳んだんです？」

「再婚することになって、ご主人の故郷の富山県で暮らすことになったからです」

奥さんに荻原さんが答える。口汚く罵り続けていた黒岩が言葉を失った。けれど、すぐにまた口を開いた。

「――嘘だ。そんなの嘘だ、こいつは嘘吐きなんだ。嘘に決まってる！」

「黒岩が嘘だって言ってます」と伝えると、「ちょっと待っていて下さい」と言って、荻原さんがキッチンの奥のドアを開けてパントリーと控え室へと入って行った。すぐにブルーのファイルを手に戻って来ると、作業台の上でファイルを開いた。透明のフォルダーの中には郵便物が入っている。数枚めくって荻原さんが、「あった。これです」と言った。

綺麗な中年女性と女性より年上の恰幅《かっぷく》のいい男性が二人とも着物姿で並んだ写真葉書だ。

「このたび私たちは二〇二一年四月六日に婚姻届を提出し結婚いたしました。これから二人で共に力を合わせ、幸せで皆様に愛される明るい家庭を築いていきたいと思います。――いい写真だなー。やっぱ、着物いいよなー」

結婚の挨拶の定型文を読み終えた奥さんが、アヤさんとの結婚式を思い浮かべているのだろう、鼻の下を伸ばしてふにゃりと笑う。

「嘘だ！」

「いいですか？」と断ってから、ファイルを手に持ち黒岩に見えるようにする。黒岩の目が葉書の文面を追っている。怒りに満ちた目が次第に力を失っていく。それまでなんとか逃げようともがき続けていたけれど、身体からも力が抜けたのだろう。馬乗りになって押さえつけていた頭島さんの身体が数センチ沈む。

どういうことかは訊くまでもなく想像がついた。黒岩は茜さんのことが好きで店に通っていた客だった。店主と客以外ではどの程度の関係だったのかは分からないが、とにかく黒岩が闘病生活をしている間に、茜さんは再婚を決めた。そしてご主人との新生活のために店を畳んだ。

亡くなった黒岩は、茜さん会いたさにここに来た。けれど居酒屋茜はなくなっていて、あったのはタベルナおぎわらだった。

これは勝手な思い込みによる逆恨みだろう。六十七歳にもなって何をしているんだかと呆れていると、色を失った黒岩の顔がくしゃりと歪んだ。固く瞑った目の端から涙が流れ出ている。小刻みに身体が震えだし、嗚咽も漏らし始めた。黒岩の揺れに、上に乗る頭島さんも揺れている。

頭島さんに「泣いてんのか？」と訊ねられて、「はい」と答える。

思いを寄せた人にまったく相手にされていなかったと分かって、顔をぐちゃぐちゃにして泣いている老人を見ているうちに、なんだか哀れになってきた。

「なんだかなあっていう理由みたいっすね」

状況を理解したらしい奥さんが呟く。荻原さんも察したのだろう。「そういうことだったんですかね」と、了解を表す言葉をもやもやと返す。

あとは黒岩に、きちんと荻原さんに謝罪させて、ここから出て行って貰えば終わりだ。そう思ったところでひっかかった。

黒岩は、荻原さんのことを執拗に嘘吐き呼ばわりしていた。

「あのさ、なんで荻原さんのことを嘘吐きだって言ったの？」

ずるずると洟《はな》をすすってから、嗚咽混じりに黒岩が答える。

「だって、あいつがずっと言ってるから。こいつは恩知らずのひどい奴で、自分の成功のために平然と人を踏みつけにするクズ野郎だって」

――もしかして、それって。

「それって誰？」

「名前は知らないよ。明け方にちょいちょいこの店の前に来る酔っ払いだ。ゴミ袋を切り裂いたり、鍵に接着剤を詰めたりしてた」

「やっぱり木暮かっ！」

そう叫ぶと、「何がどうなってる？」「木暮さんがなんですか？」「なんて言ってる？」と、矢継ぎ早に三人から訊ねられた。それまでの会話を僕は伝える。

「何でそんなことをする奴の言うことを信じるんだか」

呆れた声で奥さんが言う。

「だって、いつも酔っ払ってふらふら歩いて夜中に来て、店の前で泣きながら恨み言を言い続けていて。それがみすぼらしくて哀れで。それに普通はあんなことしないだろ？　捕まるかもしれないのに、それでもしないではいられないくらい恨んでいる。だったらこいつは絶対にそういう奴だって思ってとうぜんだろうが」

居酒屋茜を失った黒岩が木暮を信じてしまった気持ちは分かる。店を失敗して落ちぶれた木暮のしたことや繰り返される恨み言を聞き続けて、荻原さんさえいなければとより強く思ってしまった。荻原さんにはまったく責任はないのに、勝手に二人の共通の敵にされてしまったのだ。

「あいつが外から色々とやったけれど、次々に解決策を講じられて。だったら俺が中からやってやろうと。でも中も俺が手出し出来ないようにされて」

力なく黒岩が言った言葉を、僕は三人に伝える。

「信じていただけるとは思いませんが」と断ってから、荻原さんが木暮との関係を説明し始めた。

電話、ゴミ箱、SNS上の評価、仕入れ先まで被害が及んだことなどを次々と語った。

話し終えると、黒岩が「すまなかった」と小さな声で詫びた。

しばらくすると、黒岩が「今日は何日だ?」と、とつぜん訊いた。

「十月十五日――、もう十六日かも」

「今、何時だ?」

何でそんなことを訊くのだろう。キッチンの中に時計はないし、僕は腕時計もスマートフォンも持っていないので時刻は分からない。「早く、今は何時だ?」と、黒岩にせっつかれた。

「どうした?」と頭島さんに訊かれて、「急に今日が何日で、今、何時か教えろって」と答えると、「一時五十六分です」とスマートフォンを見て荻原さんが答えた。

「だったら、そろそろ来る? この話の流れで言ったら、木暮しかいない。

そろそろ来るはずだ」

「木暮が来るの?」

「ああ、来月の十六日で開店一周年だけれど、その前月の十月十六日もイベントデーで、来客に焼菓子を無料でプレゼントすることになってんだろ?」

同時通訳状態で黒岩の言ったことを伝える。

「そうです。今日は来て下さったお客様に、焼菓子を差し上げることになっています」

荻原さんの説明を聞き終えた黒岩が、「店のガラス戸にペンキをぶちまけてやるって、四日前の夜中に来て言ってた」と言った。

僕が伝え終えると、「なんだと?」と言うなり、奥さんが客席フロアに出て行った。

「どうすれば？」

　おたおたする荻原さんをよそに、「光希、電気を消してくれ。奥さん、戻ってきて下さい」と頭島さんが指示を出した。

「なんでよ？」と言いながらも戻ってきた奥さんに、「待ち伏せして犯行直前で捕まえましょう」と、頭島さんが提案する。

　キッチンに電気が点いたままだと人が居ると気づかれる。納得していると、頭島さんが「おいお前、荻原さんに悪いことをしたと思ってんだよな？」と黒岩に尋ねた。驚いたのか黒岩はただ頷く。

「頷いてます」と伝えると、「だったら、木暮を捕まえる協力をしろ」と、黒岩に命じた。

　そんなのってアリ？　と驚いていると、「やります。やらせて下さい！」と、黒岩が意気込んで了承した。


　作戦はシンプルだ。客席フロアの黒岩がガラス戸から木暮が来るのを見張る。来たらキッチンに隠れている僕に言う。同じくキッチンにいる荻原さんが店の横の路地に身を潜めている奥さんと頭島さんにラインで知らせる。そして犯行直前に二人が木暮を捕まえる。本来ならば、犯行を終えた直後に現行犯で捕まえるのがベストだ。でも、ペンキをかけられたら今日の営業に支障が出てしまう。出来ればそれは避けたいという荻原さんの要望に、奥さんが路地からスマートフォンで木暮の行動を撮影し続けるという案で対処することにした。

　床の上に胡座をかく黒岩の背中は、一年の闘病生活を経て亡くなったこともあってだろう、小さくて薄い。けれど、その背筋は今、しゃんと伸びている。

荻原さんのスマートフォンを見る。時刻の表示は三時七分だった。そろそろ一時間になろうとしているが木暮は現れない。

「気が変わって、今日は来ないとかですかね？」

小声で荻原さんに言う。

「いや、アイツは絶対に来る」

黒岩がそう断言した。

「まぁ、待ちましょう」

荻原さんが穏やかに言う。

「兄ちゃん、その人に伝えてくれないかな。勝手な思い込みで、迷惑を掛けてしまって悪かったって」

前を向いたまま言う黒岩の言葉を、僕は荻原さんに囁くように伝える。

「荻原さん、あなたが朝早くから夜遅くまで、寝る間も惜しんでこの店に誠実に取り組んでいるのは、ずっと近くで見てきた俺が一番分かっている」

落ち着いた静かな声で黒岩が続ける。

「こんなに真面目な人が、本当にアイツの言うような悪い奴なのか？ と疑《うたぐ》りはした。でも、いなくなれば茜さんが戻ってくると思うと、信じてしまった。その方が都合が良かったからだ。自分の欲で、真実から目を背けていたんだ。それで食材をダメにするなんてひどいことをしてしまった。本当に申し訳ないことをしたって。あと丹精込めて育てた野菜や肉を提供してくれた農家さんにも、心からお詫びしていることを伝えて欲しいって、言ってくれないか？」

上っ面の反省でないのは、その声と内容から伝わってきた。僕は出来るだけ一言一句、違《たが》えないように荻原さんに伝えた。

「分かりました、必ず伝えます」

荻原さんの返事に黒岩が振り向いて「ありがとうございます」と言った。すぐに前を向くだろうと思ったが、そのままキッチンを見ている。

「ここの料理は、どれも本当に美味しそうで。中でも豚肉のソテーのレモンバターソースが。こんがり焼いてある分厚い豚肉に掛かったバターソースの香りがたまらなくて。あと、日替わりスープもだ。ゴボウやキノコやカボチャのポタージュスープが野菜ごとに香りが違って、どれも美味しそうで」

けっこうしっかり料理まで見ていたんだと感心した。話を聞いた荻原さんは、最初は驚きで目を大きく開け、次いで嬉しそうに細めた。

「俺も食べてみたかったよ」

そう言い終えて黒岩は前を向いた。

もう食べることは出来ないのを自覚した言葉なのが悲しい。僕が伝えると、荻原さんが「私も、召し上がっていただきたかったです」と、すぐに返した。

その時、振り向こうとした黒岩が動きを止めて「来たっ！」と叫んだ。

木暮到着の一報を奥さんにラインする荻原さんの横で、僕はキッチンカウンターの隙間からガラス戸の外を注視する。フードを頭に被った黒いパーカ姿の男がガラス戸に近づいてくる。僕と荻原さんがいる場所からでは、街灯で逆光になって男の顔は見えない。でも、男は右手に取っ手のついた円筒形の物を提げていた。あれはどう見てもペンキ缶だ。

「コイツだ。コイツがゴミ袋を切ったり、鍵穴に接着剤を詰めた奴だ」

黒岩が証言する。

木暮は左手にペンキ缶を持ち換えて、右手で蓋を開けようとした。もとよりペンキ缶の蓋は開けづらい。まして固定せずに手に提げたままでは、まず開かない。住宅系の職人でなくても、ＤＩＹが趣味な人ならば周知の事実だ。

酔っているのもあるとは思うが、手際の悪さにイライラする。でも待つしかない。いま捕まえたところで、ペンキを持って店の前にいる酔っ払いでしかない。捕まえるのなら、店のドアにペンキを掛けようとする瞬間だ。

このままではダメだと気づいた木暮が道の上にペンキ缶を置いた。それでも手元が定まらないのか、蓋を開けるまでにまた時間を要した。やっと蓋が開いたが、勢いで中のペンキが飛び出して、木暮の腕やパンツに掛かった。街灯の明かりで蛍光のピンク色だと分かる。タベルナおぎわらの外観は、ベージュの珪藻土《けいそうど》にブラウンの木材の窓枠がはまったシックだけれど家庭的な温かみのあるものだ。そこに蛍光ピンクとは。

「ここまで恨まれているとは」

漏らすように荻原さんが言う。その声は悲しそうだった。

ペンキをぶちまけた木暮を捕まえたところで、器物損壊罪にしかならない。けれどこの荻原さんの傷心ぶりを思うと、傷害罪でもいいのでは？　とすら僕は思う。

木暮がペンキ缶を持ち上げた。左手は底に、右手で缶の縁を持つ。そして身体を左にねじるように引いた。遠心力をつけてペンキを撒こうとしたそのとき、黒い塊が木暮の腹のあたりにぶつかって、そのまま吹っ飛んだ。直後に白いトレーナーを着た奥さんがドアの前を走り抜ける。

僕もキッチンから走り出た。ドアを開けて早く外に出ようとして、ガラス戸の前に立っていた黒岩の身体に突っ込んでしまったけれど、今はよしとする。外に出ると、蛍光ピンクのペンキがぶちまけられた道で、黒いパーカ姿のうつぶせの男の上に頭島さんが馬乗りになっていた。その横にはスマートフォンを片手に腕組みした奥さんが仁王立ちになっている。

「ちくしょうっ！　離せ！」

頭島さんに頭を押さえつけられた男が、地べたに顔をすりつけながら叫んでいる。

「木暮で間違いない？」

僕の背後に向かって奥さんが訊ねる。

「はい、木暮さんです」と荻原さんが答えた。

「証拠の映像はちゃんと撮れてます？」

頭島さんに訊かれて、三人でスマートフォンを覗き込む。再生された動画には、木暮が到着してから、ペンキを掛けようとして止められたところまでがすべて録《と》られていた。

「証拠もばっちり。逃げらんねぇぞ！」

奥さんが木暮の頭の近くにしゃがんで告げる。もともとの外見に、姿勢と声のすごみが加わって、どこからどう見てもただの怖いヤンキーだ。

「どうします？」

頭島さんに尋ねられた荻原さんが「警察を呼びます」と即答して、すぐさま通報した。地べたでもがきながら、汚い言葉で荻原さんへの恨みを吐き続けている木暮を無視して、荻原さんは落ち着いた様子で警察に内容を伝えている。

話し合って解決する次元はとうに終わっている。これがベストな解決法だと僕も思う。

あとは警察が来るのを待つだけとなって、そういえば黒岩はと思い出す。見ると、店の前に黒岩が立っていた。これからどうするのかを訊こうと近づくと、黒岩は深く一礼して消えた。どこなのかは分からないが、行くべき場所に気づいたのだろう。この話は木暮を警察に引き渡して僕たちだけになってからしようと僕は思った。

パトカーの到着を待って、木暮を引き渡し終えたときには朝の四時になろうとしていた。日の出まではまだ時間があるらしく、あたりは暗い。オカルト現象だけでなく、人的被害を解決することが出来た。まさに一石二鳥の大成功だ。でも、これにて解散というわけにはいかなかった。路上にぶちまけられた蛍光ピンクのペンキをどうにかしなくてはならない。撒いたばかりだから、大量の水で流せば、かなり落ちるはずだ。残りは、アスファルトとコンクリート用の汚れ落としを使えば綺麗になるはずだと、奥さんが説明して、すぐさま取り掛かった。自分がと申し出る荻原さんに、「専門家に任せて下さい」と断る。

僕たちは足場工事のプロだ。そして足場工事の仕事には、現場の清掃も含まれる。さすがにペンキ落としは含まれていないけれど、でも荻原さんと僕たちのどちらが適任かと言ったら、やはり僕たちだろう。

「でしたら」と、荻原さんが食事の提供を申し出てくれた。朝食には早いし、おなかがぺこぺこでもない。でも、奥さんの「それじゃ、ありがたくゴチになります」の一言で、いただくことになった。

料理を待つ間に、頭島さんがホース作業を、僕はほうきを借りてペンキを側溝に掃き流す。幸いあらかたのペンキは流れて消えた。ところどころ隙間に入り込んだものは残っているが、これなら汚れ落としを使うほどでもない。

片付け終えて店内に入ったとたん、良い匂いが鼻をくすぐった。バターで肉を焼く、あのたまらない匂いだ。

「今朝の仕入れがまだなので、今ある物だけで申し訳ないのですが」

言いながら手際よく、荻原さんが調理する。冷蔵庫からレモンを取り出して、包丁で二等分にして、力を込めて絞っていく。何を作っているのかが分かって、肝心な話をしていなかったことを思い出した。

「黒岩は、もういないです。さっき、木暮を捕まえたあとに、一礼して消えました」と、三人に伝える。

荻原さんの手が止まった。すぐに「そうですか」と言って、料理をお皿に盛り付け始めた。大きな白い皿にはすでにキノコとブロッコリーと赤と黄色のパプリカの付け合わせが載っていて、その横にフライパンから取り出した分厚い豚肉のソテーを置く。仕上げにソースをスプーンで豚肉の上に掛けていく。トースターのタイマーがチーンと鳴った。パンの温め直しを終えた音だ。

「謝罪なしかよ。幽霊ってロクなもんじゃねぇな」

奥さんが不愉快そうに吐き捨てた。

「いえ、黒岩さんは私にきちんと謝罪して下さいました。——出来ました」

荻原さんが料理の載った皿を手に、キッチンから出てきた。四人掛けのテーブル席に座って待つ僕たちの前に、順次、料理とパンを置いていくと、またキッチンに戻った。その手にはもう一皿、メインディッシュを持っている。荻原さんがカウンターの上に料理を置いた。カウンターにも一席分、テーブルセッティングされていて、コップには水が入っていた。

「せっかくだし、一緒に食べましょうよ」

「これは黒岩さんの分です」

そう言って、荻原さんはカウンターに向かって手を合わせた。

ここにいたところで黒岩が料理を食べることは出来ない。だとしても、荻原さんが黒岩のために料理を作ったのを知らずに去ってしまったのが、僕は残念でならなかった。

食事のお礼を言って帰宅する際、荻原さんは今回のはあくまで簡易的なお礼なので、改めて食事をご馳走させて下さいと言ってくれた。二度は申し訳ないからと奥さんは辞退して、今度は自腹で食べに来ますと約束して、僕たちは店を出た。

朝日の差し始めた中、帰宅への車中で奥さんが「黒岩はゲットアライフでも、ちゃんと生きろ！　だったな」と言い出した。

確かにそうだと思う。一つの文でいくつもの意味があるって便利だなと思う反面、ニュアンスで今回は何を表しているのかを察しないといけないのは、不便かもしれない。

幽霊退治に続けて木暮を捕まえ、仕上げに美味しい食事をいただいてお腹がいっぱいなこともあって、眠気が一気に襲ってきた。でも眠ってしまったら運転している奥さんに申し訳ない。起きていようと腿のあたりをつねったりして、なんとか目を開けている。

頭島さんはどうなのだろうとバックミラーで確認しようとして、行きの車中でのことを思い出した。とたんに、見られなくなって視線を戻した。これといって話題もないまま、僕の住むアパートに着いた。二人にお礼を言って、車が見えなくなるまで見送ってから自室に戻る。

鍵を開けてドアを引き開けようとして、一つ大きく息を吸った。目を閉じて息を吐き出すと、全神経を集中させながら中へと入る。何も感じない。目を開いて辺りを見回しながら、廊下を進み、洗面所、浴室、トイレのドアを開けて中を見ていったが誰もいない。居室も同じだ。中央に立って「浩太朗」と、彼の名を呼ぶ。

秋定さんは浩太朗と話した。だから違う場所に行けると気づいた。僕はそう思っている。ならばやはりいるはずだ。あれは夢でなかったと、今では言える。けれど、浩太朗は現れない。やはり僕には会いたくないからだろう。

とうぜんだよなと思ったそのとき、頭の中にまたあの朽ちた床が割れる雷にも似た音に続けて、どんっと重みのある物が叩きつけられる激しい音が響いた。そしてその後の光景が甦り始める。

「浩太朗」

僕は頭を抱えて、もう一度彼の名を呼んだ。返事はない。それでも僕は彼の名を何度も呼び続けた。

第五話 「Ｇｅｔ ａ Ｌｉｆｅ！」

1

十月十九日、朝九時に須田社長につきそわれて区役所へ分籍届を提出しに行った。

七月二十日の一学期の終業式直後に家出をしてからずっと待ち焦がれていた瞬間だった。さぞや感動するだろうと思っていたけれど、終わってみたら呆気ないものだった。窓口の担当者に必要事項を記入して署名捺印した用紙を渡し、それで完了だったからだ。

「俺と嫁さんが結婚届を出したときは、窓口の人がおめでとうございます、って言ってくれたけれど、これはおめでとうって話でもねぇし、こんなもんなんだろうな」

僕の表情から察したのだろう、どこかなぐさめるような社長の言葉に、「そうですよね」とだけ、なんとか返した。素っ気ない返事をしてしまったことに、あわてて「でも、これで一段落です」と付け加える。

分籍届が受理されたところで親子関係を完全に解消することはできない。でも、独立できた満足感は得られた。加えて住民票の閲覧制限もかけた。これで簡単に住所の特定はできない。ただ、私立探偵でも雇えばみつけられる可能性は高い。だとしても、依頼料はそこそこかかるはずだ。強欲な母親にわずかでもダメージを負わせられるのなら、それだけでもすっとする。

接近禁止仮処分命令の申し立ても考えた。でも、今のところは被害に遭っていないから、申し立てても受理されない可能性が高い。なので今回は見合わせた。もちろん一度でもつきまとわれたら、ただちに申し立てをする。

「良かったな」と言って、社長が口の端だけ上げて笑った。

それが社長の笑い方だ。目鼻立ちのはっきりした彫りの深い男前だから、それが様になっていてとても格好いい。格好いいのは容姿だけではない。言動、いや生き様が格好いいのだ。だから社員は皆、社長を尊敬している。その筆頭の奥さんに至っては、持ち物や仕草までまねをしている。とうぜん笑い方もまねようとした。でも細い垂れ目もあって、どうやっても不気味な笑みにしか見えなくて諦めたらしい。

社長の男前スマイルを独り占めしてしみじみしている場合ではなかった。きちんとお礼を言わなくてはと、気づく。

「今日を無事に迎えられたのも、すべて社長や職場の皆さんのお蔭です。ありがとうございます」

そう言って、深くお辞儀をした。

格安の漫画喫茶に寝泊まりして可能な限り節約して、分籍届を出してから公的な支援を受けつつ職探しをする。これが家出前に僕が立てた計画だった。

今なら分かる。経済的にはなんとか誕生日を迎えることができただろう。でも日々、寝食の不安を抱え、頼る人どころか言葉を交わす人もほとんどいない状態では、精神的にも肉体的にもそうとう参っていたはずだ。それに誕生日後も、すぐには安定した生活を送ることは出来なかったと思う。

けれど今の僕は、奥さんに格安でアパートに住まわせて貰い、所持金もアルバイト代で家出前より増えている。さらに今日からは須田SAFETY STEPの正社員になる。不安に怯えることのない生活が約束されているのだ。そして何よりも安心して話し、笑いあえる人たちができた。もう一人ではないのだ。

すべては須田社長のお蔭だ。家出十一日目の七月三十日の朝、コンビニエンスストアの前ですれ違った一瞬で、社長は僕が家出少年だと見抜き、食べ物や飲み物を買ってくれ、さらにはアルバイトをしないかと誘ってくれた。あのとき社長と出会っていなかったらと思うと、本当にぞっとする。

「頭を下げられるようなことは何一つしてねぇよ。どころか、光希はしっかりしているから、一人でどうにか出来ただろうに、今まで安い日当なのに良く働いて貰っちまったから、得をしたのはこっちの方だ。こっちこそ、ありがとうだ」

ひょこっと頭を下げると、僕の返事を待たずに「次は銀行だな、行こう」と言って、歩き出した。

恩着せがましさなどかけらもない。それどころか、お礼まで言ってくれるだなんて、奥さんではないけれど、「いや、もう、マジでリスペクト！」だ。感謝と尊敬で胸をいっぱいにしながら、僕よりも少しだけ背の低い社長のあとをあわてて追った。

「そんじゃ、五時に迎えに来るから」

区役所に続いて銀行で新しく口座を開き、昼食を挟んで午後からは携帯電話の契約を終え、残るは須田ＳＡＦＥＴＹ ＳＴＥＰとの雇用契約のみとなった。社に戻ってすぐに終わらせると思いきや、そうではなかった。

「せっかくだし、みんながそろっている終業ミーティングの場でしよう。いったん家まで送って、また迎えに来るから」

わざわざ社長自らに送り迎えをして貰うだなんて申し訳ないので、「自力で行きます」と言う。でも「しなきゃなんねぇヤボ用終わりの帰り道だし、手間じゃねぇよ」と言われてしまった。厚意は素直に受け取る。その分、ほかの誰かに同じ、いやそれ以上の厚意を施す。社訓のペイ・フォワードの精神を損なうわけにはいかない。

「お言葉に甘えさせていただきます。ありがとうございます」と、すぐさま返した。

アパートの自室に戻ったのは午後三時を回ったところだった。このあと迎えに来て貰う五時過ぎまでは、何の予定もない。ドアを開けて室内に入ると同時に、目を閉じて集中する。でも、今回も何も感じられない。失望しながらも「浩太朗」と、彼の名を呼ぶ。もちろん、返事はない。

タベルナおぎわらのトラブルを解決した日からずっと、ことあるごとに僕は浩太朗の名を呼び、彼の姿を捜し続けている。でも、十月九日の朝の一度を最後に、そのあとは会えていない。はじめは夢だったと思っていた。でも、この部屋に居続けて電気を消したりして、頭島さんにボコられて一度は姿を消した秋定さんがまた現れた。心残りを晴らしたいと僕に頼み、思いを叶えてここから去って行った。その気になればどこにでも行けると、浩太朗に教えて貰ったからに違いない。

　ベッドの上に腰掛けて、あの朝、浩太朗が体育座りをしていた壁の前を見つめる。量の多いくせっ毛、黒目がちの目、少しぽっちゃりとした体格、そのすべてが中学三年生のときの浩太朗まだった。

「久しぶり」「元気そう。って言うより、前よりずっと元気だ」「これ、夢だから」

　あの朝に浩太朗に言われた言葉だ。ことに最後の「これ、夢だから」は、どこか突き放したような言い方がもっとも彼らしくて、幾度となく頭の中で再現している。

　浩太朗のことは中学一年の頃から知っていた。一つは学校内でのお一人様の陣地取りでだった。一人を好む僕たちは、休み時間ごとに一人になれる場所に移動していた。けれど校内にそういう場所はあまり多くない。なのでどちらかが先にいたら、もう片方は別なところに行くというのを繰り返していた。もう一つは最速下校組でだ。習い事や家庭の事情、学校からとにかく早く出たいなど、理由は様々だけれど、誰よりも早く下校する生徒たちがいて、そのメンバーは一年間ほとんど変わらない。僕も浩太朗のその中の一人だった。

　当時の僕の浩太朗への認識は、可能な限り一人でいたい、とにかく早く帰宅したいという二つの属性が一緒な奴がいるなというくらいだった。

　体格のせいなのか、穏やかそうな見た目に加えて極端な人見知り、さらには苦手なこともけっこう多い浩太朗は、ぱっと見だと内気でおとなしそうに見える。でも、実際はとても芯というのか我が強い。そう僕が気づいたのは、中学二年で初めて同じクラスになった三日目のことだった。

　クラスの中心的な存在、僕と浩太朗に言わせればボス猿とその仲間たちみたいな男子生徒たちから、浩太朗はぽっちゃりした見た目をからかわれていた。その間ずっと、浩太朗は薄ら笑いを浮かべて受け流していた。強く嫌がっていないことで、ボス猿たちは図に乗った。白くてぽちゃぽちゃしていることから、あだ名は大福だと一方的に決めつけられた。すると、今までずっとシャイな笑顔でやり過ごしていた浩太朗が口を開いた。

「相手にしたくないから、笑って受け流していたけれど、これはれっきとしたイジメだよ」

それまでとは違うどこか突き放すような口調にボス猿たちは、最初は意味が分からなかったらしく、きょとんとしていた。

すると浩太朗は、「やだやだやだ！　そんなあだ名なんてやだ！」と、地団駄を踏みながら、びっくりするような大声で叫んだのだ。

騒ぎに気づいた女子たちがあっという間に近づいてきた。中でもやはり人気者的な存在、こちらも僕と浩太朗に言わせれば女王蜂とその仲間たちが正義感を振りかざし、被害者である浩太朗を守ろうと、ボス猿たちを一斉攻撃したのだ。

口達者な女子たちにいじめっ子だと悪者扱いされ、謝罪はもちろん、今後はしないと約束しないのなら、教師にチクると言われてボス猿たちは従うしかなかった。

こうして浩太朗は、望まないあだ名を回避するだけでなく、ボス猿たちから二度とからかわれない日々を手に入れた。

すべて見ていた僕の感想は賢いな、だった。でも一方で、今後は女子たちの弟分、あるいはペットのような立場に甘んじることになるのだろうとも思った。

けれど、そうはならなかった。頼んでもいないのに庇護しようとする女子たちに、浩太朗ははっきりと断りの言葉を伝えていた。しかも言い方がとても上手い。最初にかならず、「心配してくれてありがとう」「気を遣わせてごめんね」などの感謝か謝罪を言う。続けて「でも自分でするから」「大丈夫だから」と、自分の意思を伝える。反感は買わないうえに、自分の要望も叶えるという見事な対処だった。想像していた以上の賢さに、畏敬の念すら僕は抱いた。

浩太朗と僕が仲良くなったのは四月末のことだった。お気に入りの図書館の最奥の角に行ったら、すでに彼がいた。今日は取られたなと、科学準備室に移動しようとすると、「よかったら、一緒にどう?」と声をかけられたのだ。そして二度目からはそれが当たり前になった。

最初のうちは話すこともなく、それぞれ本を読んだり、ただぼうっとしていた。でもやがてぽつぽつと会話をするようになった。天気だったり、そのときに読んでいる本だったり、授業の内容だったりと、無難な話題がほとんどで、互いのプライバシーに触れるようなことは一切話さなかった。それがとても心地よかった。やがて下校も一緒にするようになった。

もとより下校時刻は同じくらいだったから、校門でよく出くわしてはいた。でも、家の方向は違う。そんな僕らが一緒に下校していた理由は、二人とも家に直帰せずに、常に道を変えて大回りしたり、図書館や公園で時間を潰したりしてから帰宅するという共通点があったせいだ。

校内での休み時間と帰宅までの時間潰し。それだけの長い時間を共に過ごしていれば、やはり徐々にお互いのプライベートに言及することになる。その口火を切ったのは浩太朗だった。

「弟がいてさ。僕と違って、明るくて運動が出来て頭も良くて。比べられるのが嫌なんだ。だから家にあまりいたくない」

公園のベンチに腰掛けて、入道雲を見上げながらとつぜんそう言った。そうなんだと思いつつ、

「君は?」と聞かれたら嫌だなと思っていた。けれど浩太朗は何も聞いてこなかった。一方的に浩太朗が自分のことを話し、僕がそれを聞く。それが二ヶ月ほど続いた六月末、いつもとは違う道を二人で開拓していて、ある家の前を通りかかった。二階の窓から老夫婦が僕たちを見下ろしているのに僕は気づいた。老夫婦も気づいたらしく、おばあさんが僕に手を振った。フレンドリーなおばあさんだなと、僕も手を振り返していると、「誰に手を振っているの?」と、浩太朗に訊かれた。

「おばあさんが」と、二階の窓を指さそうとして気づいた。家の鉄柵は錆びていて、庭には雑草が生い茂っていた。玄関脇の自転車も錆が浮いていてタイヤはパンクしていた。その家はどう見ても廃屋だったのだ。ならばあの老夫婦はこの世の者ではない。――しまった! と思ったときには遅かった。

「もしかして、光希って見える人?」

小学校時代、僕は幽霊が見えることを伏せていた。けれど六年生の夏休みに知り合いの知り合いが相談者だったという同級生が現れて、僕と母親が何をしているかが広まって平穏な日々は終わった。僕の知らないところで母親がしていた商売のせいで、クラスの女子が自分のアクセサリーやキーホルダーを祈ってくれと持ってきた。さらには、同級生どころか他学年の生徒まで心霊相談を持ちかけてきただけでなく、珍しい奴を見てやろうと、休憩時間に見物にくるようになった。なかには能力を確かめようとする者もいた。

一番多かったのは、亡くなった親族や知り合いを呼び出してくれ、だった。恐山《おそれざん》のイタコ的な能力は僕にはない。だから断った。すると嘘吐きだと言われた。自分も霊感があると言う生徒も何人か来た。その生徒たちが見えているというものが僕には見えなかった。だから正直に見えないと答えた。生徒とその友人たちは僕には能力なんてない、ただの嘘吐きだと吹聴した。卒業するまで僕は、クラスどころか学校中から孤立していた。勇気を振り絞って通学し続けたのは、我ながらすごい根性だったと思う。

それもあって、自宅に近い公立中学校ではなく、少し離れた場所にある中高一貫の私立校に進学した。入学後は、自分の能力や母親のことをひた隠すだけでなく、個人的なことを知られたくないから、できるだけ人との距離を取っていた。だから僕には友達がいない。クラスでは浮いていたけれど、そうすることで僕は平穏な学校生活を維持していたのだ。

でも、この話を浩太朗が誰かに話したら終わりだ。もちろん彼との仲もだ。

だが口を開いた浩太朗が発したのは「なんか、大変そうだね」のひと言だった。しかもそれっきりだった。

浩太朗はその後、ただの一度もこの話題を持ち出さなかった。そして僕と浩太朗の友情は続いた。お互いのパーソナルデータは、それぞれが自ら明かした一部だけしか知らない。でも、深いところで理解し合えていると思える関係は、僕にはとても心地よかった。

僕が浩太朗にすべてを話すと決めたのは、中学二年生の夏休み前だ。その日は、国道まで足を延ばす帰宅コースを選んでいた。国道にさしかかって、前方のガードレールに大きめのTシャツにジーンズ姿の男が腰掛けているのが見えた。ジーンズのポケットに両手を突っ込んだ体勢で、不愉快そうな顔で空を見上げている。

長時間、一人でいる場所ではない気もした。でもあまりにはっきり見えていたので、実在していると僕は思ってしまった。僕の視線に気づいたらしく、男がこちらを向いた。そのとき僕は気づいた。男の少し先の歩道の片隅に花束が手向けられていたのだ。

しまった！　と思ったときには遅かった。男はガードレールから腰を上げると、僕に駆け寄ってきた。

浩太朗がいるので無視を決め込んだのだが、男はしつこかった。「俺のこと見えてんだろ？」「無視すんなよ」と、僕にまとわりついたのだ。

そんな状態では、浩太朗に話しかけられても何も聞こえない。微妙に会話が成立していないことで察したらしく、浩太朗は僕に話しかけてこなくなった。やりやすくなったとばかりに男がそれまで以上に僕に詰め寄ってきた。顔を顰めて無視し続けていると、とつぜん浩太朗が「いい加減にしろよっ！　迷惑なんだよっ！」と、怒鳴った。

話しかけても上の空で会話が成立しないのだから、そう怒鳴るのもとうぜんだ、と僕は思った。けれど、浩太朗が続けて叫んだのは僕の予想とは違ったものだった。

「もう死んでんだから、そっちでどうにかしろよっ！　僕の友達に迷惑かけるな！」

浩太朗は叫ぶと、僕の周りで腕を振り回して暴れ始めた。とつぜんのことに僕の横にいたその男はよけきれなかった。浩太朗の振り下ろした腕が男の体を素通りする。

「なんだコイツ、怖っ！」

そう言うなり男が消えた。それでも浩太朗は「えいっ！」とか「コイツめっ！」と言いながら暴れ続けている。

「ありがとう、もういなくなったから」と、あわてて止めた。浩太朗はぴたりと止まって、「だったらよかった」とだけ言って、ふにゃりと笑った。

なぜそんなことをしたのか訊ねると、答えはこうだった。

「光希って、話の最中に困った顔して黙り込むときがけっこうあるんだよ。そういうときは必ず、うるさいとか、どっか行けよとか、知らないよとか、小さな声で僕以外の誰かに言っててさ。だから、ああ、なんかいるんだ、大変だなって思ってたんだよ。だって、見えているってだけで、まったく知らない人に話しかけられて、何かしてくれって一方的に頼まれて。しかも断ってもつきまとわれるなんて嫌だろうなって思ったんだ。僕なら絶対に嫌だし。それで、ムカついたんでやってみた」

ユーチューバーのサムネイルみたいな言葉を最後に、浩太朗は口を結んだ。

気づかれていたことに驚いたのと、何よりも「僕の友達に」という浩太朗の言葉に衝撃を受けて何も言えないままその場に立ち尽くしていた。そんな僕を見て浩太朗は「手応えはまったくなかったけど、役に立てたんならよかった」と言って、歩き出した。

浩太朗には幽霊は見えない。でも僕の能力を信じてくれていた。それだけではない。特別視したり、面白がったりせずに、僕の立場になって考えてくれていた。何よりも、僕のことを友達だと思ってくれていた。

これまでも、褒められたり、お礼を言われたり、何かを貰ったり、面白いテレビや漫画や本を見たり読んだり、ちょっとした出来事があったり、おいしいものを食べたりなど、その度に嬉しいとか楽しいとか感じてはきた。けれど、この時僕の体内で膨らんできたこれは違う。嬉しいと楽しいが合わさった、いやそれよりももっと大きくてもっと温かいこれまで知らなかった何かだ。

そして僕は気づいた。これが幸せなのだと。

「あのさ」

打ち明け話の口火を切る言葉にこれが適切かは分からないけれど、とにかく僕は話し始めた。

能力に気づかず怯えて泣き騒いだ幼少期、そのせいで両親が不仲になった。幼稚園の年長の頃に能力に気づいてから、母親が商売に使い始めた。さらに自らも能力があると嘘を吐いてスピリチュアルな商売を始めたことで、ついに父親が愛想をつかして離婚した。小学校高学年のころには母親が僕には内緒で、僕が祈ったとか念じたとかいう塩とか天然石だとかを売っていた。それが学校でバレて小学校六年生の二学期以降は孤立し、だから地元でない私立中学に進学し、絶対に能力を悟られたくないから出来る限り一人でいた——。

炎天下の国道横の歩道を延々と歩きながらすべてを話し終えて、ようやく僕は口をつぐんだ。

それまで無言で横を歩き続けていた浩太朗が立ち止まって僕に振り向いた。

「暑いから、コンビニに入らない?」

コンビニの店内の冷気で涼んで息を吹き返してから、冷たい飲み物を買っていつもの公園のベンチに移動する。六月末の夕方の公園には人影はほとんどなかった。二人でベンチに並んで腰かける。

「僕のこと、嫌じゃない?」

とつぜん浩太朗に訊かれて面食らい、「なんで?」と、訊き返した。

「光希の人生って、僕が思ってた以上にハードモードでさ。それと比べたら、僕のはただの甘えとかわがままって思われても仕方ないかなって」

眉毛をハの字にして申し訳なさそうに答えた浩太朗に、僕はこう返した。

「大変って、比べるものじゃないよ。人それぞれなんだから。浩太朗の大変が僕には大変じゃなくても、浩太朗が大変なら大変なんだから。大変なんだから優しくしろとか、何かしてくれって言ってもいないんだし、思うのは自由だよ」

「――そっか。だよな。思うのは自由だよな」

眉尻を戻した浩太朗は、そう言って笑った直後に、またハの字眉の困り顔で僕に訊ねる。

「あとさ、さっき友達って言っちゃったけど、これも嫌じゃない？」

「嫌じゃないよ。――嬉しかったよ」

照れくさくて浩太朗の顔を見ずに前を向いたまま僕は答えた。そのとき以来、僕たちは友達、いや親友になった。それからはいつも一緒にいた。中学三年の一月のあの日が訪れるまで。

中学三年生の三学期が始まったとき、小学六年生の夏休み明けの悪夢が再来した。そのころには僕は母親の商売にはほとんど加担していなかった。でもどうしても断れない例外もあった。母の姉、僕にとっては伯母からの相談だ。母と伯母の仲は良くない。母親と違って伯母は倫理観のあるしっかりした人なので、気が合わないのはとうぜんだろう。本来ならば伯母は母親と没交渉にしたかったはずだ。けれど、僕のことは案じてくれていて、お年玉だけでなくお盆のお墓参りの時にはお小遣いもくれた。

その伯母から、旦那さんの弟夫婦が購入した中古住宅で怪奇現象が起こって困っていると相談を受けたのだ。お世話になっている伯母の頼みだけに、さすがに断れず僕は引き受けることにした。

広島市内のその家で起きていた怪奇現象は、昼夜問わず誰かの気配を感じる、足音らしき音が聞こえる、閉めたトイレのドアが開いている、トイレに入っていると誰かが開けようとする、などだった。

実際に訪れて、怪奇現象を起こしていたのは元の住人のお婆さんだとすぐに分かった。病院で最期を迎えたお婆さんはどうしても自宅に帰りたいと望んでいた。そして気がついたら自宅に戻っていたという。トイレのドアを開ける理由は、存命時に中に入っていた時に鍵が壊れて閉じ込められ、外に出るのに苦労したから、もしものために常に少し開けておく習慣がついていたせいだった。お婆さんは今の住人を案じて良かれと思ってしていたのだ。

伯母の義弟夫婦とお婆さん双方の言い分を僕を通して交換した。ありがたいことにお婆さんは話が分かる人だった。最終的に、庭の柚子の木だけは手を触れずに残すことを条件に、隣町のご実家に行ってくれることになった。それで怪奇現象は起こらなくなり、無事に解決となった。

伯母は、僕に迷惑をかけまいと、義弟夫婦に今回の話は他言無用と固く口止めをした。けれどけっきょく話は漏れた。その家の隣の住人がクラスのボス猿グループの親戚だったからだ。

隣人はその家が売りに出されているときに、空き家なのに窓に人影が見えたり、家の中から物音が聞こえるなどの怪奇現象を体験していたのだ。なので義弟夫婦の引っ越し後、怪奇現象に悩まされていると立ち話で聞かされても驚かなかったし、その話を伏せていたのなら不動産屋に責任があると、交渉するようにアドバイスもしてくれた。それだけに問題が解決して喜んだ義弟夫婦は今まで相談に乗ってもらっていた隣人に、つい話してしまったのだ。お正月にクラスメイトが親戚のその家に集まったときに話が披露されて、あとは言わずもがなだ。

三学期が始まってすぐにボス猿グループに詰め寄られた。小学校六年生の二学期の悪夢が甦って目の前が真っ暗になった僕は、とにかく相手にしないと無視を決め込んだ。すると矛先は僕と一緒にいる浩太朗に向いた。浩太朗も僕と同じく無視をし続けてくれた。僕たちから何も答えを得られず、話を流布したボス猿グループが周囲から嘘吐き呼ばわりされ始めて、彼らはあわてて僕のことを調べた。

ＳＮＳは便利だけれど恐ろしい。ボス猿たちはネット上で簡単に僕の小学校の同級生をみつけだした。そして僕と母親が詐欺まがいの商売をしていると認識されているのを知った。とうぜんそのことを一気に拡散させた。

それからは地獄だった。小学校の時は二学期と三学期の半年を耐えなくてはならなかったけれど、今回は三学期だけだ。中高一貫の私立校だけれど、そのまま進学せずに、中学の時と同じく誰も僕のことを知らない地域の高校に進学するしかない。それ以前に、進学する必要があるのだろうか？　いっそのこと就職してもいいかもしれない……。

そんなことを考えながらも、僕が最初にしたのは、浩太朗への「僕とは距離を取ってほしい」という通達だった。浩太朗は何も知らなかった。だから僕と一緒にいた。それならば浩太朗は僕に騙されていた被害者となり、一緒に誹《そし》られることはない。

眉をハの字にして浩太朗は僕を見つめていた。思い切りへの字に下がった唇にはぐっと力が込められている。浩太朗には嫌だと思うことが多い。それを表すときの表情が、まさに今のハの字眉への字口だ。

ただ、嫌だと言われても僕の方から距離を取ることは決めていた。けれど浩太朗はあっさりと、

「分かった」と言った。

「ただし条件がある。あくまで人前だけ。じゃないと嫌だ」

さすがに図々しいだろうと僕からはしなかった提案を浩太朗が言ってくれたことに心底僕はほっとした。

「——うん、ありがとう」

そう応えたとき、図らずも涙が零《こぼ》れ落ちた。

「なんだよ、泣くなよ」

そう言う浩太朗の目にも涙が盛り上がっていた。二人とも両手で顔をごしごし拭いて、そのあとごまかすように「へへへ」と声を上げて笑ったあのときが、僕の人生で今後何があろうとも、おそらく一番大切な瞬間だ。

それからはオンライン上でのやりとりが中心になったけれど、浩太朗は親友であり続けた。でもそれはものの二週間も経たずに終わってしまった。

ボス猿たちのみならずクラスメイト全員から奇異の視線を浴び、詐欺師と陰口をたたかれ続けること、さらには被害者として祭り上げられ、一緒に罵れとはやし立てられたことに浩太朗がキレたのだ。

「いい加減にしろよ！　この中に誰か一人でも光希とお母さんに騙された奴がいるのか？　なんの迷惑もかけられていないのに正義面すんな！　お前たちのしていることはただのイジメだ！」

騒然となった教室内で、浩太朗はさらに足音を立てて地団駄を踏みながら大声で怒鳴り続けた。

「僕をお前たちの共犯者にしようとすんな！　僕はそんなの絶対に嫌だ！　やだやだやだや

だ！　絶対に嫌だっ！」

日頃、浩太朗は言葉数が少なく、しゃべり方もぼそぼそと呟くようで声も小さい。けれど、それは見せかけだ。ここぞというときに大声を出して、癇癪《かんしゃく》を起こしたように大暴れすると効果があると分かっているから、あえていつもは抑えているのだ。

「喧嘩をするときは、落としどころを最初に考えるようにしているんだ」

親友になってから夏休みのある日に、公園のベンチでまぶしいものを見るように目を細めて浩太朗は持論を語ってくれた。

「そもそも僕は自分から喧嘩はしない。ふっかけてくるのはいつも向こうでさ。なぜかいつも皆、僕が嫌だなと思う状況に僕を追い込もうとしてくるんだよ。そうなったら戦うしかないし、絶対に負けられない」

そしてたどり着いた必勝法が自分が被害者で相手が加害者だと周囲に知らしめることだという。なかなかの戦法だなと感心していると、浩太朗はさらに続けた。

「卑怯っていう奴もいるだろうけど」

「被害者側に正当性があるから成功する戦法なんだから、卑怯じゃないよ」

自分を卑下する浩太朗を遮った僕に、「でも、たまに正当性がなくても被害者面して自分の意見を通しちゃうときもある。ほぼ親になんだけどさ」と言って浩太朗が情けなさそうな顔で、へへへっと笑った。その表情から、悪いと自覚しているのは十分に伝わってきた。

「とんだクズ野郎だ」

笑いながらそう言って指で肩のあたりをつつくと、「うん、本当にとんだクズ野郎なんだよ、僕」と、浩太朗も言って二人で笑ったのを、僕ははっきりと覚えている。

今回も効果は覿面だった。イジメの加害者だと指摘され、自分たちの分の悪さに気づいた聡い女王蜂グループが、すぐさま手のひらを返して謝罪したのだ。それで一気に流れが変わった。ただ話を完全に収めるためには、さすがに僕が何も話さないわけにはいかなかった。

しかたなく、幽霊が見えたり、話をすることができるときもあること、それを母親に利用されてきて、それが嫌でたまらないこと、だから中学に入ってからは誰にも話していなかったことを簡潔に伝えた。

スピリチュアル的なことを尊ぶ人はけっこういる。今まで僕は、それを鬱陶しく思うときの方が圧倒的に多かった。でも、女王蜂グループがスピリチュアル好きだった今回だけは、本当に運が良かった。「大変ね」「今まで辛かったね」と、僕に同情を寄せ始めたのだ。ボス猿グループもこのままでは自分たちだけが悪者とされると悟ったのか謝罪してきた。

その日を境に、クラスメイトからの僕に対するイジメは終わった。平穏な学校生活を取り戻したのはもちろん、何より浩太朗との友情を隠さずに済むようになったのが本当に嬉しかった。それもこれも、すべては浩太朗のお蔭だ。親友の賢さに僕は心底感謝していた。けれど、これが後々の悲劇の引き金になるだなんて、その時の僕には知りようもなかった。

二ヶ月もすれば卒業して、そのまま浩太朗と仲良く高校に進学できる。その未来が確実に来ると信じていた一月二十九日のことだ。ボス猿たちから、幽霊が出ると評判のある廃屋を一緒に見に行ってほしいと頼まれた。正直、引き受けたくはなかった。面倒なことになりそうなのは分かっていたからだ。けれど浩太朗に「どうして嫌なのか、きちんと説明してあげたら?」と言われて、とりあえず説明をした。

見えなかったとしても、僕に見えないだけで何かがいる可能性はある。その見えない何かが誰かに何か悪さをしても自分にはどうしようもない。見えたとして、見えない皆に説明するのは難しい。見えないからと勝手な行動をして、相手を怒らせてしまったら、見えている自分に詰め寄られるのも迷惑だ——。

一連の説明を聞いたボス猿たちは一応、納得はした。でも諦めようとはせずに、「見に行くだけだから。見えたら入らないから」と粘った。

やはり断った方がいいと思ったけれど、気を変えたのは、浩太朗が「一度くらい付き合ってあげてもいいんじゃない?」と言ったからだ。これだけ浩太朗が勧めてくるのなら、何か勝算があってのことだろうと僕は了承した。

浩太朗は僕にそうするように言った理由を廃屋に行く道中にこっそりと教えてくれた。イジメは一応手打ちにはなったけれど、高校生活を考えると少しは相手に譲った方が得策だと思ったのと、一度行って何も見えなかったら、そんなものかと諦めて、その先は誘わなくなるかもしれないという二つだった。なるほど、一理あるなと思った僕はこれが最後になるようにと願いながら、皆と一緒に廃屋へと向かった。

そこは、学校から四つ先のバス停近くにある個人経営の内科の廃病院だった。人の生死に関わる病院と幽霊話はつきものだ。まして廃病院ともなるとなおさらだ。その廃病院の存在は僕も知っていた。でも行ったことはない。

幽霊なんて見たくも会いたくもない。バスの中、遠足気分で盛り上がるボス猿たちを横目に、僕の気持ちはやはり引き受けなければよかったかもと、沈んでいた。

本当に幽霊がいたとして、見えていると気づいた幽霊が僕に押し寄せてくる可能性は高い。一人ならばまだどうにかなるかもしれないけれど、病院ともなると複数の可能性もある。それに好意的な幽霊ばかりとは限らない。当人は見えも感じもしていなくとも、僕には幽霊が誰かにつきまとって、恐ろしい顔で恨みや呪い、罵詈雑言《ばりぞうごん》を浴びせ続けるのは見える。

自分ではないし、つきまとわれている本人に影響がなさそうならば、そのまま放っておいた。でも、それを見続けるのは気持ちの良いものではない。

こそっと「やっぱり、止める?」と浩太朗に訊かれた。でも降りるバス停に着いてしまった今、ここで止めるとは言い出せなかった。

バスを降りてもう一度、そこにいる全員に忠告をした。まず敷地の外から見て、その時点で幽霊が見えたら敷地内に入らない。外にいなかったら建物の近くまで行き、また外から見て中にいたら入らない――。

明らかに話半分なボス猿たちに、「そもそも、他人の土地と建物に入ること自体、不法侵入なんだから。誰かに通報されたら捕まる。みんな、そんな馬鹿なことはしないよな」と、淡々と浩太朗が言った。

現実的な指摘に、ようやく「勝手なことはしない」と、その場の全員が約束した。

病院の敷地の外で目を閉じて、全神経を集中させる。何も感じない。安堵して「いないみたい」と伝えると、ボス猿たちは失望した声を上げて、「それじゃ、中に入ろう」と、脇道のフェンスが壊れた隙間からさっさと敷地内に入っていった。仕方なく浩太朗と僕もあとに続いた。

二十年以上前に廃業した病院は古い木造の三階建てで、もとは白かったはずの壁は雨風に汚れて灰色に変色していて、窓ガラスは何ヶ所も割れていた。

「ホラーのゲームとか漫画に出てくるまんまだな」

「今はまだ明るいからいいけど、夜だったらとんでもなく怖いよな」

ボス猿たちの楽しそうな声を聞きながら、僕は全神経をまた集中させた。でもやはり何も感じない。覚悟を決めて、出入り口の割れたガラス戸から、一人先に中に入った。どれだけ辺りを見回しても、何も感じないし、何も見えない。ほっとして、「誰もいないよ」と皆に伝えた。

「なんだ、ただの噂だったのか」

明らかにがっかりしながらボス猿たちが建物内に入ってきた。

「病院って、そういう話になりやすいしな」

「人が勝手に入らないように、そういう噂をわざと流してるって話、聞いたことがある」

壁にはスプレーで、アートとはさすがに言えない何かのマークや、「××参上！」という古臭い署名がいくつも書いてあり、床の上には誰かの飲食したゴミも落ちていた。そういう噂があるから、確かめてやろうと入り込む輩もいるだけに、その手はあまり有効ではないのでは？　と僕は思う。

幽霊はいなそうで安心はしたけれど、不法侵入をしていることには違いない。「そろそろ出ようよ」と、声をかけると、「せっかく来たんだから、もうちょっと見てくる」とボス猿たちに断られてしまった。

敷地内から出なければ不法侵入には変わりはない。でもせめて建物からは出ようと、僕は一足先に外に出た。浩太朗も一緒に出てくるとばかり思っていた。けれど「浩太朗、二階を見に行こうぜ！」と、ボス猿グループの一人に誘われてついて行ってしまった。幽霊はいなそうだし、まぁ大丈夫かと僕は思って、そのままにした。

ここから先は、これまで何度も僕の頭の中で再現されてきた音と光景になる。廃病院の二階の床は経年劣化で腐っていたのだ。それに気づかずに浩太朗は進んでしまった。重みで床が崩れ落ち、そのまま浩太朗は階下に落ちた。建物内に駆け込んだ僕が見たのは、物が乱雑に積まれた上に不思議な角度で首を曲げて横たわる彼の姿だった。

浩太朗が搬送された病院の受付ロビーで僕はずっと考えていた。

幽霊が見えたと嘘を吐いて、建物内には入るなと言っていたら。それ以前に、絶対に嫌だと廃病院行きを断っていたら、こんなことにならなかったと、考えはどんどん過去に遡っていく。三学期が始まって、僕の過去がバレたときに、ちゃんと浩太朗と絶縁していれば。それ以前に、僕と仲良くなっていなければ。そうしたら、こんなことにはなっていなかった――。

お願いだから、僕のたった一人の友達を助けて。

僕は浩太朗の無事をひたすら祈り続けた。けれど、望みは叶わなかった。夜の九時過ぎにロビーに現れた浩太朗の父親の表情で僕は悟った。

あの日、僕はたった一人の親友を失った。そして幽霊も見えなくなった。

2

須田社長の運転で社に向かう車中、これから待ち受けているであろうことに向けて心の準備をする。雇用契約書をとりかわすことは社長と僕の二人でできる。なのに社長が「みんながそろっている終業ミーティングでしよう」と言いだしたからには、ただ全社員の前で契約書に署名捺印し、皆からの拍手で終わるとは思えない。おそらく何かしらのサプライズがあるはずだ。

サプライズに見合うリアクションとはどの程度のものなのだろう？　大仰だと白々しいし、かといって喜びや驚きが薄いと皆を失望させてしまうだろう。そんなことをつらつら考えていて、僕は気づいた。これは僕の人生で初のサプライズになるのだと。能力と母親のせいで小学生時代、僕には友人はほとんどいなかった。中学に進学して親友ができた。けれど中学三年生で彼を失ってからはまた友人ゼロに戻り今に至る。僕にはする側、される側ともにサプライズの経験はない。とたんに緊張し始めた。準備をしてくれた皆のためにも自分のためにも最高のサプライズにしたい。だが、今までしたことがないだけにどうしたらいいのか分からない。こんなとき奥さんだったら、「マジで？　ガチで嬉しい！」と喜びを爆発させるだろう。まねをするのがベストだと思うけど、上手くできる自信がないし、そもそもいつもの僕はそうした喜び方を絶対にしないだけに、皆に嘘だと見抜かれてしまうに違いない。あれこれ考えているうちに社についてしまった。

駐車場には会社のトラックがあらかた止められていた。「もう、みんな戻ってんな」言いながら、社長が空いている場所に車を切り返しなしで一発で止めた。社長も奥さんも運転が上手い。感心していると、車から降りる前に「光希は運転免許はどうする?」と社長に訊かれた。

「取りたいです」

「だよな。教習所を決めたら教えてくれ。半額補助するから」

「ありがとうございます」

「まずは普通免許だろうけれど、大型とか重機の免許も取りたければ取るといい。仕事の幅が広がれば、いずれ転職を考えたときに役に立つしな」

雇用契約を結ぶ前に転職に向けての資格取得を勧められて反応に困っていると、社長が僕の方へ顔を向けた。あわてて僕も社長の顔を見る。

「足場工事の現場は体力的に生涯現役でいるのは難しい。だからきちんとその先のことを考えて貰いたい。俺にできる限りのサポートはする。ただ人生をどう選ぶかは自分で決めないとな」

真摯な表情で言われた言葉には重みがあった。でも、人生をどう選ぶかと今言われても、先のことなんて僕には何も思い浮かばない。

「まぁ、今言われても答えようがないのかもしれないけれど、一年後にまた聞くから」

そう言って、社長が先に車を降りた。

一年後にまた尋ねられた時に、僕は人生の方向性とか目標とかができているのだろうか? ぼんやりとそんなことを考え始めて、一年後にまた同じことを訊ねられる、つまり一年後の予定が出来たことに気づいた。

中学三年の一月にたった一人の親友を失ってからずっと、母親から逃れて十八歳の誕生日に分籍届を提出することだけを考えて僕は生きていた。つまりは、そこまでしか考えておらず、その先のことなどまったく考えていなかった。それだけに一年先の予定が決まったことがとても嬉しい。

社長のあとに続いて職場に入ると、全社員六名がそろっていた。皆、何でもないといった顔で室内にいたけれど、奥さんと頭島さんが流し台を隠すように立っているし、何より油とニンニクの混じった美味しそうな匂いがうっすらだけれど室内に漂っていた。やはりサプライズだ。でも、ここは気づかない風を装って、社長に続いて応接セットに向かう。

雇用に必要な書類数枚に署名捺印を終えるのにさほどの時間は掛からなかった。作業としては、区役所での分籍届の提出と同じだ。でも実際は全く違った。全社員の視線を集める中でだから妙に緊張する。

すべてを書き終えると、社長が記入漏れがないか確認してくれた。

「これで光希は須田ＳＡＦＥＴＹ ＳＴＥＰの正式な一員だ。みんな、よろしくな」

社員みんなに向かって社長が言うと、拍手が沸き起こり、さらに「おめでとう」とか「これからもよろしくな」という祝辞や温かい言葉が僕にかけられる。僕は立ち上がって、「ありがとうございます。これからもよろしくお願いします」と言って、室内の全方向に向けて順次頭を下げた。

「そんじゃ、お祝いだ！」

奥さんと頭島さんが背後の流し台からオードブルの盛り合わせと、山盛りの唐揚げが載ったアルミ製の大きな皿を持ってきて、応接セットのテーブルの上に置く。さらに寿司桶が四つ届けられたので、二人はどうやってすべて置こうか迷っている。どうにか収まりがついたころには、冷蔵庫から取り出された缶やペットボトルの飲み物がバケツリレーのように回されて皆の手に渡っていた。

「では改めて。桧山光希君、入社おめでとう！　これからもよろしく！」

社長の乾杯の発声で、皆が手にした飲み物を合わせて僕の入社祝いの会が始まった。

社の全員がマイカーか誰かに同乗しての車通勤なので、アルコールがなかったこともあるけれど、それ以前に業務が終わったらだらだらと職場に留まらないという社長の経営方針もあって、入社祝いの会は一時間くらいでお開きとなった。

片づけを申し出ると、僕を車で送るからと、奥さんと頭島さんも手伝ってくれることになった。帰宅する各人に改めてお礼を伝えながら送り出す。

サプライズは入社祝いの会だけではなかった。社員のそれぞれがお祝いとして、タオルやTシャツや靴下や冬用の温かい下着など実用的な物をくれたのだ。皆の心遣いが嬉しくて、僕にできる限りの感謝を表したつもりだ。でもやはり喜びのリアクションとしては足りていないような気がする。なんだか申し訳ないなと思いながら寿司桶を洗っていると、「光希、それが終わったら、ちょっといいか？」と、社長に声を掛けられた。

「はい」と答えて、早々に寿司桶を洗い終えて応接セットに戻る。ソファにはすでに社長と、対面に奥さんと頭島さんが並んで座っていた。いったい何だろうと思いながら、僕は奥さんの左隣に腰かける。

社長はどう話そうか迷っているのか、すぐには切り出さなかった。社長はいつも端的に話をする人だ。それだけにこれから聞かされる内容に不安と緊張を覚える。

「実は、俺個人から三人に頼み事があるんだ。もちろん断ってくれ――」

「やります！　やるに決まってんじゃないっすか！」

社長が最後まで言う前に、奥さんがもう引き受けていた。僕も頭島さんももちろん否はなく、

「やらせていただきます」「やります」と、即答していた。


「三人が色々と相談を受けて、解決している話は俺も聞いている」

これまで僕たちが手掛けたのは、どれも奥さんのところに個人的に話が来て引き受けたものだ。ただ最初の藤谷家は武本工務店の裕二さんから、二番目のシェアハウス杉村は芝電設の湯沢さんからだったこともあり、事の顚末は二人から社長の耳にも入っているようだった。

そのあとの二つは須田ＳＡＦＥＴＹ ＳＴＥＰとは関係なく、奥さんの彼女のアヤさんからと、奥さん行きつけの居酒屋・篠生のアルバイトの栞奈さんからだった。この二件は、奥さん自ら社長にこんなことがあったと報告していた。つまり社長はこれまで僕たち三人の幽霊退治のすべてを知っている。

この切り出しならば、そっち系の相談だ。まさか社長からとはと驚きつつも、社長の頼みならば是が非でも解決したいと思う。

「正直、今まで三人が解決してきたのと話が違うっていうのか、別モノなんじゃねぇかって俺は思っているんだけどな」

「なんでも言ってください！」

またもや最後まで言う前に奥さんが口を挟んだ。

「ありがとう」

お礼を言うと、社長はいつも以上に静かな口調で話し出した。

「凜《りん》なんだけれど」

「凜ちゃんは社長のお姉さんの一人娘で、小学校六年生のすっげぇ可愛い子なんだよ。今年のバーベキューは来なくて、俺もアヤも会えなくてがっかりしてさ」

須田SAFETY STEPではどちらも費用は会社持ちで、しかも参加は自由の年に一度の社員旅行と月に一度のお疲れ様会がある。そのうえさらに社長主催の社員の家族や交際相手も参加可能なバーベキュー会が八月に開かれる。夏のバーベキュー会には僕も参加した。そのとき、ここまでしてくれる会社はなかなかないと思って、社長にお礼を言った。

「社員の家族の顔が浮かべば、絶対に怪我なくきちんと仕事をして、しっかり稼いで貰おうと改めて思える。だから年に一度はできれば社員の家族にも会いたい。だからしているんだ。まぁ、俺の自己満足だ。だから感謝とかいらねぇよ。――って、これも武本社長の受け売りだけどな」

照れくさそうに社長はそう言うと、最後にあの男前スマイルを見せてくれた。

この会話があの日の一番の思い出だけれど、奥さんやアヤさんだけでなく社員のみんなが、社長のお姉さんの家族が来ないと知って残念がっていたのを思い出す。

「凜ちゃんがどうし――されたんですか？」

途中で気づいた頭島さんが丁寧に言い直した。それを見逃さなかった社長は、男前スマイルを見せてから話し始める。

「九月の二十日過ぎから家ではほとんどしゃべらなくなって、飯もおやつもあまり食べられなくなっちまって、すっかり元気を失くしちまっているんだって」

ショックを受けたのか、今度は奥さんもすぐに口を開かなかった。

「姉ちゃんが言うには、クラスで飼っていたハムスターが死んだせいらしいんだ」

「えっ？　コタロウが？」

コタロウが浩太朗と聞こえてどきりとする。

「小さい太郎で小太郎だ」

頭島さんが付け足してくれたことで、違うと分かってほっとした。

「凜ちゃん、小太郎のことをすげぇ可愛がってたもんな。今年のバーベキューに来なかったのだって、小太郎を残して出かけることなんて出来ないからって理由でしたもんね」

「ああ、ちょうど小太郎のホームステイと重なってたからな。――もともと一年を通じて休みの日は有志が交代でハムスターを預かることになってて、夏休みは預かれる生徒が数日間ずつ交代で預かることになっていて、凜のところは一週間預かっていたんだ」

言葉が足りないと思ったのか、社長が僕を見て説明してくれた。

「バーベキューなんてせいぜい二時間くらいなんだから来なよって誘ったら、ハムスターはデリケートな生き物なんだからって、すごい剣幕で叱られた」

ハムスターはストレスに弱いだけでなく目もあまりよくない生き物なので、環境や騒音、部屋の明るさはもちろん、転落への注意も必要なのだという。中でも室温の管理は特に留意する必要があり、一年中、十六度から二十八度くらいを維持しなければならない。さらに食べ物にも注意が必要なのだと社長が続ける。

「チョコレート、アボカド、ビワ、ドングリ、ネギ、玉ねぎ、朝顔、チューリップ、シクラメン、スイセン、あと観葉植物もけっこうアウトなんだって」

「ネギは犬もアウトっすけど、ハムスターもっすか。植物とか穀物はなんでもイケるって思ってたんすけど、けっこうダメな物が多いんすね」

ネズミに近い生き物だから、きっと雑食でなんでも食べるのだろうと奥さんは思っていたに違いない。僕も同じ考えだったので驚いていた。

「食べ物だけじゃなくて、殺虫剤や洗剤も、とにかく体が小さいから少量でも致命的な毒になる。私が預かっているときにもしも何かあったら大変だから、絶対に行かないって言われたよ。ハムスターに負けるのかってがっかりしたけど、責任感の強さと愛情深さからだからな」

可愛い姪に誘いを袖にされ失望したものの、すぐに凜ちゃんの良さを社長は見出したらしい。

「二学期になって小太郎も教室に戻った。ところが九月十四日の水曜日の朝、死んでたんだ。みつけたのは凜だ」

小太郎に会いたくて凜ちゃんは五年生になってからずっと、クラスで誰よりも早く登校していた。そして死んでいる小太郎をみつけてしまった。

「凜ちゃん、可哀想に」

心底気の毒そうな声で奥さんが言う横で、「死因はなんだったんですか?」と、頭島さんが冷静に訊ねた。

「明確なところは結局分からなかったって話だ」

即答した社長がその先を続ける。

「ケージの中に死因になりそうな食べ物や異物はなかったし、目に見える異変、それこそ外傷とか外から見て分かるようなものもなかった」

外的要因になりそうなものはなく、目で見て分かるほどの怪我や病気ではない。そうなると、体内で何か病《やまい》が進行していたのかなと、僕は考える。

「弱っている兆しも前日までまったくなかったそうだ」

ハムスターは病気を隠す習性があるそうで、変調に気づくのはなかなか難しいのだという。それでも、食べない、頬袋に入れていた餌を吐き出す、下痢をするなど変調を表すような行動は、まったくなかったそうだ。

「解剖をすれば死因は分かっただろう。でも生徒たちも担任も、さすがにそこまでは望まなかった。突然死も多い生き物だから、それだったんだろうってことで話は収まった。だけど――」

話を聞く限り、凜ちゃんには何も責任はない。けれど数日後から家ではしゃべらなくなり、食事もおやつも以前のようには食べられなくなってしまった。

やはり小太郎の死の悲しさと寂しさが理由だろうかと考えかけて、嫌な予想が頭に浮かんだ。

「もしかして、凜ちゃんのせいだって抜かしてるガキがいるんすか？」

奥さんがそれまでと違って低く迫力のある声で訊ねた。

「いや、それはない」

すぐさま社長が否定する。

「けど今のイジメってＳＮＳとかもでしょ？　だよな？」

つい最近まで学生だった僕に目をやって、奥さんが同意を求める。

「そうです」

いじめられた当事者だった僕は、はっきりと答えた。

小学校六年生の二学期以降、ライン、ツイッター、インスタグラムなど、ありとあらゆるSNSで僕はクラスメイトから始まって学校全体、さらにはそこから波及してまったく知らない全国の人たちから詐欺師呼ばわりされて罵詈雑言を浴びせられた。

対処法は法的に闘うのがベストだと思う。でも解決するまでには時間が掛かるし、弁護士を雇わなくてはならないからお金も掛かる。

それに僕の場合は母親がそうされても仕方のないことをしていた。母親に関しては、僕がほかの誰よりも一番の被害者なのだけれど、僕ありきの詐欺だから、僕もセットで悪く書かれていた。こうなると残された対処法はただ一つ。一切SNSを見ない、だ。

自分の知らないところで何を言われようが知ったことではないと割り切ることが出来た僕でも、学校という逃げ場のない環境で、明らかにSNSに書き込んでいると分かっている連中と、同じ時間を過ごすのは辛かった。

ネット上でも現実でも、一切相手にせずに無視を通していたら、それは反論できないからだ、つまりは事実だとされてしまう。結果、最初のうちは陰口だったのが、時間が経つにつれてあからさまに悪口を言われるようになった。

凛ちゃんが今、僕と同じ道をたどっているのだとしたら、なんとしても阻止しないといけない。

「イジメには遭っていない。それは武本工務店の裕二さんの友達の守《まもる》さんのお蔭で確認できた」

最初の藤森家の相談を持ち掛けてきた武本工務店の職人の裕二さんの話には、よく出てくる友達が二人いる。一人は消防士の幼馴染の雄大《たけひろ》さんで、もう一人が何をしているのかよく分からない守さんだ。

守さんは裕二さんより年上の大金持ちで、大きな家からほとんど出ずに、無線を傍受したりネットを駆使してありとあらゆる情報を得ながら、ペットのウミウシと暮らしていると聞いている。

――とにかく、僕には謎の人でしかない。

「守さんに会ったんですか？　どんな人でした？」

興味津々とばかりに奥さんが身を乗り出した。

「いや、守さんが抜き出した大量のラインの画面を、裕二さんがタブレットで見せてくれた。俺も全部読んだ。でも、何度読んでもいじめられてはなさそうだ」

何をどうしたらそんなものを入手できるのかは僕には分からないが、とにかく社長が納得したのなら、そうなのだろう。――ただ、だとしたら、守さんは怖すぎる。

「そうなると、俺も隼斗と同じく家が理由なんじゃないのかって思ってな。でも姉ちゃんが言うには、夫婦仲は普通で喧嘩もしていないって。完全に手詰まりになったところで、最近家の中で何か気配を感じるって、姉ちゃんが言いだした」

僕たち三人に社長が相談した理由がようやく分かった。

「姉ちゃんが言うには――」

そこから僕たち三人は、社長の話にさらに身を乗り出した。

3

十月二十四日、僕たちは新座市野火止《にいざのびどめ》四丁目にある社長のお姉さんの家に向かっていた。

「社長は先に行って待っていてくれる。真司《しんじ》さんは客からのクレーム対応で今朝呼び出されちゃったんだって。終わり次第、すぐに帰って来るそうだ。食品メーカー勤務も大変だよな、日曜日も関係なしなんて」

ハンドルを握りながら、奥さんが僕と頭島さんに話しかける。真司さんというのは、社長のお姉さんの夫で凜ちゃんのお父さんのことだ。

もはやおなじみの光景だ。いつもならば頭島さんが先に、そして少し遅れて僕も何かしら返事をするが、今日は様子が違った。僕も頭島さんも反応がすこぶる悪くなっていた。

二人の返事がないことで車内には変な間が出来ていた。それを埋めるようにまた奥さんが話し出す。

「解決できないこともあると分かったうえで社長も頼んだんだから、今まで通りに行こうぜ」

重苦しい空気を何とかしようと、奥さんが明るい声で言う。

こんな空気になった理由は、社長から聞いた相談内容のせいだ。

社長のお姉さんの紗香《さやか》さんはスピリチュアル的なことはあまり信じていない人で、幽霊が見えるなどという話は、社長は今までただの一度も聞いていない。その紗香さんが、凜ちゃんが元気を失くし始めて少しした頃から、家の中で何かの気配を感じると言い出したのだ。

「あくまで気配だって言うんだよ。何かが動いたとかではなくて、あくまで気配がするってだけだ」

困ったように頭を掻いて言う社長に「具体的には何もないんですか？」と、頭島さんが訊く。

「ああ。物も動いてない。音がするでもない。ただ、何かの気配がするって言い張るんだ。それも凜の近くでだけ。でも気づくと気配が消えているんだって」

「それって、誰かが凜ちゃんの近くにいるってことじゃないっすか？　そいつのせいで凜ちゃんが元気を失くしているってことか！　丈、ボッコボコにしちまえ！」

勝手に決めつけた奥さんが、頭島さんに怒鳴るように命じた。

「――そうしたいのはやまやまですが」

いつになく沈んだ声で頭島さんが応えた。

頭島さんは幽霊が見えない。何か物理的な現象が起きている場合、現象が起こったその瞬間ならば、幽霊に触れることが出来る。でも、何も起きていない状態では何かに触れることはまったくない。

これは僕からするととても不思議だ。かつて僕は幽霊が見えていて、会話もすることが出来た。その頃の僕には、場所も昼夜も問わず、ありとあらゆる場所で幽霊が見えていた。それこそ人は常に幽霊を突き抜けて歩いていたし、なんなら幽霊と重なって突っ立ってもいた。浩太朗が亡くなってから見えも話せもしなくなったけれど、状況は同じだろう。ならば頭島さんは常に幽霊にぶつかっているはずだ。でも、何も感じないと言う。オカルト現象が起きている現場で起こった瞬間、つまり現行犯の時のみ、触ることが出来る。

「俺は、いつでも幽霊に触れるわけではないので、お役に立てないかもしれません」

「社長のお姉さんか、光希が感じた方を教えて貰って、そこに飛び掛かりゃいいんじゃね？　今までと一緒だろ？」

すぐさま奥さんが反論する。

「ですが、事情を知らない凜ちゃんの横にとつぜん飛びかかるのはどうなのでしょう。それに取り逃がしてしまったら、その先の向こうの動きはまったく読めません。これまで以上に凜ちゃんに何かが起こる可能性もあるのでは？」

「そりゃー、ダメだわ。絶対にダメだ」

すぐさま奥さんは却下したが、「でも、見に行くのはアリだろ？　光希が見えれば、どんな奴が何してるとか分かるわけだし」

「でも僕もいつも見えているわけではないです。だからお役に立てるかどうかは分からないです」

浩太朗が亡くなって以来、僕は幽霊が見えなくなっていた。また見えるようになったのは、頭島さんと出会ってからだ。そのあと、頭島さんがいないときも浩太朗や秋定さんを見ることが出来たけれど、秋定さんがアパートから出て行ってからは、浩太朗はもちろん幽霊は誰一人見ていない。

「それははなっから承知のうえだ。姉ちゃんにもそう言ってある。とりあえず、姉ちゃんの家に来てくれないか？　それで二人が何も見えないとか感じないって言うのなら、姉ちゃんにはっきり言ってやらないと。じゃないと先に進めない」

最終目標の凜ちゃんの元気を取り戻すためには、原因の可能性を一つずつ潰していくしかない。お姉さんが感じるという気配は何でもないと分かればまた別な原因をみつけられる。だから社長は僕たちに頼んだのだ。

なんだ、解決できなくてもいいのなら、行くだけ行きます、などと思えるわけがなかった。恩人の須田社長の頼みだ。絶対に解決して凜ちゃんの元気を取り戻したい。でも確約は出来ない。ジレンマで言葉が出てこない。それは奥さんも頭島さんもおそらく同じ気持ちだったのだろう。三人とも無言になった。

「休みのところ申し訳ないが、凜と姉ちゃんと俺のために頼む」

社長に深く頭を下げられて、三人それぞれがあわてて「社長、それは違うって」「頭を上げてください。できることはさせていただきます」「やめて下さい。やってみます」と、とりなして引き受けることになった。

果たして僕に何が見えるのか。それは行ってみなければ分からない。見えなかったら、何の役にも立てない。奥さん、頭島さん、僕の三人ともが、それが分かっているからこそ車内の空気は重かった。

目的地の周辺は新興住宅地で、均一な区画に同じような外見の住宅が立ち並んでいた。

「建売で一括販売したんだな。宅配泣かせだな、こりゃ。けど笹山《ささやま》さんチは東南の角で」

周囲を見回してそう言いながら奥さんが車を進める。

「おっ、社長の車だ。ここだ」

駐車場には白いレクサスと若草色とアイボリーのツートンカラーのラパンが並んで止められていた。社長は車を二台持っていて、仕事用ではハイエース、それ以外はレクサスと使い分けている。

「やっぱ、カッコいいなー、社長のレクサス。以前のアルファードもカッコよくて、それで俺もマネして乗ってんだけど、そのあとに社長が買い換えてさ。やっぱ、三十過ぎたらセダンだよな。マジ、シブい」

須田社長に心酔している奥さんのことだ、三十歳になると同時にレクサスに乗り換えるのだろう。

「でも、こっちのラパンも可愛いんだよな。真司さんはハスラーにしたかったんだけど、凛ちゃんがウサギがついているからこっちがいいって言ったんで、そうしたんだって」

車種、そしておそらく可愛らしいカラーリングも娘の意見を尊重したのなら、真司さんは娘を溺愛しているに違いない。

「前に止めていいってことなんで、よっし、到着」

笹山家の駐車場の前を塞ぐようにして奥さんが車を止めた。手土産《てみやげ》の入った紙袋を手にした奥さんに続いて頭島さんと僕も車から降りる。僕は息を深く吐いて、全神経を集中させてみた。何も感じない。

――いないのか？　それとも僕に感じられないだけなのか？

どちらなのだろうと考えていると、「いるか？」と小声で頭島さんに訊かれた。

「いえ」とだけ、こそりと答える。

インターフォンを奥さんが押すと、すぐさま「はーい。どうぞ。陽平《ようへい》、隼斗君たちがいらしたわよ！」と、女性の声が聞こえた。

「そんじゃ行くか」

奥さんが僕たちに笑顔を見せた。だが内心は不安なのだろう、その笑顔は明らかに引きつっていた。

こげ茶色の玄関ドアが中から開いて綺麗な女の人が顔を覗かせた。二重の大きな目が社長にそっくりで、一目でお姉さんの紗香さんだと分かった。

「いらっしゃい！　――よろしくお願いします」

出迎えの言葉に続けて、打って変わった小声で紗香さんが言った。その表情はすがるようだった。

「ご無沙汰してます。お邪魔しまーす。頭島はご存じですよね？　コイツが新人の桧山光希です」

紗香さんに調子を合わせて奥さんが大きな声で僕を紹介してくれた。

「こんにちは。お休みのところすみません。お邪魔します」

丁寧に挨拶する頭島さんに続いて、僕も「桧山です」と言って頭を下げた。玄関で靴をそろえてから、奥さんはぐっと音量を絞って「できる限りのことをさせていただきます」と、紗香さんに伝える。

「こっちです。どうぞ」

紗香さんの声は明るく大きい。けれど玄関の右横のドアに目をやる表情は不安げだ。ドアの向こうに凛ちゃんがいるのだろう。

「これ、ちょっとなんっすけど、よかったら。フィナンシェとマドレーヌです。お客さんに貰って、マジで美味かったんで」

廊下に上がった奥さんが紗香さんに手土産を渡す。それは僕たちが最初にオカルト現象を解決した藤谷家で出して貰った店のものだった。奥さんは今日のために、わざわざ前日に買いに行ったのだ。シンプルに美味しいという理由だけではないと思う。藤谷家では僕たちの訪問以来、怪奇現象は起こらなくなった。そこで出されたお菓子を手土産に選んだのは、おそらく験を担いでのことだろう。奥さんはそういうことをかなり大切にする人だ。

「ありがとうございます。なんか気を遣って貰っちゃってすみません」

明るい声で言った紗香さんは一つ息を吐いてから僕たちを見てうなずくと、「凛、隼斗さんがお菓子を下さったわよ」と言って、ドアを開けた。

奥のダイニングとキッチンに繋がっているリビングは、道路に面した大きな吐き出し窓があって、レースのカーテンを通しても日差しが良く入って室内は明るい。左の壁にはシックな木製のテレビ台と大きなテレビが置いてある。反対側の壁はソファで占められていて、ソファとテレビ台の間にはやはり木製のローテーブルがあった。

ソファに座っていた社長が立ち上がって、「よく来たな」と出迎えてくれた。

凛ちゃんはローテーブルと吐き出し窓の間のフローリングの床に座っていた。社長と紗香さんと同じく大きな目の美少女だけれど、どことなく元気はなさそうに見える。ただ、見えたのは凛ちゃんだけではなかった。凛ちゃんの横に、凛ちゃんと同じくらいの大きさの薄暗くてもやもやした巨大な球体が見えたのだ。

——なんだこれ？

かつて幽霊が見えていたとき、歪《いびつ》な形の物体を目にすることがあった。最初は何だか分からなかったけれど、じっくり見ているうちに、複数の幽霊がお互いに気づかないまま重なっているのだと悟った。その場合、塊の中には何本もの腕や足や頭があった。

今回も同じだろうと、もやもやした球体に目を凝らす。球体だと思い込んでいたが、よく見るとフローリングの接地面は平らだった。つまりお椀を伏せたような半球体だ。あまり見たことがない形だなと思いながら、さらに集中して見つめる。でも腕や足らしきものも、中で何かが重なっているような濃淡も見えてこない。

——もしかして、一つの塊なのだろうか？

見続けているうちに、あることに気づいた。

——形が同じだ。

かつて見た複数の幽霊の集合体は、中の幽霊たちが動くたびに形が変わっていった。けれど今見えているものは半球体のままで、まったく形が変わらない。

——こんなもの、今まで見たことがない。

正体不明の塊だろうと幽霊だろうと、見続けているうちにこちらに友好的か、あるいは悪意があるのかくらいは感じることが出来た。でもこの塊からはまったく何も感じられない。

ならば、悪いものではないのかも、と思ったそのとき、もやもやした塊が、三十センチくらいひょこっと上に持ち上がった。浮いたのではない。縦長に変形したのだ。

――なんだこれ？

頭の中で答えを探していると、もやもやした球体から視線を感じた。

かつてのパターンならば、このあと相手の目が見えてくる。これで正体が分かるかもと期待していると、やはりもやもやした塊の上の方に目らしき形が、じわっと浮かび上がりだした。

だが、それは僕が知っている目ではなかった。現れたそれは巨大で、しかも白目がない。真っ黒な塊だったのだ。

――化け物。

悲鳴を上げかけたけれど、凛ちゃんの手前、なんとか堪えた。でもあとずさりはしてしまう。

僕の前にいた頭島さんが察して、凛ちゃんに近づこうと素早く足を踏み出す。だがそのとき、もやもやした球体がふっと消えた。

「もう、いません」

あわてて小声で頭島さんに伝える。

「いたんだな？」

振り向いた頭島さんに訊ねられて、僕は「はい」とだけ答えた。

「いたって？　どんな奴だ？」

奥さんに詰め寄られたものの、すぐに説明は出来なかった。考えをまとめていると、「見えたのか？」「何かいたんですか？」と、須田社長と紗香さんからも、矢継ぎ早に訊かれる。

「早く教えろよ」「何が見えたんだ？」「お願いです、教えてください」

奥さんも加わって三人から急かされ、口を開きかけたとき、「何？　怖い」と、凛ちゃんのか細い声が聞こえた。

僕を見上げる顔は明らかに怯えていた。

このまま話し始めていいのかが分からずに困っていると、「凜、叔父さんの話を聞いてくれるか？」と、社長が凜ちゃんに語りかけた。

凜ちゃんがここのところずっと元気がないのを紗香さんが心配していて、相談を受けたのだと、社長は静かに切り出した。

「家で思い当たることはないし、凜から話を聞く限りでは学校でも何もないらしい。でもずっと元気がない。どうしたらいいのか分からないって。困り果てているって。そして何度か相談されているうちに、ここ最近、家の中で変な気配を感じるって姉ちゃんが言い出したんだ」

驚いたのか、凜ちゃんが目を丸くして紗香さんを見る。

「あたし、何も感じないよ」

真横に化け物がいたのに、凜ちゃんは何も感じていなかった。

「ママはお化けとか占いとか、まったく信じてないじゃない。クラスで流行《はや》っていたネットの守護霊占いをあたしがしたいって言ったときだって、そんなのにお金を使うのはやめなさいって止めたよね」

「占いは、統計みたいなものだもの。それに、占い師はやりとりの中で相手の情報を引き出して、それらしいことを言っているだけだよ。推理ゲームみたいなものだから」

紗香さんが即座に言い返した。

異論がある人もいるだろうが、僕にはない。それどころか賛同する。

僕の母親は、紗香さんが挙げた手口を使って占い師と称して商売をしていたからだ。占いでは、相手と何一つ話をしないケースはまずないと思う。最低でも氏名、年齢、生年月日くらいは訊かれるし、さらには出身地や血液型に加えて、関係性を占う場合は相手のデータも訊かれる。それを自分で作ったか、あるいは既存の占いのパターンからそれらしいことを抜粋すれば、それなりのことは言えるだろう。

さらに対面式ならば、観察力と推理力で、いくらでもどうにでもなる。外見からは健康状態はもちろん、美容や衣服、さらには宝飾品の有無などで、どれくらいの生活レベルなのか、その人が何を大切にしてお金を掛けているのかの予想は容易にできる。シャーロック・ホームズが依頼人を見ただけで階級や職業を言い当てるのと同じだ。

対面ではないSNSや電話でも、会話をうまく転がしさえすれば、相手の情報はいくらでも得られる。あとはその情報の中から、相手の望んでいそうなことを言えばいい。

僕の母親は、なまじ僕に心霊現象解決の実績があっただけに、その母親だという触れ込みだけでけっこうな数の客が相談を持ちかけてきていた。言葉のみのインチキ占いだけで済めば、まだよかった。でも調子に乗って、僕が祈ったという触れ込みの石を使ったアクセサリーだの塩だのを売り始めたのだ。

嫌な記憶で頭が満たされかけていると、「でも、今回は違うの。なんか感じるのよ、ここ最近ずっと。それも凜の元気がなくなった頃から。それで陽平に頼んだのよ」と、紗香さんの声が聞こえた。

「頼んだって、何を?」

凛ちゃんが問い詰めるように訊く。なかなかに気の強い子のようだ。

「俺がこいつらに頼んだんだ。光希は」

社長は僕に顎をしゃくってから「幽霊が見える。丈は幽霊……に触れる」

間が空いたのは、幽霊を殴れると言いかけて、凛ちゃんの手前、あわてて言い換えたからだろう。

「嘘。信じない」

凛ちゃんはきっぱりと否定した。

スピリチュアル的なことを好んで尊ぶ人も多いけれど、逆にまったく信じない人もいる。そのタイプの人に信じて貰うためには証拠が必要だ。方法としては、本人しか知らない話を幽霊から聞いて伝えるとかくらいしかない。

でも僕が今回見たのは人ですらない。こうなると、こういうものを見たと僕が言ったところで、凛ちゃんにはまず信じて貰えないだろう。

「この三人は、俺の会社関係の人で、何件かオカルト現象で困っている人たちの相談に乗っていて、きちんと解決している。だから頼んだんだ」

不審そうな顔で社長を見ていた凛ちゃんが、奥さんを見据えて「隼斗さんと丈さんがそんなこと出来るなんて、あたし、聞いたことない」と、はっきりと言った。

笹山家は須田SAFETY STEPのバーベキュー会に家族で参加しているから、凛ちゃんは奥さんと頭島さんとはすでに知り合いだった。

「俺はなんも出来ねぇよ。幽霊が見えて話せんのが光希。ぶん殴……触ったりできるのは丈」

即座に正直に奥さんが答えると、「――やってみたら出来たんだ、この前」と、お鉢が回ってきた頭島さんが、珍しくしどろもどろに言い返す。

「そんなことってある？」

絶対に信じないとばかりに、凜ちゃんが口をへの字に曲げる。

「信じらんないかもしれねぇけど、本当に触れたんだよ。俺が証人だ。俺んとこのアパートで電気が勝手に消える部屋があるって、前に聞いて貰っただろ？」

信じてもらおうと、奥さんがアパートの電気消し男こと秋定さんの話を始める。

「隼斗、とりあえず光希が見たものの話を聞こう」

社長が割って入ると、奥さんがぴたりと口を閉じた。

「凜、納得はいかないだろうけれど、ひとまず話を聞いてくれ。叔父さんからのお願いだ」

「隼斗叔父さんのお願いなら」

仕方ないとばかりではあったけれど、ようやく凜ちゃんが了承してくれた。

奥さん、頭島さん、僕の三人がソファに並び、スツールに社長が、その背後のリビングの椅子に紗香さんが座った。凜ちゃんはさきほどと同じくフローリングの床だけれど、社長のすぐそばに場所を移していた。全員の視線を感じながら、「凜ちゃんの横に」と、改めて話を始めたものの、ここで言葉が止まってしまった。室内の全員が僕の言葉を待っている。それは分かっている。でも、どう言い表せばいいのかが分からなかった。

「自分のペースでいいから」

社長が促してくれたが、凜ちゃんと紗香さんを怯えさせないように伝えるにはどうしたらいいのか悩ましい。でも結局、とにかく見たままを言うしかないと腹を括った。

「僕に見えたのは、凜ちゃんと同じくらいの大きさの、もやもやした半球体のものです。見ているうちに、それがひょこっと上に伸びて、それから巨大な真っ黒な目らしきものが見えて。それで驚いてあとずさったら、消えたんです」

僕に見えたすべてを一気に伝えて口を閉じた。

誰も言葉を発しなかった。

本来ならば、かつて見たものはこうだったと説明を付け加えるべきだ。そうすれば今回見たものが今までのような人間の幽霊ではないと伝わったと思う。それに、悪意や敵意のような、何か嫌な感じもしなかったということも言うべきだ。言えば、紗香さんと社長の二人は、少しは安心できたと思う。

でも、かつて幽霊が見えていたことを僕は今までひた隠しにしてきた。だから、どちらも話すことはできない。

「もやっとした半球体が縦に伸びた。それに馬鹿デカい真っ黒な目？　――化け物だろ、そんなの」

ぼそりと奥さんが呟く。

その通りだ。白状すると、僕も人生で初めて妖怪を見たと思った。

「それって」

吐き出すように言った紗香さんの顔が引きつっている。凜ちゃんもそれまでのかたくなだった表情が不安げに変わっていた。

「今はいないんだな？」

冷静な声で頭島さんに問われて、「はい」とだけ答えた。

「確認したい」と言うと、頭島さんは立ち上がって座っている凜ちゃんの横に移動する。

「高さはこれくらいだな？」

大きさを確認しようと、手を凜ちゃんの頭の横で止める。

「そうです」という僕の返事を聞いて、続けて「幅は？」と問われた。

「縦の倍まではいかないくらいで」

僕の説明を聞いて、両手を広げてその物体の大きさを頭島さんが手で表そうとしている。

凜ちゃんは、頭島さんが手で形を再現している今は何もない空間を見つめている。

「かなりでけぇな」

そう漏らした奥さんを社長がじろりと睨めつけた。凜ちゃんと紗香さんの不安を煽るようなことを言うなという警告だろう。察して、しまったとばかりに顔を顰めて、何かとりなしの言葉を言おうと奥さんがあたふたしていると、頭島さんが「それで、これが縦に伸びた。伸びた時の形はどんなだ？」と、僕に訊ねた。

「全体的に縦長になって」

「半球が円柱になったってことか？」

社長の喩えは間違いではないけれど、でもやはり僕が見たものとは違う。

「いえ、そうではなくて」

何か分かりやすい喩えはないかと考えて、「お餅を伸ばしたみたいな」と言ってみた。でも、言い終える前に、これも正確ではないと気づいていた。

「餅みたいに伸びた?」

「いえ、伸びたんじゃありません。ひょこっと持ち上がったって言うのか、その」

平らにした左手を下に、お椀型にした右手を上にして、右手だけさっきよりも小さく丸めてすっと上げた。奥さんと紗香さんも両手で、僕の仕草を真似ている。

「伸びた部分の頭っぽい場所に、大きくて真っ黒な目っぽいものが見えて」

「イマイチ分からないから、絵に描いてくれないか?」

すぐさま紗香さんがダイニングテーブルから、メモ用紙とペンを持ってきてくれた。

ペンを手にメモ用紙を前にして少し躊躇う。というのも、僕は絵が下手だからだ。小学生の頃、課外授業で動物園のレッサーパンダを写生したことがある。そのとき、誰一人何を描いたか分からず、謎の生物だとからかわれたことがトラウマになって、それ以降、絵だけでなく地図も含めて図形は一切描かないことにしている。

ただ今回描くのは、僕の見たあのもやもやした球体だから、正解はない。覚悟を決めて一枚目に最初に見た半球体を描く。描いてみて、半球ではなくカマクラみたいだったと気づいた。続けて二枚目に、ひょこっと伸びた状態を描く。

「円柱じゃねぇな。伸ばしたニット帽ってとこか?」

社長が僕の絵を見て言う。

「そうですね。上は平らではなくて丸い感じでした」

三枚目に二枚目と同じような形の絵を描いてから、上の方の中央に二つ、右は右上がりで、左は左上がりの楕円を描き足す。

「頭だとすると、それに比べたらかなり目が大きくて、それに真っ黒だったんです」

言いながら、二つの楕円ともに塗り潰していく。塗り終えてメモ用紙から腕を退けた。全員の目がメモ用紙に集まる。でも誰も何も言わない。少しして最初に言葉を発したのは奥さんだった。

「――宇宙人？」

目が見えたとき、僕は化け物だと思った。化け物も宇宙人も一般的に実在していないという意味では同じ括りだろう。でも、やはり違う気がする。僕にはなかった発想にとまどっていると、その場の全員が同じだったようで、誰一人何も言わなかった。

「だってこれ、よく見るヤツじゃないっすか？　頭にデカい目の宇宙人の絵。あれに似てないっすか？」

奥さんが言いたいのは、体に比べて頭が大きく、その顔のほとんどを埋め尽くすようなアーモンド形の大きな目の宇宙人だと思う。言われてみれば、確かに似ている気がするが、だとしても……などと考えていると、「ペンを貸してくれ。それと、新しいメモ用紙を一枚貰えるか？」と頭島さんに言われた。いつの間にか、その手にはスマートフォンが握られている。

ペンとメモ用紙を差し出すと、頭島さんはペンを手にさっそくメモ用紙に何かを描き始めた。ニット帽状の形の中に楕円を二つ、しかもそれを塗り潰している。

僕の書いた二枚目とほぼ同じ絵だ。でもそこで終わりではなかった。上の丸い部分の両端に小さな葉っぱみたいな形の半分の楕円を付け加えたのだ。さらに丸い部分の一番上から、大きな目と目の間まで何本か線を重ねて太い線にする。頭島さんはそこで手を止めた。

これで終わりかと思いきや、次は目と太い線の少し下の部分に、また描き加え始めた。右の目の下にアルファベットのCを、左目の下に逆向きに描き終えて、ペンをメモ用紙から離した。

「それって！」

興奮して言う奥さんには応えずに、頭島さんはメモ用紙を凛ちゃんが正面から見えるようにテーブルの上で回転させて差し出した。

「──小太郎」

囁くような小声で凛ちゃんが言った。

状況を呑み込めずにいる僕に、頭島さんがスマートフォンを差し出した。

ディスプレーに映し出されていたのは小さなハムスターだった。後ろ足で立ち上がったところを正面からとらえたその写真は、僕が見た謎の物体ととても似ていた。

「小太郎はジャンガリアンハムスターだよね？」

「うん」

確認をとる頭島さんに、凛ちゃんがメモ用紙から目を離さずに答える。

ディスプレーのハムスターの額には頭島さんが書いたのと同じ黒い筋が入っていた。

「おー、ここに筋が一本あるだけで、ジャンガリアンハムスターに見えるもんだな。そんでこれが手か。丈、お前、絵が上手いんだな」

感心する奥さんに同意する。でも僕はまだ納得がいっていなかった。

「でも、最初の形は」

「これじゃないか？」

最後まで聞く前に頭島さんがスマートフォンの画面をスワイプさせる。映し出されたのは四つの足がすべて床に着いている状態のジャンガリアンハムスターの写真だ。そのフォルムは僕が最初に見たカマクラみたいな形によく似ていた。

「最初がこの姿勢で、立ち上がってこうなった」

スワイプさせて元の画面に戻す。カマクラがひょこっと縦に伸びた状態に変わった。僕が見たのはこれだと、今度こそ確信できた。

ならば凜ちゃんの横にいたのは小太郎ということになる。でもジャンガリアンハムスターはかなり小さな生き物だ。とてもではないが、凜ちゃんと同じ大きさのはずがない。

「でも、大きさが」

僕と同じ疑問を奥さんが言い終える前に、「小太郎がいるの？」と、凜ちゃんが僕を見上げて訊ねた。

即答は出来ずに、言いよどむ。社長と紗香さんによく似た大きな二重の目には涙が盛り上がっていた。救いを求めるような表情に胸が痛む。

——凜ちゃんは、僕にどう答えてほしいのだろう？

頭の中に過った考えを僕は振り払った。

過去に幽霊が見えていたとき、僕は一つだけ決まりを作っていた。それは、絶対に嘘は吐かないということだ。実際に幽霊がいた場合は、見たまま、会話したままを相手に伝える。その内容が相談者の要望と合わなくてもだ。どれだけ話しかけても無視されて会話にならない、だから問題解決は無理だ、これ以上は何もできない、などのケースも正直に伝えた。

あと一番多かったのは、幽霊がいなかった場合だ。この場合も、「幽霊がいるのかもしれないけれど、僕には見えないし、何も感じない」と、僕は正直に相手に伝えた。

これらに関しては母親と何度も言い争いになった。

母親は「相談者は不安で困っているのだから」と前置きしてから、会話が成立せずに解決不可能なケースは、「手の打ちようがないと拒絶せずに、何度か来て説得すれば可能性はあるかもしれないと言いなさい」とし、幽霊が見えなかったケースは、「今回は見えなかったけれど、違うタイミングならば見えるかもしれないと言いなさい」とした。

さも相談者を慮っている風だけれど、回数を重ねて金儲けがしたいだけだと、僕は見抜いていた。しつこく迫る母親を黙らせるのには、「そういうことを強要するのなら、二度と相談には乗らない」という伝家の宝刀を抜くしかなかった。

すると、一ヶ所から大金をせしめられなくなった母親は、相談の数を増やしてきたのだ。僕が「もう手伝わない」と拒絶すると、母親がいったん引き下がる。だが、少し間を空け、ほとぼりが冷めたころを見計らってまた依頼を持ち込む。そのいたちごっこは浩太朗が亡くなるまで続いた。

思い出に浸っている場合ではない。我に返って決心する。やはり正直に言うしかない。

「僕に見えたのはもやもやした塊と、そこに浮かび上がった目らしきものだけです」

はっきりと見たままを伝える。

凜ちゃんの目に盛り上がった涙がぽろりと頬を滑り落ちた。泣かせてしまったと焦る僕をよそに、凜ちゃんが遠くを見るような目で話し出す。

「小太郎、あたしのこと怒っているのかな？　どうして助けてくれなかったのって」

聞き捨てならない言葉が出てきた。

「凜、それはどういう意味だ？」

社長も同じだったのだろう、すぐさま訊ねてきた。

「違うのよ。自分がもっと注意していたら、小太郎の病気に気づけたかもしれない。そうしたら助けられたかもっていう意味なのよ」

答えたのは凜ちゃんではなく紗香さんだった。

小太郎の死は凜ちゃんには何の責任もない。でも凜ちゃんは自分が何かを見落としたかもしれないと自分を責めているのだ。そういう意味かと納得しかけたとき、頬のあたりにかすかに何かを感じた。倖さんのマンションの浴室の時ほどではない。でも空気が動いて頬に当たった気がする。

――いるのか？

もやもやした球体がいた場所を集中して見る。けれどそこには何もいない。気のせいだったかと思っていると、紗香さんが話を続けた。

「それで凜は将来は獣医になるんだって言っているのよ。ハムスターの専門医になるんだって。ね？」

凜ちゃんは顔を上げると、手の甲でぐいっと涙を拭ってから頷いた。

「この前なんて真司に、獣医学科のある大学の付属中学の受験をしたいって言いだして」

「その方が確実っぽいんだもん」

返事から、強い意志を感じる。小太郎の死は凜ちゃんにとって辛い経験だった。けれどそれもあって、将来なりたい職業がみつかったのなら、これはこれで良かったのではないだろうか。将来の目標がいまだに何もない僕からすればうらやましくもある。

「きっかけはともあれ、獣医が将来の夢ってのは悪くはねぇんじゃないっすか？　ウチのタピ、今、三歳なんだよ。凜ちゃんが獣医になるのは」

「十二年後！」

奥さんが言い終える前に、凜ちゃんが即答した。

「だったら、まだまだタピは元気だから、凜ちゃんに診て貰えるな」

「あたしはハムスターの専門医だから、健康診断とかワクチン接種とかならしてあげられるけど、難しい病気は、専門の先生に頼んでね」

ネットで獣医について調べつくしたのだろう。凜ちゃんは獣医になったのちの明確なビジョンを持っていた。

「おー。すげぇな。そんじゃ、笹山凜先生、よろしくお願いします」

感心した奥さんが、真面目な顔で凜ちゃんに頭を下げた。凜ちゃんもまんざらではないらしく、表情が少し明るくなっている。重かった室内の空気も、軽くなった。

「獣医になりたいというのは、決して悪いとは思わない。でも、今からそこまで絞り込んでいるのが、ママはちょっと心配なのよ」

紗香さんの言葉で、また室内の空気が重くなり始める。

「なんで？」

「一つに決めてしまって、他はないってするのはどうかなってママは思うの」

言いたい内容は分かる。一つの夢に絞り込んだものの、夢が叶わなかったとき、そのあとの人生を案じているのだ。

僕の母親ならば、獣医よりも稼げる仕事が他にあるからという理由でダメ出しをするだろう。でも、紗香さんは、凜ちゃんの将来の可能性はいくつもあった方がいいと思っているのだ。

「なんでダメなの？　獣医の何が悪いの？」

強い口調で反論する凜ちゃんに「凜、姉ちゃんは獣医がダメだって言ってんじゃねぇよ」と、社長が静かに、でもきっぱりと言う。

「でも」

「凜は頭が良いし、動物が大好きだ。だからこのまま勉強を続ければ獣医になれる。姉ちゃんも俺もそう信じている。でも、とつぜん動物アレルギーになったら？　大人になってとつぜん発症するケースだってある。そうなったらどうする？」

思わぬことで夢が叶わないこともある。その例をきちんと社長が提示した。これには凜ちゃんも返す言葉がないらしく、何も言い返してこない。ぐうの音も出ないとはこのことだろう。凜ちゃんの目に、また涙が盛り上がっていく。

これはショックだよなと、さすがに凜ちゃんに同情したそのとき、また頰にかすかな空気の流れを感じた。

——やっぱり、いる。

けれど、元の場所にはやはり何もいない。でも室内のどこかにいるはずだ。四人に気づかれないように、視線をわずかに動かしながら捜す。目に入る範囲にはそれらしきものはいない。感じるのは前からで、うしろではない。そこで、一つ思い出した。あのもやもやした球体は形を変えていた。

勘の良い頭島さんに気づかれないように、視線をテーブルの下に向ける。今の座り方では、見えるのは僕の足の数センチ先までで、そこには何もいなかった。もっとテーブルの下を見ようと、そっと背を後ろに倒す。でもやはり何も見えない。横からの視線を感じる。やはり頭島さんに気づかれた。

この先の流れは読めた。「どうした?」と尋ねられて、室内の全員に気づかれるだろう。僕が説明して全員で室内を見回したら、せっかく戻ってきたっぽいあのもやもやした球体がまた消える可能性は高い。

「すみません、トイレお借りしていいですか?」

言いながら立ち上がる。これならもぞもぞ動いていた理由になるし、移動中にこれまで目の届かなかった範囲を見ることが出来る。

「どうぞどうぞ。廊下の右奥から二つ目のドアです」

紗香さんに言われて、「すみません」と言いながら、ソファから離れる。

「なんだよー」という奥さんの呆れ声を背に、ローテーブルを回りこんだところで、凜ちゃんの傍らに、小さくてグレーの丸いものがあるのに気づいた。

綿埃《わたぼこり》にしては大きいなと思ったとき、それがひょこっと立ち上がった。驚いて思わず足が止まる。つぶらで大きな黒い目に、頭の上から目までの黒い筋、白い腹毛の前には持ち上げられたピンクの手。それはどう見てもジャンガリアンハムスターだった。

「ハムスターがケージから逃げ出してますよ」と言いたくなるほど、はっきり見えた。

その場でぴたりと足を止めた僕を、立ち上がっても十センチにも満たないちっぽけなハムスターがじっと見上げていた。

かつて僕には幽霊が見えていた。そのときに見たのは人間だけではなく、犬や猫など動物の幽霊も見えていた。相談を受けた家にいたゴールデンレトリバーの幽霊とは、吠えたりしっぽを振ったりという動作を飼い主さんに伝えることで、意思疎通を図ることに成功した。でも、今回はハムスターだ。感情を表す何かしらの仕草はあるとは思うが、犬ほどはっきりしたものなのだろうか？

だが、ふと気づいた。僕と小太郎は目が合っている。そう思ったのは、何か訴える感情のようなものが小太郎から伝わってくるからだ。

悪意ではない。でも友好的とも言い難い。どちらかと言うと、何かを必死に訴えているように僕には感じられる。

「いるんだな」

動きを止めた僕に、誰よりも先に気づいた頭島さんに訊ねられた。我に返って、「はい」とだけ応える。

「え？」

「いるのか？」

「どこに？」

紗香さんに続けて社長と奥さんも声を上げ、さらに立ち上がろうとした。

だが「動かないで。大きな声も出さないで。小太郎はデリケートなの。驚かせないで」と、凜ちゃんに言われてぴたりと動きを止めた。三人そろってそろそろと元の位置に腰を下ろしていく。

「小太郎がいるの？」

僕を見上げて凜ちゃんが訊ねる。

「いるよ。凜ちゃんの左足の横に」

小太郎は横座りしている凜ちゃんの左足の横に立っていた。凜ちゃんが体を動かさずに、そのあたりに目をやる。真剣なまなざしでしばらく見つめてから僕に顔を戻して「見えない」と、悲しげな声を漏らした。

「凜ちゃんの足の横に」と言いかけたとき、小太郎がもぞもぞっと体を揺すった。見る間に、もやもやした巨大な円柱状の塊に膨らんでいく。

びっくりして一歩あとずさる。もやもやした塊の上の方に、巨大な目が薄《うっす》らと見え始めた。

状況が読めてきた。僕が最初に見たのは、巨大化した小太郎だったのだ。小太郎の大きな目が、じっと僕を見つめている。その目は僕に必死に何かを訴えかけていた。言葉はない。でも伝えようとしていることは、なんとなく察することが出来た。

「――分かった、伝えるよ」

小太郎がぱちりと両目で瞬《まばた》きした。

これは偶然ではない。意思の疎通が取れたのだと僕は確信する。

「本当にいるの？」

再び凛ちゃんに訊かれて、「いるよ、でも今は」と答えている最中に、凛ちゃんがフローリングに向かって「小太郎、いるの？」と、呼びかけた。

床にいるハムスターに話しかけるという意味では適切な行為だ。でも実際は、巨大な小太郎の中に上半身のほとんどを突っ込んだまましゃべっているように僕には見える。真剣なだけに、どこか滑稽な状況になんと言っていいのか言葉を失う。もちろん、このままにしておくわけにもいかない。言葉を選んで話し出す。

「凛ちゃん、――そのぉ、小太郎は今、大きくなっていて」

「え？」

凛ちゃんが姿勢を戻すのと同時に、もやもやした巨大な物体が消えた。ふわっと霧散したのではなく、縮んでいったのだ。見ると凛ちゃんの足元に本来の大きさに戻った小太郎がいた。ただし今度は目を閉じて体を横たえている。

慎重に近づいてフローリングの床に膝をついて、小太郎に手を伸ばす。小太郎の小さな腹が息をするたびに膨らんだりへこんだりしている。ただ横たわっているのではなく、疲れてぐったりしているように僕には見えた。白い腹毛と薄グレーの背中の毛の境目あたりに指が触れた。でも何の感触もない。それどころか指が体の中に入り込んでしまう。

「そこにいるの？」

「いるよ。見えている。でも、僕には触れないんだ」

「小太郎、どうしてるの？」

「今は目を閉じて横になってぐったりしている」

僕は見たままを正直に伝えた。

「痛がったり、苦しんだりしてる?」

不安に駆られた凜ちゃんが目を見開いて詰め寄る。

「苦しそうには見えない。でもすごく疲れているみたいだ。多分だけれど、大きくなったことで疲れたんだと思う」

「なんでデカくなってたんだ?」

「気づいて欲しかったんだと思います、凜ちゃんに。そばにいるって」

奥さんの問いに僕は自分の考えを伝えた。

小太郎は誰より自分の死を悲しみ、不調に気づけなかったからだと自身を責め続けている凜ちゃんを案じているのだ。だから死後もそばに寄り添っていた。きっと小太郎なりに、大丈夫だ、もう心配しないでいいと伝えたかったのだろう。けれどどれだけ小太郎が頑張ろうと、凜ちゃんは自分の存在に気づいてくれない。だからなんとかして気づいて貰おうと、体を大きくしていたのだ。

「怒ってる?」

震え声で凜ちゃんが訊ねた。

「違うよ。凜ちゃんが自分のせいだと悲しんでいるのを心配しているんだよ。話してはいないけれど、僕はそう小太郎から感じた」

「でも」

凜ちゃんは賢い子だ。励ますために僕が作り話をしていると思っているに違いない。でも、僕の話を信じて貰いたい。そうなると、過去の話をするしかない。僕は腹を括った。

「僕は子供のころから今までずっと、何度も幽霊を見て話もしてきた。人間だけじゃない。犬や猫やそのほかの動物の幽霊とも」

頭島さんと奥さんの視線を感じたけれど、無視して続ける。

「人だろうと動物だろうと、怒りや悪意があるときははっきりと分かる。でも、小太郎からは感じなかった。伝わってきたのは何かを必死に訴えようとしているってことだけだった。多分だけれど、凜ちゃんを心配しているんだなって感じたんだ。それでさっき、分かった、伝えるよって言ったら、小太郎が瞬きをした」

にわかには信じられないのだろう。凜ちゃんは無言だった。凜ちゃんだけではなく、室内の誰もが言葉を発しない。

「僕は小太郎と話してはいない。話が出来たところで、それを凜ちゃんに証明することもできない。だから信用できないと言われてしまえばそれまでだと思う。でも、思い出して」

フローリングの床に膝をついたままだから、凜ちゃんと視線が合う。

「小太郎が凜ちゃんに怒っていて、だからそばにいるのなら、何か悪さをしたはずだ。思い当たることはある？」

凜ちゃんが僕を見つめながら、黙って首を横に振った。確認してから今度は紗香さんに訊ねる。

「凜ちゃんの元気がなくなりだしてから、家の中に何か気配を感じるって言ってましたけれど、他に何かありました？　例えば物が壊されるとか、時間問わず物音がするとか？」

「まったくないです。ただ凜の近くで何か気配がしただけよ。でも私が目をやると気配は消えている」

紗香さんの答えを聞いて、僕は凜ちゃんに目を戻す。

「今の小太郎を見れば分かる。気づいて貰おうと体を大きくすると、多分すごくエネルギーを使うんだ。だから目を閉じてぐったりしている」

この先を伝えるのは酷なのは分かっていた。でも、小太郎の望みを叶えるために言わなくてはならない。

「凜ちゃんがこのままずっと、小太郎の死は自分のせいだって責め続けて元気にならない限り、小太郎はこれからも凜ちゃんのそばにいて、大きくなろうとする。それは小太郎にとって、決して楽なことじゃないと僕は思う」

「――小太郎」

小さな声で凜ちゃんが呼んだ。その頬を大粒の涙が滑り落ちていく。もぞりと小太郎が体を動かした。目を開けて起き上がると、床にうずくまる。

「小太郎が起きた。今は僕が最初に見た半球体みたいな形になっている」

「大丈夫なの?」

小太郎はその声に振り向いて凜ちゃんを見上げてから、顔を戻した。

「凜ちゃんを振り向いて見たよ。だから多分大丈夫だと思う」

「でも、うずくまったままなんだよね?」

うなずくことで返事にしてから、僕はこの先どうすればいいのかを考えていた。

見えているものの説明はできる。けれど、僕にできるのはそれのみだ。小太郎は人の言葉を話さない。あくまで僕が感じたことを伝えることしかできない。そして僕は言うべきことはすでに伝えた。凜ちゃんがどうとらえたのか、そしてこのあとどうしたいのかは僕には分からない。

「試させてくれ」

頭島さんが言いながらローテーブルを回り込んで僕の背後に近づく。フローリングの床に両膝をつくと、凜ちゃんの足の前に腕を伸ばした。

「場所を教えてくれ」と頼まれて、「もっと左。行き過ぎです。もうちょっと右」と、スイカ割りの要領で指示を出す。

「つかんで誘導してくれ」

微調整に時間が掛かることに業を煮やした頭島さんに頼まれて、僕は頭島さんの右手を小太郎の真上に誘導した。

「このままゆっくりおろします。触れたら教えてください」

小太郎と頭島さんの手の隙間を覗き込みながら、そろそろと手を下ろしていく。頭島さんの手のひらが小太郎の体に触れるか触れないかの状態になったとき、「いる」と、頭島さんが静かに言った。

「放してくれ」と言われて、すぐさま僕はつかんでいた手を放す。頭島さんは右手をそっと傾けると、左手のひらを上に向けて置いた。右手で小太郎を押して左手に乗せる作戦のようだ。けれど、頭島さんが右手を動かす前に、小太郎は自ら動いて頭島さんの左手に乗った。

わずかな感触と重みを感じたらしい頭島さんが、答えを求めるように僕を見る。

「今、左手の上に小太郎が自分から乗りました」

小太郎は頭島さんの左手でうずくまっている。

「小太郎が乗っているのなら、両手にして」

凜ちゃんに言われて、頭島さんがすぐさま右手を添えて、両手で器を作る。

「小さな手足が触れている。それに腹毛がとても柔らかい」

僕には分からない感触を頭島さんが皆に伝える。

「絹みたいな毛だから、和名はヒメキヌゲネズミっていうのよ」

「絹みたいな毛！　触ってみたいな」

立ち上がった奥さんがテーブルの上から手を伸ばす。

「ダメ。繊細な生き物だから、人がべたべた触らない方がいいの。菌とかウイルスとかがついたら、すぐに弱っちゃうんだから」

ぴしゃりと凜ちゃんに言われて、奥さんがすぐさま手を引っ込めた。

小太郎はすでにこの世のものではないのだけれどな、と思う反面、凜ちゃんは僕の言葉を信じてくれたのだと気づく。

凜ちゃんが身を乗り出して頭島さんの空の両手をじっと覗き込んでいる。少しして、右手で両目から溢れる涙をぐいっと拭ってから口を開いた。

「小太郎。心配かけてごめんね。もう大丈夫だから」

それまでの震えた声ではなかった。小さいけれど、はっきりしたものだった。

小太郎が頭島さんの手の上で体の向きを変えた。

「動いた」

「凛ちゃんの方に体の向きを変えました」

ひょこっと小太郎が立ち上がった。

「今、立ち上がって凛ちゃんを見上げてます」

体感している頭島さんと見えている僕とで状況を伝える。

何もない頭島さんの手のひらを見つめながら、凛ちゃんがまた話し出した。

「ハムスターの専門医になるのなら、いつまでもめそめそなんてしてらんない。もう平気だよ」

涙は止まっていない。それを打ち消すように何度も目をしばたたかせながら凛ちゃんが続ける。

「うんと勉強しなくちゃならないもの。それには元気じゃなくちゃ。いっぱい食べて、よく寝て、運動も。あーちゃん、ゆーぽん、みすずちゃんたちとも、これまで通りにたくさん遊ぶ。今までありがとう。――もう行っていいよ」

凛ちゃんが言い終わると、小太郎が振り向いて僕を見上げた。

「行っていいって、凛ちゃんが言っているよ」

重ねて言う必要もないとは思ったけれど、念のために伝える。社長の咳払いが聞こえた。小太郎が姿勢を戻して社長を見上げた。

「今までよく頑張ってくれた。本当にありがとう。これからは俺たちが小太郎の分まで頑張って、凛が楽しく元気でいられるようにする。約束する」

スツールから身を乗り出すようにして、社長が頭島さんの手のひらに向かって語り掛けていた。その表情は真剣そのものだ。

小太郎がまた振り向いた。僕を見上げて一度瞬きをする。

「僕を見て瞬きをしました」

説明している間に小太郎は向き直ると前足を着いて半球体の姿勢に戻った。そのまま頭島さんの指先に向かって、ちょこちょこと歩き出す。

「歩いてる」

感触を頭島さんが伝える。

小太郎の体が頭島さんの指先から宙に乗りだしたとき、ふわっと空気に溶け込むように消えてしまった。

「いなくなった」

「消えました」

頭島さんと僕がそう言ったのは、ほぼ同時だった。

直後、ぐっぐっと嗚咽を堪えるような音が聞こえた。

「――泣いちゃダメ。泣いたら小太郎が心配して戻ってきちゃう。もう泣かない」

体を震わせて、小さい声で凜ちゃんが繰り返している。

「そうだな。凜、えらいぞ」

社長がスツールを降りて凜ちゃんをぎゅっと抱きしめた。

この光景に僕の目頭も熱くなってきた。指で拭おうとしたら、ぐずっぐずっという音が聞こえた。

奥さんが真っ赤になった顔をぐちゃぐちゃにして、必死に泣き出すのを堪えていた。けれど、鼻水混じりの息が荒い。

「隼斗さん、泣いちゃダメ！」

凜ちゃんに叱責されて、「分かってる。分がってるけどぉ」と、奥さんが言い返す。

「カッコよすぎるだろ、小太郎。――じゃねぇわ、小太郎さん。いや、もう小太郎兄さんって呼ばせてもらうぜ、俺は」

凜ちゃんへの小太郎の献身ぶりには僕も感動しているし、尊敬の念も持っている。けれど、ハムスターを兄さんと呼ぶのはどうなのだろうかと思っていると、「小太郎は去年の三月生まれだから、人間の年だと六十歳くらいだから、兄さんじゃないと思う」と、凜ちゃんがひくっひくっとしゃくりあげながら訂正した。

「六十歳。だったら、叔父貴《おじき》だ。カッコいいぜ、小太郎の叔父貴」

「叔父貴は、ヤクザ映画みたいでイヤ」

強めに凜ちゃんに拒絶されて、奥さんが「そっか。じゃあ小太郎さんは？」とお伺いを立てる。

「それならいい」

「じゃぁ、小太郎さんだ。ホント、カッコいいぜ。小太郎さん。男の中の――いや、ジャンガリアンハムスターの中のジャンガリアンハムスターだ」

「うん、あの子は最高のジャンガリアンハムスターよ。あたしには、これからもずっと」

小太郎との別れは感動でしんみりする場面だと思う。けれど、奥さんと凜ちゃんのやりとりのお蔭で、どこか明るく感じる。

「ママ、隼斗さんの持ってきてくれたお土産のお菓子、貰っていい？」

それまでの空気を振り払うように、今日一番の元気な声で凜ちゃんが紗香さんに訊ねた。

「そうね、みんなでいただきましょう。紅茶を淹《い》れるから、凜、手伝って」

はぁいと元気に返事して、凜ちゃんがキッチンに向かう。その背中を見送っていると、「ありがとな」と、社長が僕たちに礼を言った。

いいえ、と返す前に「このお礼は必ずする。本当にありがとう」と、重ねて言われた。

「俺は何もしてないんで。光希と丈には飯でも奢ってやってください」

「俺も何もしていません。光希にだけお願いします」

奥さんと頭島さんの二人ともが社長のお礼を断ってしまった。もちろん僕も断ろうとした。今までどれだけ社長にお世話になったかを考えたら、これくらいなんでもないからだ。けれど断りの言葉を言おうとして気が変わった。

「僕ではなく、他の誰かにしてあげてください」

「――分かった。そうさせて貰う」

社長が口の端だけ上げる男前スマイルを見せてくれた。

誰に食事をご馳走するかは社長の自由だ。でも、今回の僕への一回は、できればかつての僕のような、行く宛も頼る人もいない途方に暮れた誰かだといいと願う。もちろん僕が言うまでもなく、社長は今まで通りに困っている人に手を差し伸べるだろう。でもその一回分に貢献出来るのなら、僕は満足だ。

ぽんと肩を叩かれた。笑顔の頭島さんが視線を動かす。その先を追うと、奥さんが右手の親指を突き出していた。グッジョブ！　と言いたいのだろう。指の隙間から覗く奥さんと目が合って、僕も無言で親指を突き出した。

4

「よっしゃ、帰ろ。――って、まだ二時半か。夕飯はどうしようかって、まだ腹も減ってねぇしな。とりあえずいったん戻ろっか」

家の前で手を振って見送ってくれる社長と紗香さんと凜ちゃんの三人が見えなくなってから、ハンドルを握る奥さんが言った。

小太郎を見送ったあと、奥さんの手土産だけでなく、紗香さんが準備してくれていたケーキもいただいて笹山家を退出するまでに要したのは一時間半にも満たなかった。

小太郎を送り出すまでに掛かったのは三十分くらいで、あとはティータイムだったのだが、一時間も掛からなかった理由は、会話が弾まなかったからだ。いつも陽気な奥さんですら、小太郎以外の共通の話題を持ち出すのは難しく、これといった話もなくて会話は途絶えがちだった。

しかも紗香さんと凜ちゃんにちらちらと物問いたげな目を向けられて、どうにも僕は居心地が悪かった。これまでの僕の話を聞きたいのだろうが、話すつもりはなかった。話すのなら、頭島さんと奥さんに今まで嘘を吐いていたことへの謝罪をしてからだと考えていたからだ。

それにもう一つ考えていたことがあった。いみじくも小太郎と一字違いの浩太朗のことだ。秋定さん、さよりさん、春香さん、黒岩さん、そして小太郎は、理由も相手もそれぞれだけれど、皆、思いを伝えるためにこの世に残っていた。

浩太朗は亡くなってからずっと、僕の前には現れなかった。けれどこの前、姿を現した。あの日から何度も思い返していた浩太朗の言葉が甦る。

「久しぶり」「元気そう。って言うより、前よりずっと元気だ」

「前よりずっと元気だ」という言葉が引っかかっていた。初めは須田SAFETY STEPでアルバイトを始めて筋肉がついたことを言われたと思っていた。でもやはり違う気がする。元気と言うのなら、浩太朗と一緒にいた時期が、人生の中で一番だった。あの頃と比べて、「前よりずっと元気」にはなっていない。もしかしたら、浩太朗にはそう見えたのかもしれないが、鏡に映る薄暗い目をした覇気のない顔は、どう見てもあの頃の方が元気だ。

——だとすると。

どれだけ一人で考えたところで出ない答えを求めて、僕は考え続けていた。とうぜん皆との会話には加わらないし、視線すら合わない。そんな僕に気づいた社長が「このあと隼斗たちは予定があるんだよな。そろそろ時間じゃないのか？」と、早々に解散するほうに仕向けてくれた。

そして笹山家での滞在時間は、これまでの怪奇現象の解決に要した中では最短で終わった。

「どうする？　どっか行きたいとことか、したいことがあるのなら、そこまで送るぞ」

「俺はないです」

すぐさま頭島さんが返したので、「僕もないです」と続ける。それで会話は終わってしまった。

いつもなら奥さんの車の中で会話が途絶えることはない。でも今は、しんと静まり返っている。沈黙の理由は、どう考えても僕だろう。

奥さんは真っすぐ前を向いてハンドルを握っている。頭島さんは左の窓から外の景色を眺めていた。車内の広さはいつもと同じはずなのに、今は二人を遠く感じる。

意を決して「二人に謝らせて下さい」と、切り出した。

「アパートで頭島さんが秋定さんを殴ったとき、僕は初めて幽霊を見たと言いました。けれど本当は、子供の頃から幽霊が見えていたんです。ただ中学三年の一月以降は見えなくなって、あの日、久しぶりに見えたんです。でも、初めてと嘘を吐きました。ごめんなさい」

「別に謝る話じゃねぇだろ。俺も丈も言いたくないことは言ってねぇし。な？」

奥さんが頭島さんに水を向けた。「ええ」と頭島さんが追随する。

「言わないのとは違うかと」

「面倒臭かったんだろ？」

言い終える前に奥さんが割って入った。

「気持ちは分かるよ。丈が殴れて、光希が見えるって知ったとたん、俺はグイグイ相談を引き受けちまった。多分だけど、俺みたいな奴につきまとわれて嫌な思いをしてきたんだろ？　――今までゴメンな」

逆に謝られて僕はあわてる。

「いえ、そんな」と返すのを遮るように奥さんが続ける。

「丈もゴメンな。この通りのお調子者だからよ、つい安請け合いしちまう。俺はなんもできねぇのに」

「俺は見えないし聞こえないので、触れなければそれまでです。だから嫌な思いはしていないので、まったく構いません。ただ、光希には負担をかけてしまったと思います。俺も配慮が足りなかった。ごめんな」

頭島さんにも謝罪されて、さらにあわてて言い返す。

「やめて下さい。一緒に怪奇現象を解決するのは嫌じゃなかったです。それどころか、楽しかったです」

思いがけない言葉が口から飛び出した。

そのとき僕は気づいた。今日も含めてこれまで五回、三人で怪奇事件を解決してきた。最初の頃、現場に向かう道中は億劫だった。けれど数を重ねていくうちに、昔のような嫌悪感はなくなっていた。今日の笹山家もそうだ。抱えていたのは解決できなかったらという不安だけだった。

ミラー越しに窺うような奥さんの目に向かって、僕はさらに続ける。

「子供の頃、僕は幽霊が怖かった。見えているのに気づくと話を聞いて貰おうとか、望みを叶えて貰おうとか、みんなすごい勢いで寄ってきた。血が流れていたり、骨が折れていたりといった酷い見た目の幽霊だけじゃない。幽霊同士、お互いの存在に気づいていなくて、何体も折り重なった状態の奴もいて、化け物にしか見えなかった」

幽霊には重力は関係ないらしく、全員が地面に足がついているわけではなかった。上下左右に重なり合った幽霊の塊は建物の一階を越すほどの大きさのものもいて、中ではいくつもの顔や腕や足がうごめき、それぞれが僕に向かっててんでばらばらに話しかけてきた。

「幼い僕にはなんだか分からなかったし、ちゃんと説明することも出来なかった。ほかの人から見たら何もないところに向かって泣きわめく僕を両親は持て余しました。大きくなるにつれて言葉で説明できるようにはなったけれど、見えない両親には信じて貰えなかった。いい加減にしなさい！　嘘を吐くな！　って、僕は両親から怒鳴られ続けた」

両親の怒鳴り声が頭の中でこだまする。それをかき消すように声を大きくする。

「小学校に入る頃には、さすがに見慣れてきて、無視すればやり過ごせるって気づきました。それでもすべては無視できなかった。だから、誰もいないところに向かって話してしまったり、逆にうるさい、いなくなれって怒鳴ったりしたりした。そのたびにまた両親から叱られた」

頭の中で両親の疎ましそうな顔と「うるさい、黙れ！」「やめてよ！」という怒鳴り声がまた甦る。

「でも、小学校二年になって、とつぜん母親が僕を信じてくれた。僕はそれがとても嬉しかった」

やっと分かってくれた。僕を信じて味方になってくれたと、そのときは本当に嬉しかった。

「だから母親が受けた相談に乗りました。母親は幽霊は見えないから、相談先で僕は一人で幽霊と話すしかなかった。会話にならない幽霊もいたし、話は出来ても僕の言うことなんて聞いてくれない幽霊もいた。一方的に怒鳴られたり、襲いかかってくることもしょっちゅうだった。でも僕は頑張った。解決したら母さんが喜んで褒めてくれたから」

母親は息子の僕が言うのもなんだけれど、綺麗な部類に入る人だった。二重の大きな目と細面の顔もだが、長い指の手もとても綺麗だった。

その手で僕の頭を撫でながら、「光希は良い子ね、本当に偉いわ」と褒めてくれた。そのときの感触と温かさは今でも覚えている。

「でも、ただの金儲けでしかないってあとで気づきました」

目頭が熱くなった。意図していないのに涙が頰を滑り落ちていく。

「謝礼を貰って味を占めた母親は、どんどん相談を受けるようになって、ついには自分も霊感があるって言い出して、ネットで占いの商売を始めた。愛想をつかした父親は家を出て行きました」

　どんどん早口になっていく。

「でもそのときは僕を信じてくれる母親がいればいいって、僕は思っていた。だから、幽霊に会い続けた。でも」

　喉がひくついてぐっと鳴った。それでも僕は話し続ける。

「相談のたびに分厚い封筒を貰っているのは知っていました。母親が大きな色のついた石の指輪をとっかえひっかえしているのにも気づいていた。でも構わなかった。それで母親が喜んでくれるのなら。僕を信じてくれるのなら。だけど、そうじゃなかった」

　そのまま小学校六年生の夏休みに知ってしまった母親の詐欺商売の話をする。もう言葉が止まらなかった。近くの公立中学にはいけなくなり遠くの私立中学に進学して出会った浩太朗の話へと続く。

「高校一年の夏休み前に、あいつは浩太朗の墓参りに行こうって言い出した。『浩ちゃんだって、あなたが元気じゃないのは嫌だと思うの。だからお墓で話しかけてみましょうよ？　あなたが来たら嬉しくなって、きっと浩ちゃんもでてくるわよ』って」

　目にかかった重たげな前髪に、いつもどこかまぶしそうな目の浩太朗の顔が甦る。幽霊が見えるのは大変だろうと気づいてくれて、幽霊を追い払おうとしたのは彼だけだ。浩太朗は僕の真の理解者で、たった一人の友達だった。その友達を殺したのは僕だ。

友達になっていなかったら、それ以前に僕と出会っていなかったら、浩太朗は死なずに済んだ。目をぎゅっと閉じる。後悔と失望と母親への怒りで、瞼の裏が真っ赤だ。嗚咽で喉が震えてすぐに声が出ない。でも振り絞るように言った。

「金儲けさえ出来ればよかっただけだった。僕はただの商売道具でしかなかったんだ！」

最後は怒鳴っていた。僕が口を閉じると、車内に聞こえるのは僕の喉がひくつく音だけだった。もう嗚咽で上手く息すら出来ない。何度か深呼吸を繰り返して、どうにか声を絞り出す。

「浩太朗が僕に会って喜ぶわけがない。どころか、会いたくなんてない。だって、殺したのは僕だ。僕が浩太朗を殺したんだ」

裏返った声でそう言い終えると、「それは違うだろ」「それは違うと思う」という奥さんと頭島さんの声に重なって、「それは違うよ」と別な声が聞こえた。

驚いて目を向けると、後部座席に座る僕の隣に、いつの間にか浩太朗が座っていた。

とつぜん現れたその姿にびっくりして、僕はただ浩太朗を見つめる。そんな僕を浩太朗もじっと見つめ返す。しばらく無言で見つめ合ってから、ようやく「――浩太朗」と、僕は彼の名を呼んだ。

「僕が死んだのはただの事故だよ。原因は僕の不注意」

昔と変わらず、まぶしいものでも見るように目を細めて浩太朗が言う。

「でも、僕と仲良くなってなければ」

隣に座る浩太朗へ思わず身を乗り出すと、

「たらればはよそう」と、さくっと切り捨てられてしまった。

「光希と出会ってなかったらとか、仲良くなってなかったとしても、山岸《やまぎし》たちと仲良くなってたら、きっとあそこに行ってた。だったら同じことが起こっていてもおかしくない」

そうかもね、と納得なんて絶対に出来ない。

「だけど」と、重ねて反論しようとしたところで、「ちょっと、そこのコインパーキングで止めるわ」と、奥さんの声がした。

バックミラー越しに奥さんと目を合わせようとするが、こちらを向いてくれない。

「落ち着きたい――んだよ、俺が」とだけ言って、左車線に入る。

様子を察して、気を利かせてくれたのだろう。

「気を遣わせちゃった。でも、路駐じゃなくて、コインパーキングなのがいいよね。最初、見た目で苦手だって思っちゃったんだけど、すごく良い人だよね」

浩太朗が奥さんについて語る。

「頭島さんも良い人だよね。変わった苗字だけど。そうだ、頭島って島があるって知ってた?」

「知らない」と、正直に答える。

「岡山県の備前市の島で、日生諸島《ひなせ》の中で一番人口が多いんだって。この人、岡山県の島出身なんだよね?　もしかしたらそこなんじゃない?」

頭島さんに訊こうにも、とつぜんこんな質問をする理由を説明しなくてはならない。

ちょうどそのとき、奥さんがパーキングに車を止めた。二人に状況を説明するのなら今だ。でも、どこから話していいのかが分からない。どうしようかと迷っていると、「何だ?」と、頭島さんが振り向かずに訊いてきた。

「二人とも僕がいるって、もう気づいているんだよ。だから訊いて」と、浩太朗に促されたので、

「頭島さんって岡山県の頭島出身ですか?」と、前置き抜きで質問する。

「ああ、そうだ」

あっさり頭島さんが答えてくれた。

「やっぱり!」

嬉しそうに微笑んで浩太朗が続ける。

「この人にはびっくりしたな。まさか、あんなことをするなんて」

浩太朗が同意を求めるように僕を見る。秋定さんのことだろう。けれど今の状況では、すぐに言葉が出てこない。

「もう、鈍感だな。秋定さんだよ」

浩太朗の口がへの字だ。馬鹿にした目つきに、思わず「同じことをしたくせに」と言い返した。きょとんとしてから、思い出したのだろう。「——そっか、僕もしたっけ」と言って、へへへっと浩太朗が笑った。

僕の大好きな笑い声につられて、「そうだよ。歩道でとつぜん怒鳴って大暴れしただろう?両腕を大きくバタバタ振り回してさ」と、続ける。

「見えないんだから仕方ないだろ?」

「体の中に、腕がズボッて入って」と、そのときの再現をしながら、「それであいつ、『なんだコイツ、怖っ!』って言って消えたんだから」と続けた。

「あー、今なら分かる。何も感じないんだけど、やっぱりビビるんだよ」

あの頃のような軽口の会話だったけれど、返事を聞いて何も言えなくなってしまった。気づいた浩太朗が「しまった、やっちゃった」と、反省する。けれどすぐに何事もなかったかのように、「僕はまったく何も触れなかったけれど、この人は違うじゃん。秋定さんに馬乗りになってぼっこぼこに殴っているのを見て、怖くなって逃げ出しちゃった」と続けた。

見ているだけでも怖かった。けれど、触られることはないと今まで高を括っていた幽霊の立場ならば、僕どころではなかっただろう――なんて今はどうでもいい。浩太朗は、逃げ出しちゃった、と言った。

やはり、「あの頃よりも、ずっと元気だ」のあの頃は、中学三年の一月二十九日まではない。

「――いたんだ」

絞り出すように言うと、「いたよ」と、さらりと浩太朗が応えた。

「もしかして、ずっといた?」

「うん」

当たり前のようにそれだけ言って、浩太朗がふにゃりと微笑んだ。

浩太朗が搬送された病院のロビーで、僕は彼の手術が無事に終わるのを祈っていた。けれど姿を現したのは彼の父親だった。

亡くなったのだと悟った僕は、浩太朗を捜し始めた。院内には何人もの幽霊がいて、その中の一人の中年男性と目が合った。男が立ち上がって近づいて来た。男の表情から友好的でないのは分かっていたけれど、浩太朗のことを聞けるのならと覚悟した。

そのとき、男がよろけた。体勢を立て直そうとしてもまたよろけて、そのままどんどん壁の方へと押しやられて行き、最後は壁の中に消えてしまった。

何だったのだろうと思いはしたが、浩太朗のことを聞くために改めて他の幽霊を捜した。でもいなかった。直前までロビー内に見えていた五〜六人の幽霊がすべて消えていたのだ。それだけではない。その日以来、幽霊は見えなくなった。次に見たのは秋定さんで、約三年ぶりだった。

それが何を意味するのか、やっと僕にも分かった。

目頭に熱を感じて、ぎゅっと目を閉じてから僕は訊ねる。

「今までずっと?」

目を開けると、まぁね、と言う替わりだろう、浩太朗はひょいと肩をすくめてみせた。

浩太朗は死後ずっと、僕のそばにいてくれた。ただいただけではない。病院のロビーのときのように、幽霊たちを追い払ってくれていた。だから僕には幽霊が見えなかったに違いない。

浩太朗は賢いし、芯こそ強いけれど、心身ともに特別強くはない。それどころか、苦手なものや事の方が多くて、生きるのは楽ではなかった。そんな彼が、僕ですら相手にするのが大変だった、見た目や言動も恐ろしく、それこそ暴力的な幽霊たちを相手にし続けていた。

どれだけ怖かっただろう。どれだけ大変だっただろう。きっと勇気を振り絞っていたに違いない。

だが一つ、分からないことがあった。

病院で男を追い払ったときもだし、それ以降も僕には浩太朗が見えなかった。

「ずっとそばにいたのに、なんで僕には見えなかったの?」

「幽霊を見たくないなら、僕もだろ?　それで、見られたくない!　って、めちゃくちゃ思った。

そしたらなんか、上手くいった」

嬉しそうに浩太朗が言う。

僕に幽霊を見せたくないのなら、自分も見えてはならない。そこまで慮ってくれていたことに、胸がぎゅっと締めつけられる。

「ただ、気を抜くと見えちゃうらしくてさ。高校には幽霊が一人もいなかったから、授業中は図書館でぼーっとしてたんだ。そしたら司書の一人に見えちゃったみたいで」

入学してすぐに、高校の図書室に幽霊が出るという噂が流れた。在校中、その噂は途絶えなかったけれど、日参していた僕にはまったく見えなかった。

「あれ、浩太朗だったのか」

「そう。自分で言うのもなんだけど、見た目、普通だろ?」

僕が最後に見た浩太朗は、不思議な角度で首を曲げて横たわっていた。けれどさきほど見た浩太朗には、おかしなところはどこにもなかった。

「なのに全身ずぶぬれとか、血がしたたり落ちているとか、みんな勝手なこと言って。見てもないくせにさ」

不満げな声で言って、浩太朗が口をつぐんだ。

頭の中がぐちゃぐちゃだ。けれど、そんなことはしなくていいとだけは、とにかく伝えなくてはならない。

「そんなこと、しなくていいよ」

はっきりと言うつもりだったのに、声が震えている。

「僕がしたくてしていただけ」

なぜ？　と声に出す前に浩太朗が話し始める。

「見えなかったら、普通に暮らせるんじゃないかって思ってさ」

はっとして、目を見開いて浩太朗を見た。例のまぶしいものを見ているようなまなざしで僕を見つめている。

僕は言葉を失っていた。

浩太朗は、ただ一人、僕の大変さに気づいていた。だからこそ、僕が楽に生きられるようにしてくれていたのだ。そして、さらに僕は気づいた。賢い彼はとっくに分かっているはずだ。僕が生きている間はずっと終わりなく続けなくてはならないことに。

ぶわっと涙が溢れてきた。喉がぐぐっと鳴る。

「なんだよ、泣くなよ」と、言われても止められない。

「でも結局、高校では友達はゼロだったね。――なんか、その、ごめん」

僕が友達を作らなかった理由が、幽霊のせいではなく自分にあると思っているのだ。誤解を解きたいけれど、上手く言葉が出てこない。いったん話を変えることにした。

「東京に向かって、在来線を乗り継いでたときもいたの？」

話が飛んだことに首を傾げたものの、浩太朗が答えてくれる。

「――うん。バレずに、しかもお金を掛けないためにはベストの方法だったと思う。でもターミナル駅とかだと人が多くて、どれだけ避けてもバンバン人が突き抜けてくるから大変だった」

その様子が頭に浮かんで申し訳ないことをしたなと思う。

「コンビニの前で須田社長に声をかけられたときも?」

「もちろん。あのときがピンチのマックス。どうやって助けたらいいのか分からなくてさ。触っても人には気づいて貰えないし、物も動かせないんだもの。だからどうやって助けようかって、めちゃくちゃ焦った」

幽霊相手だけでも大変なのに、さらに生身の人間が相手だとまったくの無力だろう。

「ごめん」

「いいよ、結果オーライだったし。でも、良い人たちでツイてたね」

「――うん。本当にツイてた」

湊をすすり上げながら同意する。

「頭島さんが秋定さんに飛びかかってぼっこぼこにしたときは怖くて逃げちゃったんだけど、やっぱり心配でまた戻ったんだ」

「じゃぁ、仕事中もずっとそばにいたの?」

「最初のうちはね。でも仕事中は、みんなあまり寄ってこないんだよ。なんでだろって思って見ているうちに分かったんだ。頭島さんの半径五メートルくらいかな? その中には誰も来ないんだよ。頭島さんの周りはぐるっとバリアとか結界みたいになっていて、その中には誰も入らないんだ。――って言うより、避けてる」

僕に言わせれば、幽霊はいつでもどこにでもいる。なのになぜ頭島さんがぶつからないのかの謎が解けた。危険を感じた幽霊たちは避けていたのだ。これはあとで必ず伝えなくてはと思う。

「一緒の時は大丈夫そうなんで、一人のときだけそばにいたんだけど、アパートは例の一件の効果なのか幽霊は誰も来ないし、行き帰りは奥さんの送迎で頭島さんも一緒だし。どうしようかなって考えていたら幽霊退治が始まって。奥さんの頼みだもの、断れないのは分かっていたから心配だった。ただ頭島さんがいたから、とにかく遠くから様子を見ることにしたんだよ。ところで藤谷さんのタンスって、結局なんだったの？」

近くにいたのなら見ているはずだと不思議に思っていると、「幽霊を見る気満々だったから、念ために離れてた」と、謎を明かしてくれた。

「小さな男の子がいて、出たり入ったりしていたんだ。ほかに行くところがあるか聞いたんだけれど、何も答えなかったんで、このままここにいてもいいけれど、藤谷さんの家族に迷惑を掛けちゃダメだって言ったんだ。最後は約束してくれて、ありがとうってお礼も言ってくれた」

夜中にタンスのドアを開けたりして藤谷さんに迷惑をかけるのなら、怖いお兄さんがまた来ると脅した部分は伏せることにする。

これまでもずっとミラー越しの奥さんの視線を感じていた。でも、今回は一層強く感じる。この話もまた、改めてきちんとしなくてはならない。

「そうだったんだ。次のシェアハウスは隣のおばさんが犯人で幽霊はいなかったんだよね」

「シェアハウス杉村にも幽霊はいたよ。家の中に入ったら、キッチンにおばさんがいた。住人は誰一人気づいていないし、問題もなさそうだから誰にも言わなかった」

我慢できなくなったのだろう。奥さんが振り向きかける。頭島さんが右手で奥さんの肩を押さえた。あわてて奥さんが姿勢を戻す。

「そのあとのマンションも無事に解決して、それで思ったんだ。もう大丈夫かもって。だから会いに行ったんだ」

やはり、あれは夢ではなかったのだ。

「本当は、あのまま出ていこうと思ってたんだ。でも、秋定さんがいてさ。殴られたのがよっぽど怖かったみたいで、部屋には入れずにアパートの近くにずっと立っていたんだよ。それで話を聞いたんだ」

秋定さんが再び現れたのは、やはり浩太朗と話したからだった。

「でも、あのときもいなかったよね？」

「光希に気づかれたくなかったからね。秋定さん、本当に感謝してたよ」

「ライブ会場に行くって言ってたけど」

「秋葉原の地下アイドルがしょっちゅうコンサートしているライブ会場に行くって言ってた。向かう足取りがスキップしそうな勢いだった」

秋定さんだけでなく、これまで出会った幽霊の全員が、好きなところで楽しく過ごしているといいと僕は心から願う。

「四件目を解決し終えたら、またすぐに五件目が来て。光希の恩人の須田社長の依頼だったし、これは見届けなくちゃって思ったんだよ。無事に解決できて本当に良かったね」

浩太朗は僕を見てふにゃりと笑うと「思ったんだ。奥さんや頭島さん、それに須田社長や会社の人たちと一緒なら大丈夫だって。――って言うか、もうゲットアライフでいいんじゃない？」

奥さんが教えてくれた言葉だ。ある作品では「ヒマかっ⁉」、別な作品では「ちゃんと生きろ！」と訳されていた言葉だと聞いた。

「もう自活できてるし、離籍もした。素敵な先輩たちもいる。だからさ、お母さんはもういいよ」

とつぜん母親のことを持ち出された。しかも僕が母親に執着しているかのような言いっぷりだ。

これには「なんだよ、それ！」と、強く言い返す。

「思い出したり考えたりするってことは、お母さんが頭の中にいるからだよ」

「あんなことをされたら」

「考えるだけ時間の無駄だ」

食ってかかろうとしたところをぴしりと言い返される。

「時間は有効に使わないとね。人生、何があるか分からないんだから」

浩太朗が言うことだけに重みが違う。

「ゲット・ア・ライフには、ヒマかっ⁉と、ちゃんと生きろ！　の二つの意味があるって奥さんが言っていたのを聞いて、驚いたんだよね。だって、僕の観た映画では違ったから」

浩太朗がまっすぐに僕の目を見て口を開く。

「人生を取り戻せ！　って、なってたんだ」

驚いて話し続ける浩太朗をまじまじと見る。

「ストーリーによって解釈が違うのだろうけれど、どれも正しいと思うんだ。人生を無駄にしないで、ちゃんと生きろってことだもの」

涙が頬を滑り落ちていく。でも拭わない。

「いつまでも嫌なことや辛いことに囚われていて欲しくない。これから先は、楽しく暮らして欲しいんだ」

聞こえる声は穏やかだ。でも、浩太朗の目は必死だった。

母親を恨み、浩太朗の死を悔やんで人生を黒く塗り潰すような生き方をして欲しくない。それが僕への浩太朗の望みで、だからこそ幽霊を追い払い、守り続けてくれたのだ。

そうなると、言うべき答えは一つだけだ。小太郎を見送った凛ちゃんの勇気を思いだす。僕は一つ息を大きく吐いた。

「分かった。そうする。今まで本当にありがとう。だから、――もういいよ」

「ホント？」

疑りの表情で浩太朗が僕を見る。でも、その目は真っ赤で、今にも涙が零れ落ちそうだ。

僕の気持ちを分かってくれている。そう気づいたら、もうダメだった。涙が止まらない。それでも「本当だよ」と、言い返して、「守護霊なんて柄じゃないのに、何やってんだか」と、あえて憎まれ口をたたく。

「守護霊って。――そっか、僕、守護霊やってたんだね。ホント、柄じゃないや」

浩太朗はムッとしたものの、すぐに納得して、へへへっと声を上げて笑った。

「僕も浩太朗に、これからは楽しく暮らして貰いたい。だから、もういいよ」

「分かった。じゃぁ、行くね」

そういうと、ふにゃりとした笑顔を見せた。これでお別れだ。最後に見せるのが泣き顔なのは嫌だと、両手で素早く涙を拭う。

拭い終えて隣を見ると浩太朗は消えていた。あっけなさに呆然としていると、「ごめん、二人に伝えてくれる?」と、窓の外から浩太朗の声が聞こえた。

「すみません、降ります」と声をかけて、外に出る。

運転席の横に立つ浩太朗の前にきて、背の高さの違いに驚く。車内でも、座高は僕より低いなとは思っていた。でもこうして立つと、頭二つ浩太朗の方が背が低い。

「チビって思っただろ、今」

他人から自分へのマイナスな思考を見抜くことに長けているのは今も変わっていなかった。

嘘は通用しないと知っているので、「うん」と正直に認める。

「まぁ、事実だから仕方ないか。——そんなことより」

しぶしぶ認めてから、改まって話し出す。

「光希と仲良くしてくれてありがとう。これからもよろしくお願いします。——って、伝えて」

気持ちは分かるけれど、それを僕が言うのは何かが違う気がする。だが、浩太朗の望みなのだから伝えることにする。

運転席の窓をノックすると、すぐにウィンドウが下り始めた。

「今までずっと後ろに僕の友達の浩太朗がいて。色々話して、もう行くことになったんですけれど、二人に伝えて欲しいことがあるって言われて」

「降りる」

奥さんが口を開く前に頭島さんはそう言って車から降りた。

頭島さんの周りにはバリアだか結界だかがあって、その中に幽霊はおらず、皆避けていると浩太朗は言っていた。ならば近づかれては困る。

「頭島さん、そこで止まって！」

僕の声に頭島さんがぴたりと足を止めた。

「何がどうした？」

車から降りかけた奥さんも、なぜか動きを止めている。

「奥さんは大丈夫ですけれど、頭島さんはそこにいて下さい」と言うと、「車内で平気だったんだから、大丈夫だよ」と言いながら浩太朗が僕の横を過ぎて頭島さんに近づいていく。

確かにそうだったけれど、それでもはらはらしながら見守っていると、そのまま浩太朗が近づいていき、頭島さんのすぐ隣に立った。だが、別に何も起こらない。

「ほら、平気だろ？」と、にこにこ笑って浩太朗が戻ってくるのを見て、僕は安堵の息を吐いた。そして改めて二人に「僕の友人の浩太朗が二人に話したいことがあると言っているので聞いてください」と頼んだ。

「ちょっと待ってくれ」

再び動き始めた奥さんが、なぜか両手で髪型を整えてから深呼吸する。何をしているのだろうと見ていると、僕に向き直った。

「俺、馬鹿だからよ、細かいところまでは分かんねぇんだけどよ。でも、光希が言っているのを聞いて、だいたいのところはつかめたと思う。浩太朗ってダチが行くんだろ？」

真剣なまなざしで奥さんに言われて、僕は頷く。

「光希をずっと守ってくれてたんだろ？　そんな立派なダチに会うのにおかしな髪型じゃみっともないからよ。ちょっとましになったか？」

無造作に伸びた金髪のニュアンスパーマの正解が分からない。でも、きちんと身なりを整えてくれたその気持ちが嬉しくて「大丈夫です」と答える。

「じゃぁ、頼むわ」と奥さんが言うのに、「ほんっと、良い人だね、僕、奥さんのこと大好きだよ」と浩太朗の声が重なる。

「アパートを貸してくれて、送り迎えもしてくれて、食事だけじゃなくて、光希の生活全般の面倒も見てくれて、本当にありがとうございます。これからもよろしくお願いします」

これを僕が言うのかとは思ったけれど、一言一句間違えないように伝える。

無言で聞き終えた奥さんが「そんなのお安い御用だ。ふつつかながら奥隼斗、浩太朗さんの代わりに精一杯、桧山光希君の面倒を見させてもらいます」と言って、誰もいないところに向かって深々と頭を下げた。

「こちらこそ、よろしくお願いします」

浩太朗も奥さんに深く頭を下げる。

感動的なシーンなのだけれど、あらぬところに真剣な顔で頭を下げている姿がおかしい。

「次は頭島さんに伝えて。これからも光希をよろしくお願いします。特に幽霊から守ってあげてください、って。――あと、幽霊を殴るときは、もう少し手加減して欲しいって。もちろん、そいつが悪い奴のときは、ぼっこぼこにしていいからって」

僕のことを頼んだあとに、幽霊全般への配慮をお願いしつつも、悪い奴ならぼこぼこにしていいとさらりと加えるところが実に彼らしい。これも一言も間違えないように、そのまま僕は伝えた。

聞き終えた頭島さんが「分かった、約束する」とだけ言って、頭を下げた。頭を戻してから「試していいか？」と、僕に訊ねる。僕が返事をする前に、頭島さんがゆっくりと手を伸ばし始めた。近づいてくる手を浩太朗が無言で見つめている。

　僕が首をかしげてみせると、浩太朗が頷いた。了承したと受け止めて、「もう少し右です」と頭島さんの手をガイドする。ゆっくりと伸ばされる頭島さんの指先が、浩太朗の肩に触れた。

　びっくりして浩太朗が目を見開いたのと、「いる」と頭島さんが言ったのは同時だった。

「左の肩です」と僕が説明したそのとき、頭島さんが大きく一歩、右に向かって足を踏み出した。そのまま身を屈めて両腕を広げ、浩太朗を抱きしめる。

　驚いた浩太朗が固まっている。

「今までよく頑張ってくれた。本当にありがとう」

　頭島さんは腕にぎゅっと力を込めて、さらに浩太朗を抱きしめた。

「苦しいよ」

　なんとかそれだけ言うと、浩太朗は「――でも、あったかいや」と続けた。まぶしいものを見るような笑顔が、今は泣きだしそうだ。

「もう行くから離してって言って」

　浩太朗の言葉を伝えると、すぐに頭島さんが腕をほどいた。

「じゃぁ、またね」

　そう言って、浩太朗はくるりと背を向けて歩き出した。

　どこに行くのかは訊かなかった。訊いたら、会いに行きたくなってしまうからだ。これから浩太朗には、自由に楽しく幸せに過ごして貰いたい。それだけが僕のたった一つの望みだ。

「またな！」とその背に向かって僕が叫ぶと、浩太朗は手を上げて、こちらを振り向かずに手を振った。そしてそのまま数歩進むと、空気の中に溶けるように消えてしまった。

「お前のダチの浩太朗、最高だな」

奥さんが僕の視線の先を見てそう呟いた。

「ええ、あいつは最高のダチです。これからもずっと」

僕の答えを聞いた奥さんが「浩太朗との約束、俺は絶対に守る。男と男の約束だからな。――よーし、今晩何を食いたいか光希が決めろ。もちろん俺の奢りだぁっ！」と宣言して、運転席に乗り込んだ。

気持ちは嬉しいけれど、まだまったくお腹は空いていない。スマートフォンで時刻を確認すると午後三時二十七分だった。笹山家を出てから一時間も経っていない。浩太朗との別れは時間にしたら長くなかった。でも、濃密な時間だったなと思いながら、僕も後部座席に乗り込んだ。もちろん頭島さんはすでに助手席に収まっていた。

「そんじゃ、いったん帰るぞ。そんで光希、飯はどうする？　寿司って気分じゃねぇか。ここはガッツリ焼肉か、いやステーキとかどうだ？　そうだ、荻原さんのところに行くって手もあるぞ。もちろん、違うのでもいい。好きなの言いな」

気の早い奥さんが次々に夕食の提案をして、なににするかを迫ってきたが、まだお腹も空いていないし答えられない。でも何か答えなくてはと焦って「すみません、もう少しあとでもいいですか？　まだお腹が空いていなくて」と言う。

「そっか。じゃあ、決まったら言ってくれ」

気を悪くした様子がないのに安心して、僕は隣の席に目を向けた。ちょっと前までここには浩太朗がいた。でも今はもういない。

別れ際、「じゃあ、またね」と彼は言った。

その「またね」はいつなのだろう。どれくらい先かは分からない。僕が生涯を終えたときなのか、それとも秋定さんのようにひょいっとまた現れるのか。それは分からない。でもどちらにしても大歓迎だ。

ただ、再会したそのときに、「何してんだよ！」と、浩太朗に怒られるのは避けたい。そのために、これから僕はしっかりと楽しく生きていこう。

Ｇｅｔ ａ Ｌｉｆｅ！

僕の人生はこれからだ。

本書は、第一話から第四話が「小説推理」二〇二二年五月号～二〇二三年一月号、第五話が双葉社文芸総合サイトＣＯＬＯＲＦＵＬ二〇二三年一月～四月（月二回配信）にかけて連載された同名作品に加筆・修正を加えたものです。

日明恩●たちもり めぐみ

神奈川県生まれ。日本女子大学卒業。2002年『それでも、警官は微笑う』で第25回メフィスト賞を受賞。他の著書に『そして、警官は奔る』『やがて、警官は微睡る』『ゆえに、警官は見護る』『鎮火報　Fire's Out』『埋み火　Fire's Out』『啓火心　Fire's Out』『濁り水　Fire's Out』『ロード&ゴー』『ギフト』『優しい水』がある。

ヒマかっ！ Get a Life！

2023年9月24日　第1刷発行

著　者—— 日明恩

発行者—— 箕浦克史

発行所—— 株式会社双葉社
東京都新宿区東五軒町3-28　郵便番号162-8540
電話03(5261)4818(営業部)
03(5261)4831(編集部)
http://www.futabasha.co.jp/
(双葉社の書籍・コミック・ムックが買えます)

DTP製版——株式会社ビーワークス

印刷所—— 大日本印刷株式会社

製本所—— 株式会社若林製本工場

カバー印刷—— 株式会社大熊整美堂

落丁・乱丁の場合は送料双葉社負担でお取り替えいたします。
「製作部」あてにお送りください。
ただし、古書店で購入したものについてはお取り替えできません。
［電話］03-5261-4822（製作部）

ISBN978-4-575-24671-1 C0093